MOORD en ander *inkopies*

Corlie Putter

Moord en ander inkopies

Eerste uitgawe 2018 Anna Emm (Pty) Ltd.

Tweede uitgawe 2021 Corlie Putter

ISBN 978-0-620-96073-1

Omslagontwerp deur Mindi Flemming
Setwerk deur Texture Publishing (Pty) Ltd.
www.texturepub.com

Geset in Sabon Lt Pro 11/15

Gedruk- en bind in Suid-Afrika deur Print on Demand (Pty) Ltd.
www.printondemand.co.za

DEEL EEN

1

Ek staar na Zelia se lippe, maar ek hoor nie 'n woord van wat sy sê nie. My gedagtes is elders anders.

Om onverwags en onbeplan die enkelouer van 'n tienerdogter te word is beslis nie maklik nie.

Ek frons en bekyk haar van nader.

Uiterlik lyk sy tog nog na mý Zelia? Die lang dik blonde vlegsel, die mooi groen oë... Maar, die eens goedgemanierde stukkie mens met die sagte geaardheid, het oor die laaste paar maande in 'n buierige, selfsugtige plofbare wese verander. Ek het haar bitter lief, maar deesdae voel dit asof ek daagliks 'n vreemdeling na skool optel.

"... Maar *ma-ha!!* Hierdie simpel winkel het nie eers *brand names* nie! Weet ma hoe goor dit gaan voel as ek met sulke *plain* goed by die tennisoefening opdaag? Almal gaan dit raaksien!"

Met 'n oordrewe dramatiese beweging vou sy haar arms oor haar bors en rol sowaar haar oë hemelwaarts! Ek staar eers oorbluf, dwing myself om 'n diep asemteug te neem en sluit dan my motordeur van die binnekant af oop.

"Dis net tekkies Zelia, en jy weet self ons moet nou elke sent tel."

Ek loer na die agterste sitplek waar my tweejarige in sy karstoeltjie slaap. "Wag jy asseblief hier by Benjamin. Ek hardloop gou in om die tekkies te gaan koop. En aangesien ouma May vir 'n wyle by ons gaan bly, beter ek ook 'n pakkie wors vir aandete koop. Jy weet hoe sy is, as daar nie 'n stukkie wors op haar bord is nie, is daar kamtig nie kos om te eet nie..."

Nog voor Zelia iets kan sê, spring ek vinnig uit die motor

en draf koes-koes deur die reën in die rigting van die supermark se ingang.

In my hart weet ek daar sit meer agter Zelia se buie as net die gewone tiener-streke. Ludwig se dood en die trauma daarvan was vir ons almal 'n geweldige skok. Ek het oornag 'n weduwee en enkelouer geword en Zelia het haar pa en held verloor. Die lewe sonder hom is vir ons 'n groot aanpassing. Genadiglik lyk dit asof daar tans min aan klein Benjamin se wêreld verander het. Maar wie weet watse uitwerking die leemte van sy pa se teenwoordigheid in sy lewe nog vorentoe gaan hê?

Onder die afdak van die supermark gaan staan ek eers om my sopnat kuif uit my oë te vee. In my haas het ek die sambreel in die motor vergeet.

Vreemd hoe dinge verander het... Simpel klein goedjies.

Ek raak al hoe meer verstrooid. Ek is oormoeg, moedeloos. Ek probeer die pot aan die kook hou, my gesin bymekaar hou, alles tot dusver skynbaar met min sukses.

Vies, druk ek 'n nat sliert hare agter my oor in, en loop met my nat klere by die outomatiese skuifdeure in. Voor ek besef wat besig is om te gebeur, gly ek reeds op die gladde teëlvloer. Eers stamp ek iemand met 'n pienk rugsak byna onderstebo. Dan, asof in een van daardie oordrewe en uitgerekte tonele in aksie-flieks, speel die daar opeenvolgende paar sekondes van my lewe in stadige aksie af...

Vanuit die onvleiende posisie op die supermark se vloer sien ek hoe 'n jongerige man haastig tussendeur die rakke beweeg en by die nooduitgang heel agter in die winkel uit verdwyn. My onderbewussyn registreer iets *verdag* omtrent sy houding, maar voor ek meer aandag daaraan kan gee, raak ek bewus van die tienerseun, agter die toonbank se geamuseerde uitdrukking op sy gesig...

En dan asof iemand 'n knoppie druk, ontvries tyd meteens. Die pienk rugsak tref my vinnig en hard teen die kant van my kop.

"Dammit." hoor ek die man onderlangs sê.

Nog voor ek kan keer kry hy my aan my *linkerhand* beet en trek my van die vloer af op. Swart kolle dans voor my oë. Wat ook al in sy rugsak is, is kliphard. Dit was 'n behoorlike hou!

Ek wil opkyk en omverskoning vra, maar die afskuwelikste pyn skiet by my nek en ruggraat af. Ek knyp my oë vinnig toe en probeer die naarheid wat meteens in my keel opstoot afsluk. Ek bly 'n oomblik so gebukkend staan. Teen die tyd wat ek my oë weer oopmaak is die man reeds weg. Al wat ek van die arme drommel gesien het was sy tekkies met die *fyn rooi verf spatsels* daarop.

Met my gewonde ego loop ek kop onderstebo tot by die vleis afdeling. Dit voel asof my nekwerwels as gevolg van die harde kopslag in spasma gaan. Ek tel die eerste beste pakkie vleis waarop ek my hande kan lê op en druk dié verpakking net so teen my beseerde kop en nekwerwels vas. Die skielike koue bring darem 'n tydelike verligting. Ek gee 'n harde selfbejammerende kreun. Uit die hoek van my oog gewaar ek 'n statige ou dame in haar spore vassteek. Ek wil nog probeer verduidelik hoekom ek soos 'n natgereënde hoender met die bevrore vleis teen my nek staan, toe swaai sy haar trollie blitsig om, mompel iets onderlangs en verdwyn uit my gesigveld uit.

Dit daar gelaat, gryp ek 'n ekstra groot pak van ouma May se gunsteling wors en stap krom rug en seer nek na die afdeling waar die rye wit tekkies hang.

Buitekant val die reën nou harder.

'n Onverwagse donderslag laat my skrik. Bykans onmiddelik gaan die al ligte in die supermark dood en die hele supermark is in totale donkerte gehul. 'n Effense benoudheid stoot in my op.

Die harde donderslag sou verseker vir Benjamin wakker gemaak het. Ek verpes dit as hy bang is en ek nie daar is om hom te troos nie. Vir 'n oomblik voel ek goed vies vir Zelia.

Ek het reeds vroeër vandag al die nodige inkopies gedoen! Maar hier staan ek weér in die donker winkel. Papnat, koud en beseer! En dit omdat die skool tennis more begin en sy eers op nommer 99 onthou dat sy lankal uit haar tennis tekkies gegroei het. Weereens pak die skuldgevoelens my beet...

Ek is haar ma. Dit is na alles mý verantwoordelikheid om na haar om te sien. Dit is net... *Hoe moes ek dit tussen al die ander dinge ook onthou het!?*

'n Paar sekondes later flikker-flikker die buisligte op die beurt een vir een weer aan. Ek wag ongeduldig tot die lig bokant my weer helder brand voor ek beweeg. Dan sien ek dit...

Rooi smeersels voor op my t-hemp.

Ek skrik. Dit lyk soos bloed!

Ek vee versigtig aan die taai rooi strepe wat by my nek afloop.

Dit *is* bloed!

Ek vryf saggies oor my agterkop en onder my hare daar waar die man se sak my teen die kop getref het. Gegewe die hoeveelheid bloed wat nou op my t-hemp drup, moet daar 'n wond wees waarvoor ek steke gaan nodig hê.

Nie dit ook nog nie!

Ek is net op die punt om die inkopies net daar te los, sodat ek myself by die ongevalle kan kry. Toe besef ek die bloederigheid is nie 'n kopwond nie, maar eerder as gevolg van die pak vleis wat ek netnou nog teen my nek gehou het. Duidelik was dit nie behoorlik geseël of bevrore nie. Die bloederigheid het by die pakkie uitgelek, met my toutjies nat hare gemeng en so op my t-hemp beland.

In plaas van verligting, voel ek hoe 'n diepe hartseer oor my spoel. Vandat ek my oë vanoggend oopgemaak het, loop dinge skeef! Dit het begin met die vroegoggend oproep vanaf die aftree-oord waar ouma May woonagtig is, of eerder *was*...

Ek het in stilswye vir ouma May en al haar goedjies in die motor gelaai terwyl meneer Potgieter, die bestuurder van die aftree-oord my probeer paai het. "*Toemaar Suzaan. Partykeer is hierdie tipe optrede 'n noodkreet. En soos jy self weet is hierdie nie die eerste keer wat jou ma, wel... jy weet... Miskien sal die tyd saam julle twee goed doen..."*

Oppad by die hekke van die oord uit, het ek in my truspieëltjie gesien hoe hy en van die versorgers 'n sug van verligting slaak en selfs skaamteloos gejubel het. Nie dat ek hul enigsins blameer nie!

Die geluid van iemand wat benoud na hul asem snak bring my terug na die hede. Dit is dieselfde ou dame van vroeër. Met die bloed op my klere lyk ek seker aardig!

Ek neem 'n vinnige tree in haar rigting, glimlag gerusstellend. "Toemaar tannie, dit lyk erger as wat dit is. Sien die..." maar ek kom nie verder as dit nie.

Die skielike beweging vorentoe veroorsaak naarheid en duiseligheid, dié keer sak ek op my knieë neer. Ek gryp na my kop, bly net so sit in die hoop dat sy my te hulp sal snel. Maar ek het my misgis, sy laat my net daar op die vloer.

Dit is asof die laaste paar maande se emosies my daar op die vloer oorrompel. Ek voel hoe die opgedamde hartseer soos 'n damwal in my breek. Ek verlang na my man. Ek wil hê hy moet my van hierdie vloer af kom optel, letterlik en figuurlik. Hy moet die seer in my nek kom wegvryf. Die skielike oneindige onsekerheid en gebrokenheid wat ons gesin oorval het, kom verjaag. Ek kan nie, nee, wil nie, meer so sonder hom aangaan nie. Die deesdae se daaglikse emosioneel belaaide rusies met Zelia vreet my op, en nou is ouma May ook weer terug in die prentjie. Dit is alles net een te veel!!

Ek krul my fisiese-en-emosionele-beseerde-self in die kleinste moontlike bondeltjie op die supermark se vloer op. Asof ek deur dit te doen my nuwe realiteit kan afweer. Maar ek kan nie.

Skielik oorval 'n histeriese lagbui en huilery my. Ek lag en huil deurmekaar asof al my varkies ook nou uit die hok ontsnap het. Êrens tussendeur hoor ek die *klik-klik* van die statige dame op haar hakskoentjies weer haastig weg stap. Sy was skaars om die hoek toe die bloedstollende gil deur die supermark weergalm.

Die angswekkende skreeu ruk my vinnig uit my selfbejammering uit. Ek beur sukkelend van die vloer af op. Om die hoek, aan die begin van die volgende gang, staan die ou dame met haar rug na my gedraai.

"Tannie...?"

Sy kyk nie om nie, haar hele lyf is aan die ruk.

Ek neem 'n paar tree nader en raak liggies aan haar arm. Sy wip van die skrik, slaan na die hand wat haar aanraak. Toe sy na my kant toe kyk, sien ek vrees in haar oë.

"Dit was *jy!* Dit was *jy!* Bly van my af weg! Help! Iemand help! Heeeellllppp!"

Instinktief neem ek 'n tree agteruit en lig my hande in onskuld.

"Tannie...?"

Haar angs-gevulde oë gly af na die bloederigheid wat my hande bevlek.

"Asseblief! Moenie my ook seermaak nie..." Sy sê nog iets maar die res van haar woorde word 'n fluistering wat verdwyn agter die bewende hande. Sy vou haar hande verdedigend oor haar gesig.

Verward, kyk ek verby haar verder in die gang af.

My oog val op 'n paar bene wat 'n paar meter verder duskant haar trollie uitsteek.

"NEE! O HEMEL. NEE, NEE, NEE!!" hoor ek myself gil.

Dit is 'n man wat doodstil op die vloer lê. My gesonde verstand sê dadelik dat daar niks is wat ek meer vir hom kan doen nie, tog bly my vingers denkbeeldige klawers bokant sy bebloede borskas speel. Miskien is dit net skok, of miskien is dit daardie oorlewingsinstink wat in ons almal is wat my dan nog steeds na 'n hartklop laat soek. Ek skud aan die man, skree op hom, asof bloot net die erns in my stem hom sal bybring.

"KOMAAN! LEWE! ASSEBLIEF LEWE NET!"

"HANDE IN DIE LUG!"

Dié bulderende bevel ruk my terug uit my skok.

Ek kyk terug oor my skouer. 'n Sekuriteitswag staan met 'n vuurwapen in die hand.

"STAAN OP EN HOU JOU HANDE WAAR EK DIT KAN SIEN!"

Praat hy met my? Seker tog nie?

Ek draai my aandag dadelik terug na die oorledene op die vloer. Skree teen my beterwete in.

"IEMAND MOET 'n AMBULANS BEL, HY HET BAIE BLOED VERLOOR..."

Om een of ander rede regeer die sekuriteitswag nie.

"HOOR JY NIE WAT EK Sê NIE! BEL 'n AMBULANS!"

"MEVROU, STAAN TERUG!"

Ek vererg my.

"DAN SAL EK DIT DOEN!!"

Ek lig my hande van die gapenende wond in die oorledene se borskas.

"HOU JOU HANDE WAAR EK DIT KAN SIEN MEVROU!"

Verward oor die onverklarbare aggressie van die sekuriteitswag, kyk ek weer op na hom en registreer vir die eerste keer dat sy wapen op *my* gerig is.

"EK VRA NIE WEER NIE! KOM... WEG... OF *ANDERS!!*"

In my verwarring gewaar ek die pak wors wat ek vir ouma May wou koop langs my in die bloedbad lê. Ek moes dit laat val het toe ek die man te hulp gesnel het. Ek tel dit op, vee die smerige bloedspatsels van die pryskode af, staar verslae daarna. Staan dan stadig op. Gehoorsaam die sekuriteitswag se opdrag.

Met die vuurwapen steeds op my gerig, roep die sekuriteitswag iets of iemand op sy twee-rigting radio.

My binneste is lam van skrik. My oë bly terug na die man op die vloer dwaal.

Hy is geskiet, een koeëlwond deur die hart.

Hy is... nee, *was* omtrent my ouderdom, dalk bietjie ouer. Donker bruin oop oë wat nou in die niet staar. Kort geskeerde hare, atleties gebou. Die arms wat onder die bebloede t-hemp se moue uisteek is sterk, bruin gebrand en harig. Die uitdrukking op sy gesig byna soos dié van iemand wat verras is... Asof hy nie verwag het dat sy lewe hiér in die supermark op 'n reënerige vroegaand sou eindig nie. Miskien lyk ons almal so wanneer die dood onverwags kom klop, verras en min van ons werklik gereed om te gaan.

My gedagtes dwaal vanselfsprekend na Ludwig en spoel dan oor na my kinders wat alleen buitekant in die motor wag.

"MY KINDERS! Hulle is alleen. Ek moet ga..."

"NEE! JY BLY NET HIER!" beveel die sekuriteitswag senuweeagtig. Sy wapen is steeds in sy hand.

'n Man wat ek as die eienaar van die supermark herken kom nou haastig nader gedraf. Ek hou hom dop terwyl hy die misdaadtoneel betree. Hy is duidelik baie geskok. Hy vou 'n ondersteunende arm om die ou dame wat doodsbleek eenkant staan. Terwyl sy met 'n bewerige stem praat, bly sy na my beduie. Ek hoor net hier en daar 'n woord van hul fluister-gesprek.

"... gesien iets skort. ... vrieskas... emosionele uitbarsting. Rooi... arme man se bloed..." Sy begin onbeheers snik, laat haar blik oor die oorledene gly, skud haar kop.

Terwyl die eienaar haar ondersteun en weg lei, roep sy terug na my oor haar skouer. "Ek hoop hulle sluit jou toe en gooi die sleutel weg! Moordenaar!"

Ongeloof.

Sy dink tog nie...!?

Haar wreede woorde laat my maag skielik draai. Die sekuriteitswag gluur my met afsku aan. Ek moet kalm bly. My keel wil toetrek van angs, maar ek forseer steeds die woorde uit my mond.

"Wag!! Hier is êrens 'n helse misverstand! Ek het die man probeer help! En dié bloed was 'n vleispakkie wat gelek het! Ek het niks met ... "

Die res van my woorde word uitgedoof deur die skielike

geskree van 'n motor se remme buitekant die supermark.

Blou ligte skyn teen die supermark se vensters.

'n Kortstondige blêr van die sirene kondig die aankoms van die polisiemotor aan. 'n Motordeur word êrens hard toegeklap. Oomblikke later gly die outomatiese deure van die supermark oop en 'n reuse donkerkop man maak sy verskyning. Hy kyk rond, gewaar die sekuriteitswag en kom met die gang afgestap. Tussendeur blaf hy bevele uit aan die twee konstabels saam met hom.

Ek sien hoe die man sonder 'n krieseltjie empatie die toneel voor hom opsom. Hoe hy emosieloos eers na die lyk, en dan 'n oomblik na die getraumatiseerde ou dame en die eienaar kyk. Vir hom is dit net *nog* 'n moordtoneel. Nog 'n dossier wat geskryf moet word.

Hy draai na die sekuriteitswag.

"Die verdagte?" vra hy sonder om homself voor te stel.

Die sekuriteitswag beduie woordeloos na my in my bloedbevlekte klere... Die reuse man draai om en vir 'n oomblik flikker verbasing oor sy gesig.

Dit verdwyn net weer so vinnig agter die sluier van sy stoppelbaard gesig. Hy stap nader, bekyk my onbeskaamd op en af.

In kontras met sy donkerkop en gelaat is dit nou skerp intelligente ysblou oë wat voel of dit my deurboor. Hy lyk na 'n befoeterde mens. Seker gepas vir sy tipe beroep. Hy bly my aangluur asof ek enige oomblik onder sy intimdasie skuld sal erken.

"Dit was nie ek nie..." stotter ek, maar hy maak my onmiddelik met 'n vinnige handgebaar stil.

"Kyk, as ek 'n rand kon kry vir elke keer wat ek al *daai* sinnetjie gehoor het..." smaal hy.

Ten spyte van die situasie vervies ek my bloedig.

Hoe durf hy my met regte kriminele en hul leuens vergelyk?!

"Ek gee jou my woord meneer ek..."

Hy val my in die rede. "*Speurder*. Nie meneer nie. Speurder

Cronje..." sê hy met 'n selfvoldane houding en draai dan onbelangstellend sy rug op my.

Hy stap na waar die ou dame en eienaar staan. Haal 'n swart notaboekie en pen uit sy sak uit en luister aandagtig na die ou dame se weergawe van gebeure.

Voor by die ingang gly die outomatiese deure weer oop. Ek hoor my kinders lank voor ek hulle sien.

Zelia roep verbouereerd na my terwyl Benjamin op die toppunt van sy stemmetjie skreeuendhuil.

Instinktief beweeg ek in hulle rigting. Die sekuriteitswag beveel my om stil te staan, maar ek ignoreer hom. Ek wil nie hê die kinders moet die bloedbad op die vloer sien nie!

"Wat de hel...?! Wag meisiekind! Jy mag nie hier wees nie!" bulder die speurder van waar hy haar sien nader kom.

Aan die einde van die gang steek Zelia in haar spore vas. Sy steier agteruit toe sy my raaksien. Benjamin sit op haar heup. Sy ogies reeds bloedrooi en geswel van al die huil.

"Ma?!" vra Zelia. Haar groen oë nou yslik groot gerek. "Wat gaan aan?"

"Toemaar, toemaar..." paai ek dadelik en steek terselfdertyd my bloed bevlekte hande uit om Benjamin by haar te vat. Vir 'n breukdeel van 'n sekonde is dit asof Zelia huiwer, sy draai Benjamin anderkant toe asof sy my wil keer. Ek laat sak my hande, besef ek sal eers moet verduidelik waar al die bloed aan my klere vandaan kom.

"Iemand het seergekry Zelia..."

Ek sien die groeiende ontsteltenis op Zelia se gesig en probeer glimlag in die hoop om haar te kalmeer. Sy probeer verby my af in die gang af loer, maar ek keer.

"Het die donderweer hom wakker gemaak?" vra ek om haar aandag af te trek.

Sy knik.

"En toe kom die polisiekar ook nog soos 'n mal ding aangejaag... Is daai bloed op ma se klere? Wat het gebeur? Wat soek die polisie hier? Ma, wat is aan die gang!?!"

Langs ons bulder die speurder nou op een van die konstabels. "Skrik wakker! Hierdie is 'n misdaadtoneel konstabel! Hou die mense hier uit!"

"'n Misdaadtoneel? Mamma?" vra Zelia. Haar stem is nou klein.

Ek gee die speurder 'n vuil kyk. Wens hy wil eenkant toe staan. Toe ek my hand lig om 'n traan van my huilende Benjamin se gesiggie af te vee, gryp hy my aan die pols.

"Jy mag aan NIKS EN NIEMAND raak nie! Ons moet eers monsters van die bloed op jou hande en klere neem. Toe, kom, dit word by die polisiestasie gedoen."

Speurder Cronje stuur my hardhandig aan my elmboog in die rigting van die uitgang. Maar ek skop vas.

Wat van Zelia en Benjamin? En kan hy my nie net kans gee om te verduidelik nie!

"As jy gaan weier om vrywilliglik saam met my te kom, sal ek jou moet arresteer en in hegtenis neem vir die moord. Veral na alles wat die ou dame my vertel het."

"EK HET NIKS VERKEERD GEDOEN NIE!"

Hy glimlag, haal sy skouers op. "Maar nou in daardie geval, sal jy moes nie omgee om die formaliteite agter die rug kry nie, of hoe?"

Zelia is nou asvaal in haar gesig.

"*Moord?!* Ma, wat het ma gedoen?!"

Ek bal my vuiste. Die man het voorwaar geen takt nie!

"Ek het niks gedoen nie Zelia." Dan aan speurder Cronje. "EK. IS. ONSKULDIG. En ek sal met graagte hierdie misverstand wil uitklaar. Maar ek gaan nie 'n voet verroer tensy jy my die versekering kan gee dat my kinders veilig terug by my huis en onder hul ouma se versorging is nie."

Die trane stoot op in Zelia se oë, sy kyk na Benjamin, druk sy koppie saggies teen haar skouer en probeer hom sus.

In my binneste gil ek van frustrasie, ek wil Zelia teen my

vasdruk, haar die versekering gee dat alles onder beheer is. Maar ek kan nie. Mag nie.

Die speurder wuif dieselfde konstabel wat hy oomblikke gelede terug so verskree het nader. Minute later is die nodige reëlings getref om my kinders veilig by die huis te kry.

Ek hou my asem op toe my kinders by die skuifdeure uitstap. Zelia loer 'n laaste keer vinnig terug na my. My tienerkind lyk skielik klein, bang en verlore. Benjamin strek sy mollige armpies oor Zelia se skouer en begin weer huil.

Ek forseer 'n glimlag en knipoog.

"Sien later..." fluister ek voor die skuifdeur agter hul toemaak.

"Kom." blaf die speurder kortaf.

Ek ruk weg voor hy weer aan my kan raak, begin vooruit loop.

Agter my hoor ek hom snorklag.

Die afgelope uur se gebeure voel nog steeds onwerklik.

Maar ten minste sal die kinders binnekort by die huis wees. My ma mag dalk 'n handvol wees, maar oor haar liefde vir haar kleinkinders twyfel ek nie vir 'n oomblik nie. Ironies voel ek nou dankbaar dat die aftree-oord haar juis vanoggend uitgeskop het.

Skaars by die skuifdeure van die supermark uit, loei 'n alarm. Duskant my, sien ek hoe die groot arrogante speurder wip van die skrik. Vir 'n vlietende oomblik verlustig ek my in die misluke man se verleentheid. Hy gee my 'n vuil kyk. Ek sien hy vererg hom bloedig en swets onderlangs.

"Dis die pak wors! Jy het nie daarvoor betaal nie!" roep die tienerseun wat agter die toonbank werk. Met sy selfoon in die een hand, beduie hy met die ander na die deurskynende bewysstuksak in speurder Cronje se hand.

"Natuurlik het ek nie daarvoor betaal nie! Dit is 'n bewysstuk meneertjie!"

"*But still* ou..." sê die tienerseun ongeerg oor die speurder se gevloek. "As jy dit wil hê moet jy daarvoor betaal...Anders is dit diefstal."

"Nee, nee, natuurlik hoef jy nie daarvoor te betaal nie speurder. Hou dit asseblief." kom die winkel eienaar tussenbeide en wuif ons weg soos iemand wat my en my boosheid wil wegwaai. Die tienerseun skud net sy kop.

"Nogals onaangenaam as jy van iets beskuldig word wat jy nie gedoen het nie né speurder Cronje." sê ek.

Hy ignoreer my opmerking, maak net die sambreel wat hy onder die afdak van die winkel gelos het oop en beduie my by die agterste sitplek van sy polisiemotor in.

Hy los die flitsende blou ligte op die dak aan toe ons wegry. Oppad, sien ek hoe hy my dophou. So elke nou en dan sulke ondersoekende kyke in die truspieëltjie. Dit ontsenu my van voor af.

Hoe het ek hier beland. Op die agterste sitplek van 'n polisiemotor oppad polisiestasie toe?!

Dan doen hy dit weer, die ysblou oë wat nadenkend na my loer. Ek lig 'n bewende hand, vryf versigtig aan my nek, die spasmas is steeds daar...

2

By die polisiestasie verdwyn speurder Cronje sonder 'n verdere woord. Ek word intussen deur 'n groot Xhosa vrou gehiet en gebied.

"Go undress in that room over there and place all your clothing and belongings in this bag."

In 'n ander vertrek mompel 'n konstabel ongeduldig. "Hou jou hande uit, nee nie so nie! Kyk, só!" Die bloed op my hande word toegesmeer deur die donker ink op die rollertjie. Hy werk hardhandig met my, druk my hande plat op 'n deurskynende velpapier. Na die tyd stop hy 'n strook toiletpapier in my hande in. "Vee af."

Enige moontlikheid van DNA word onder my naels uitgekrap. 'n Seer geskrapery met 'n skerp stokkie. Ek kerm, maar dit val op dowe ore. Tussen die mure van hierdié gebou is daar geen genade vir 'n verdagte nie.

Teen die tyd wat ek in die sterk beligte vertrekkie ingelei word en oorkant speurder Cronje gaan sit is ek fisies en emosioneel gedaan. Speurder Konstantyn Cronje skakel die bandopnemertjie wat tussen ons op die tafel lê aan en maak sy keel skoon voor hy begin praat. Met 'n eentonige stemtoon rammel hy eers die nodige inligting volgens die korrekte prosedure af. Ek bly tjoepstil, vang hier en daar 'n woord.

"... ondervraging... moord... vertroulike ooggetuie..."

Ek kyk om my rond, daar is geen dekor nie, net die ou besmeerde tafel tussen ons. 'n Suur reuk van ou-sweet en braaksel hang in die lug. Ek probeer die naarheid wat dit in my opstoot afsluk.

Speurder Cronje skuif op sy stoel, strek sy lang bene onder die tafel uit, kruis sy enkels. My oog val op die twee verskillende kleure sokkies wat onder die broekspyp uitsteek. Hy leun vooroor op gevoude arms. Met die formaliteite agter die rug is sy volle aandag weer op my gespits.

"So... mevrou..." hy kyk af na die vel papier voor hom op die tafel. "...mevrou Suzaan Louw, vertel gerus jou weergawe van wat gebeur het. Praat hard en duidelik in die bandopnemer en probeer om niks van belang uit te laat nie. Alles is belangrik. Ek sou u ook aanraai om by die volle waarheid te bly, enige leuens kan dalk later teen u tel..."

Ek knik, probeer die stank in die benoude vertrekkie vir eers ignoreer. Hy bly na my staar, net soos vroeër in die motor. Ek vroetel aan die soom van die oorgrootte hemp-rok-ding wat hul my gegee het nadat ek my eie klere vir die nodige DNA toetse moes oorhandig. Die materiaal is dun en krapperig. Dit hang aan my soos 'n sak. Onder sy blik voel ek meteens weerloos en naak. Ek besluit om doelbewus meer regop te sit, die selfvertroue wat ek nou te kort skiet eerder te verbloem, deur hom vas in die oë kyk.

"Ek het by die supermark gestop om vir Zelia, my dogter wat jy ontmoet het, 'n paar tekkies te koop."

Hy kyk af na die vel papier wat voor om op die tafel lê. Sy ysblouoë peinsend.

"Ek het die ou tannie hoor gil, en toe ek gaan ondersoek instel sien ek 'n man op die vloer lê... Ek het gepoog om hom te help, deur die bloeding te stop. Maar hy was reeds dood. Ek... ek weet dat die tannie jou vertel het van my vreemde optrede vooraf, maar ek het 'n logiese verklaring daarvoor. Sý het net die verkeerde afleiding gemaak. Ek het vro..."

"Waar is jou beursie mevrou Louw?"

Ek frons.

"My beursie?" vra ek weer, nou heeltemal van my storie af gegooi.

Hy knik stadig asof hy dieselfde kamma verbaasde reaksie al voorheen gesien het.

"Ja mevrou Louw. Jy sê dat jy by die supermark gestop het om goedere te koop en tog hier op die lys van die persoonlike besittings wat jy moes inhandig is geen beursie gelys nie..."

Hy tik met sy wysvinger op die vel papier voor hom.

"Dit sê hier dat jy net 'n gebruikte *tissue, lip-ice* en 'n haarrekkie in een van jou broeksakke gehad het. Nik anders nie. Nou wonder ek maar net *hoe* jy van plan was om vir jou aankope te betaal?"

Ek byt my onderlip vas.

Het ek dan nooit my beursie uit die motor gehaal nie?

Ek onthou dat ek haastig was om uit die motor te kom, dat ek nie lus was om verder met Zelia oor die tekkies te stry nie. Ek moes in my haas dit agtergelaat het en dit nooit eers agtergekom het nie.

Ek kyk af na sy groot skoene hier langs my stoel, die twee verskillende sokkies wat uitsteek.

"Ek... ek..."

Hy skud sy kop. Asof teleurgesteld in my.

"Mevrou Louw..."

"Nee wag! Asseblief! Ek kan verduidelik..."

Hy maak 'n *spaar-my-dit-jy-is-klaar-uitgevang* gebaar. Maar ek ignoreer hom.

"Ek verseker jou speurder Cronje dat ek vir *geen* ander rede daardié tyd van die aand met my twee honger kinders, in die reën by die winkel gestop het nie. En as jy enige insig in 'n enkelma se lewe het sal jy weet dat om jou beursie juis dan wanneer dit alreeds dol gaan, te vergeet, niks uitsonderliks is nie. Dis *Murphy's law!* En as jy my asseblief kan kans gee om my kant van die saak te stel sal jy gou agterkom dat jy besig is om kosbare tyd te mors..."

Hy tel sy pen op, *tik-tik* nadenkend op die tafelblad.

"Gaan voort..."

"Ek het *niks* met die dood van daardie man uit te waai nie. Ek het hom nie geskiet nie! Ek het hom nie eers geken nie! Ek was net op die verkeerde tyd op die verkeerde plek!! Ek het nie net my beursie nie, maar ook my sambreel in die motor vergeet. Ek was sopnat gereën en het met die inloop gegly en 'n ander klant onderstebo gestamp. Dié man se sak het my teen die kop getref en my met 'n nek en kopbesering gelos. Die pyn was iets verskrikliks en die eerste, beste ding waarop ek my hande kon kry om die pyn te verlig was 'n pak koue vleis. Die bloed wat die ou dame op my klere gesien het was van daardie einste pak vleis wat op my klere uit geloop het."

Hy sê niks, maak net 'n paar aantekeninge op die vel papier en in sy swart notaboekie. Om een of ander rede ontstel dié reaksie my geweldig. Ek wil hê dat dié man ongetwyfeld in my onskuld glo. Dat hy dit hardop moet sê.

"Dit was net weereens nie vandag my dag nie speurder Cronje... Na my man se dood sukkel..."

Maar ek laat dit daar, onmiddelik spyt oor my woorde.

Hy hou op met skryf, kyk op na my. Wag.

Ek maak 'n vinnige handgebaar, maak asof die hele situasie eintlik lagwekkend is.

"Van al die emosies wat ek deesdae ervaar... is om 'n wild vreemdeling te skiet darem nóg nie op my lys nie..."

Hy sit die pen neer, leun stadig terug in sy stoel, bring sy twee groot growwe wysvingers teenmekaar.

Ek voel hoe 'n traan by my wang afrol. Vee dit vinnig weg voor hy dit kan sien.

"Sien u iemand mevrou Louw, 'n sielkundige of so? Die dood van 'n geliefde kan baie traumaties wees."

Die deernis in sy blik en skielike medelye in sy stemtoon vang my heeltemal omkant. Toe ek nie dadelik antwoord nie, sug hy, trek 'n hand deur sy hare. Hy is net op die punt om nog iets te sê toe die klop aan die deur hom verhinder. Dit is dieselfde konstabel wat vroeër my vingerafdrukke geneem het... Hy vra nie verskoning vir die onderbreking nie, gee net 'n *thumbs-up* teken en trek dan vining weer die deur agter hom toe.

Speurder Cronje bly etlike sekondes daarna nog na die toe deur staar. Sy gedagtegang 'n raaisel.

Dan vra hy, uiteindelik, en sonder om na my te kyk...

"Het jy onlangs 'n wapen afgevuur mevrou Louw...?"

Ek lag, onbewus van wat kom.

"Wat? Jy grap seker. Wat vir 'n vraag is dit?"

Sy gedaantewisseling is blitsig. Weg is die deernis van 'n paar sekondes gelede. Die lyne op sy gesig is weer hard. Dit verwar my verder.

"Ek is die een wat die vrae vra mevrou Louw! Antwoord my! Het jy onlangs 'n wapen afgevuur, of nie?!"

Ek ruk my op.

"Hierdie hele ding is belaglik! Nee! Ek het nie! Ek besit nie eers 'n wapen nie."

Die groot man leun terug, ry vorentoe en agtertoe op sy stoel, 'n skielike gemaakte glimlaggie om sy mond.

"Mmm jy is baie oortuigend, maar ongelukkig vir jou het ons forensiese deskundige sopas bevestig dat daar kruitneerslag op jou hande gevind is... "

Toe ek nie op dié belaglike aantuiging reageer nie, laat hy die stoel se voorpote sak en skiet terselfdertyd sy reuse bolyf bo-oor die tafel, alles in een vloeiende beweging asof hy dit al honderde kere vantevore gedoen het.

"Ek het jou gewaarsku mevrou Louw, 'n leuen het maar 'n kort been en die forensiese toetse lieg nooit!" Hy blaf die woorde, sy gesig sentimeters van my eie af.

Ek skrik. Lig my hande en staar daarna asof ek self die bewyse van die neerslag daarop soek.

Hy bluf tog seker of hoe?

"Jou kinders het reeds hul pa verloor mevrou Louw, moenie dit vir hulle nog moeiliker maak deur eers te staan en lieg nie. Erken eerder nóu skuld. Ons almal haak partykeer uit.

Dis doodnormaal. En soos jy sopas self erken het, is die druk op jou deesdae baie groot. Die hof sal luister na versagtende omstandighede. Vertel my net die waarheid. Wat het gebeur? Was die oorledene ongeskik met jou? Het iets tussen julle in die supermark gebeur? Jy sê self jy het 'n slegte dag agter die rug. Het die man se reaksie jou doodeenvoudig oor die randjie van rede gestoot? En toe verloor jy dit... Of is dinge meer gekompliseerd? Was die oorledene jou minnaar? Het hy dalk skielik na jou man se dood belangstelling in jou verloor? Miskien was die feit dat jy nou vrylik beskikbaar is nie meer so aanloklik vir hom gewees nie? Of was hy moeg daarvoor om jou trane van skuldgevoelens af te vee. Het dit jou woedend gemaak mevrou Louw, die feit dat hy jou soos 'n ou stoflap net wou weggooi."

Hy gaan sit weer op sy stoel, skuif sy groot liggaam weer gemaklik onder die tafel in. Tel sy pen op. Gluur my aan asof hy sekerheid het dat ek tog nou skuld gaan beken.

Ek kyk af toe die skoene met verskillende kleure sokkies weer onder aan my kant van die tafel verskyn.

Hy beweeg nie...

Ek is té stom geslaan deur sy oordrewe bewerings om enigsins te reageer. Hoe kan hy my situasie as weduwee so uitbyt? My kwesbaarheid verdraai tot dit die verwronge prentjie in sy kop pas? Watse tipe mens is hy?

Hy skud naderhand sy kop. Begin die papiere wat op die tafel lê bymekaar maak.

"Wat ook al jou rede was mevrou Louw, ek kan jou verseker ek het dit al *alles* gehoor. Ek sê weer, met jóu omstadighede... Skulderkenning beteken 'n ligter vonnis oplegging."

Die ysblou-oë is amper smekend.

Toe ek wegkyk, kondig hy dramaties aan dat die dit die einde van die ondervraging is. Hy skakel die bandopnemer af, staan op en loop na die deur toe.

"Sodra die oorledene geïdentifiseer is en die finale uitslae op al die forensiese toetse volledig is, gaan ons mekaar weer sien.

Gaan kry jou sake by die huis solank in orde. En ek stel voor jy bel my vanaand nog en erken skuld voor ek weer aan jou deur moet kom klop. Want, daarna is daar nie omdraai kans nie mevrou Louw... Doen die regte ding vir jou kinders se onthalwe..."

Hy stap uit en slaan die deur met 'n harde slag agter hom toe.

Ek skrik, wonder meteens of dit is hoe dit klink as hul die tronk se tralies agter jou toeslaan?

Buitekant wag 'n konstabel my in. Hy is opdrag gegee om my terug huis toe te neem. My motor is ingesleep as deel van die ondersoek. Die paneelhorlosie in polisiewa lees 21:12 pm.

Oppad huistoe sukkel ek om my gedagtes van die ondervraging weg te kry.

Kruitneerslag op my hande?? Daar moet êrens 'n fout wees!

My gedagtes maal om die aand se gebeure en die bombastiese speurder en teen die tyd wat ek met my moeë en seer lyf die voordeur oopstoot het ek 'n plan van aksie. Ek gaan ten spyte van die ou dame se getuienis en speurder Cronje se eie oortuiging my onskuld bewys. Ek gaan aandring op 'n tweede rondte forensiese toetse. Die departement het bloot 'n fout begaan en na die tweede stel uitslae sal hul die fout agterkom. Ek is ook van plan om 'n amptelike klag in te dien teen Cronje. Hy is nie 'n speurder se dinges nie. Die wyse waarop hy my en die hele ondersoek hanteer is uiters onprofessioneel. Ek wil hom nie onnodig in die moeilikheid laat beland nie, maar iemand moet vir hom sy foute uitwys. Ek wil hierdie hele aaklige gebeurtenis vanaand nog agter my sit. Nadese soek ek 'n verskoning uit speurder Cronje en ek weet presies hoé om dit uit hom te kry.

Tasha Bruwer.

Tasha is my beste vriendin. Ons het ontmoet toe ek en Ludwig destyds begin uitgaan het. Sy en Ludwig het as kinders saam groot geword. Albei uit 'n arm harde verlede. Sy het makliker daaroor gepraat as Ludwig. Sy het daarin slaag om haarself deur universiteit te kry en het tot onlangs toe nog gepraktiseer as 'n prokureur. Maar deesdae sal jy haar nie in die hof te sien kry nie. Sy het haar aktetas ingeruil vir reisbagasie en eindelose luukse vakansies. Alles te danke aan John, 'n ouer en baie ryk man wat destyds by haar as klient kom aanklop het. Toe na amper twee jaar se vlerksleep uiteindelik daarin kon slaag om die ja-woord uit haar te kry.

Ek sluit die voordeur agter my. Toe ek omdraai staan my ma en Zelia in die gang.

"Suz! Gits kind wat het jy aan?" vra my ma.

Zelia loop my tromp-op en gee my 'n stywe drukkie. Iets wat ek maande laas by haar gekry het. Ek vou my arms dankbaar om my kind en koester die kosbare oomblik. Ongelukkig hou dit nie lank nie, haar selfoon *biep* en sy breek te gou uit my omhelsing uit.

Ek draai na my ma toe.

"Dankie dat ma na die kinders gekyk het. Ek sal netnou alles verduidelik. Ek wil asseblief net eers gaan stort en uit hierdie krapperige ding kom. Dan moet ek dringend vir Tasha bel. Ek het regsadvies nodig."

My ma glimlag goedig, maar weier my voorstel vir 'n koppie tee weg.

"Nee dankie. Ek het nog nie eers my tas uitpak nie."

"Maar... wil ma nie weet wat gebeur het nie?"

Sy vou haar arms voor haar bors. Kyk my op en af.

"Daar was blykbaar 'n geskietery?"

"Dis reg, ja... en ma, die ondersoekbeampte verdink mý van die man se moord!"

Trane van moegheid en skok rol nou vrylik oor my wange.

"En... het jy dit gedoen...? Die man geskiet?" vra sy dood ernstig.

"Watse vraag is dit ma?! Natuurlik nie!!"

Sy haal haar skouers op, kom gee my 'n drukkie.

"Nou ja dan. Nag kind." Sy draai om en verdwyn by die spaarkamer in.

Ek staar haar verslae agterna.

My ma. Sonder 'n gelyke. Soos altyd ongeërg, ongehinderd en onwrikbaar in haar doen en late.

Voor ek gaan stort, loer ek by Benjamin se kamer in. Hy lê op sy magie, sorgeloos en vas aan die slaap.

In my eie kamer, trek ek krapperige stuk materiaal oor my kop en gooi dit summier in die snippermandjie weg. Ek was my lyf onder die warm water van die stort en trek dan my gunsteling sweetpak aan.

My selfoon lê nog net so op my bedkassie, ingeprop by die muur. Toe ons vroeër vanaand supermark toe is, het ek dit by die huis gelos. Ek het nie die nodigheid daarin gesien om 'n pap selfoon saam te ry nie. Dit was na alles veronderstel om 'n vinnige uitstappie te wees.

Ek skakel Tasha se nommer maar dit gaan onmiddelik oor na haar stemboodskap.

"Hi Tasha, dis Suzaan. Bel my sodra jy die boodskap kry asseblief. Ek het jou regsadvies dringend nodig. Ons moet vanaand nog terug polisiestasie toe... Dis 'n lang storie. Bel my! Asseblief!"

Skaars het ek die oproep beëindig of Zelia kom by die kamer ingestorm. Die uitdrukking op haar gesig voorspel niks goeds nie.

"Kyk wat het Clint op *Facebook* gesit!!"

Sy druk haar selfoon onder my neus in. Clint, (vind ek toe nou terselfdertyd ook uit), is die tienerseun wat vanaand agter die toonbank by die supermark gewerk het. Op die selfoonskerm sien ek myself, bleek en bebloed saam met speurder Cronje by die supermark uitloop. Die hele toneel van die alarm wat afgaan en die groot man wat skel en vloek, speel weer voor my af. In die agtergrond hoor jy Clint grinnik.

"*Check* hier julle ouens!! Dis Zelia Louw se ma! Haar ou *lady* lyk soos 'n nat gereënde straatkat. Haha! En *true's*, die pote het haar kom haal, lyk haar kop het uit *geclutch* en toe skiet sy een van ons *customers*! Jeez ek loop van nou af lig vir Zelia, lyk die *chicks* in daai *family* het *serious anger issues!*"

Die beeld gaan skielik uit fokus. Daar is 'n onderlangse onduidelike gegons. Dit moet wees toe die winkeleienaar sy verskyning gemaak het. Teen die tyd wat Clint weer op ons inzoom, sit ek reeds agter in die polisiemotor. Speurder Cronje klim ook in en die polisiemotor ry weg...

Net voor die vernederende opname tot 'n einde kom, draai die beeld op sy kant. Clint het belangstelling verloor. Die ligte reëndruppels val onderstebo, die gesig van 'n toeskouer flits oor die skerm en word per ongeluk vasgevang net voor die skerm finaal verdonker en die opname stop. Zelia is net op die punt om die selfoon onder my neus uit te pluk. Maar ek keer. "Wag, speel die laaste deel weer... asseblief."

My dogter kyk na my met afkeur, doen iets op die skerm en druk dan haar selfoon in my hand. Sy gaan staan eenkant, hande oor die bors gevou, dikmond en na aan trane.

Ek slaag daarin om self die beeld te vergroot, en toe ek die jong man se gesig vir 'n tweede keer sien, voel ek 'n krieweling by my ruggraat af hardloop. Dít is dieselfde man wat ek by die agterdeur van die winkel sien uitsluip het. Hy was haastig, tog versigtig asof hy nie wou hê iemand moes hom raaksien nie.

Langs my kan Zelia dit nie meer uithou nie.

"*How embarrassing!*" gil sy.

Met my gedagtes by die moontlikheid dat die man op die skerm die werklike moordenaar kan wees, interpreteer ek haar opmerking heeltemal verkeerd.

"Ag toemaar wat my kind, ek gaan my verseker nie aan die ou simpel videotjie steur nie. Die Clint kind het duidelik geen idee..."

"Vir MY ma, hoe *embarrassing* vir MY! AL my vriende op Facebook sê iets daaroor, die clips is as al meer as 75 keer geshare!! Ugh!! Hoe gaan ek môre my gesig by die skool wys!?

Ek kan nie glo ma het dit aan my gedoen nie!"

Sy wil nog by die kamer uitstorm, maar ek keer haar voor.

"Wag net so bietjie Zelia! *Hoe* moes ek geweet het die knapie is besig om alles op te neem? En wat van *my,* jou eie ma!? Het jy enige idee waardeur *ek* op die oomblik gaan?! Iemand is dood Zelia, VERMOOR! Die arme man se bloed was op my hande!! En nou, om een of ander rede wil die speurder die moord om my nek hang. Weet jy wat die implikasies daarvan kan wees as hy daarin slaag?! Nee, natuurlik weet jy nie, want die wêreld draai net om jouself deesdae. 'n Bietjie emosionele ondersteuning sal waardeer word, jong dame!!"

Trane brand agter my oë. Ek kies rigting kombuis toe net om te sien hoe speurder Cronje by die venster langs die voordeur inloer. In die agtergrond kry Zelia die laaste woord in. "Ek gaan myself in my kamer toesluit en *nooit* weer uitkom nie!!" roep sy en klap haar deur toe.

In die spaarkamer praat die karakters op die tv skielik 'n paar desibel harder. 'n Subtiele skimp van my ma se kant af dat my en Zelia se gestryery haar nie aanstaan nie.

Die deurklokkie lui.

"Ag heéemeltjie tog!" brom my ma kliphard en dan stel sy die tv se volume nog harder.

Ek lig my oë na die plafon.

Asem Suzaan, asem net in en uit…

Speurder Cronje gee 'n ongenooide tree by my verby toe ek die deur vir hom oopmaak.

Hy sê eers niks, kyk net skaamteloos rond. Dan hou hy sy hand uit.

"Hier is die pak wors. Ons het dit nie meer nodig nie." Hy druk dit in my hande in en beduie met die gang af. "Ek wil met jou dogter gesels."

Dit klink meer na 'n bevel as 'n versoek.

Ek ignoreer dit. "Ek dring daarop aan dat jy die toetse oordoen."

Hy frons.

"Die... die... die ballistiese toetse... vir die kruitneerslag... op my...my hande."

Die frons sit oor in 'n geamuseerde glimlag.

"En hoekom sal ek dit wil doen?"

Maar nog voor ek kan verduidelik kom Zelia, selfoon in die hand nader gedraf.

"Sjoe, dis nou goeie *policing*!"

Toe sy die verwarring op beide ons gesigte sien, rol sy haar oë.

"Duh! Die *videoclip*... Ek het dit rapporteer. Clint moenie dink hy gaan daarmee wegkom nie. Die goed wat hy kwytgeraak het is mos *slander*... Dé, kyk self."

Sy hou haar selfoon uit.

Speurder Cronje gebruik onmiddelik die misverstand tot sy eie voordeel. Hy neem die selfoon ewe doodluiters by my kind af.

"Terwyl ek daarna kyk, kan ons sommer gesels oor jou ma. Ek het net 'n paar vrae..."

Sy haal haar skouers niksvermoedens op. "Okay..."

"Hokaai Z! Jy antwoord nie enige vrae voor *ek* sê jy mag nie!" kondig Tasha aan nog voor ek self kan keer.

Ek hou haar dop terwyl sy selfversekerd deur die oop voordeur nader gestap kom. Tasha is model mooi en sy weet dit. Vanaand is haar donker lang hare in 'n los bolla op haar kop vasgesteek, sy het swart jeggings en een of ander ontwerpershemp aan.

Sy vou 'n beskermende arm om my tienderdogter en draai dan haar rug opsetlik op die speurder. "Ek het jou boodskap gekry en besluit om gou hier om te kom, en lyk my ek was net betyds! Wat is hier aan die gang Suz?"

Zelia antwoord eerste. "Dis iets vreesliks! Kyk net hiér!!" Sy neem die selfoon blitsig by speurder Cronje af en druk dit onder Tasha se neus in.

Terwyl die opname speel loer Tasha onderlangs bekommerd na my.

"Wat de hel Suz?" fluister sy skaars hoorbaar.

Ek wil begin verduidelik, maar sy keer. Na die opname klaar gespeel het gee sy my arm 'n sagte druk, glimlag ondersteunend na Zelia en wend haar dan tot die speurder. Sy verander van vriendin na 'n regsverteenwoordiger in aksie.

"Ek is Tasha Bruwer, mevrou Louw se regsverteenwoordiger, en jy is?"

"Speurder Cronje. Die ondersoekbeampte in die saak."

"En watter saak is dit?"

"Die saak waarin jou kliënt my nommer een verdagte is mevrou Bruwer."

Sy glimlag.

"Ah. In daardie geval wil ek privaat met my kliënt gesels."

"Maar wat van die *video clip*?" kerm Zelia van die kantlyn af.

Tasha draai na Zelia.

"Z... Dié man is nie hier om jou te help nie. Inteendeel. Maar moenie jy daardie mooie gesiggie van jou bekommer nie. Ek gaan 'n paar toutjies trek en seker maak die Clint-kind dink volgende keer twee keer voor hy enige iets op sosiale media kwytraak."

Tasha draai haar rug op die speurder en beduie my en Zelia in die rigting van die sitkamer in.

"As jy so gaaf sal wees om die deur agter jou toe te trek speurder." Roep sy terug oor haar skouer.

Die reeds massiewe figuur van die speurder lyk asof dit nog verder uitsit. Asof sy woede 'n hitte is wat hom nog groter laat lyk. Hy het sopas sy rieme styf geloop teen 'n vrou en hy hou duidelik nie daarvan nie.

"Wag Tasha, daar is eintlik iets wat ek nog vir die speurder wou sê."

"Nie voor ons twee gesels het en ek presies weet wat aangaan nie vriendin..." benadruk Tasha maar ek ignoreer vir eers haar waarskuwing.

"Die *video clip*, op die einde... Die jong man... Net nadat ek gegly en op die vloer geval het, het ek hom by die agterdeur van die supermark sien uitglip. Ek het eintlik heeltemal van dit vergeet tot Zelia die opname vir my gewys het. Dit is verseker dieselfde man. Miskien kan jy uitvind wie hy is? Dalk het hy iets met die skietery uit te waai? Hoe meer ek daaraan terugdink, hoe meer dink ek sy optrede was... wel... verdag."

Hy gluur my 'n oomblik nadenkend aan. Dan verskuif sy blik na Tasha.

Dit is op dieselfde oomblik dat Tasha die onpaar sokkies wat hy aan het gewaar.

"Nou toe nou." Sê sy met 'n snorklag.

Speurder Cronje loop uit sonder 'n verdere woord en hy los die deur agter hom oop.

3

Nadat Tasha vir Zelia kamer toe gestuur het met die plegtige belofte dat opname van Facebook verwyder sal word, kom lê sy 'n hand op elk van my skouers. "Nou goed vriendin, jy het my onverdeelde aandag. WAT het gebeur?"

Ek vertel haar alles. Soortvan. Van hoe ek die sambreel vergeet het en geval het. Oor die man met die rugsak wat amper in die slag gebly het bly ek eerder stil. Dit is nie dat ek dink sy sal daaroor lag nie. Dis maar net dat só iets haar nooit sou oorkom nie, die vrou is net gans te gesofistikeerd en vol *posé*. Ag en ek wil ook eintlik net van my eie vernedering vergeet. En wat maak dit tog saak? Ek het nooit gesien hoe hy lyk nie.

Sy wys na die tv kamer waar 'n sepiester kliphard sy liefde met dramatiese agtergrond musiek aan iemand beken.

"En sy?"

Ek sug.

"Die aftree-oord het vanoggend gebel om te sê sy het weér-eens van die *"ander ou onskuldige mensies"* in die verderf gelei. Blykbaar het sy hulle omgepraat om in die na-ure *strip-poker* te speel."

Tasha probeer om nie te breed te glimlag nie. Sy vind nog altyd my ma se eskapades amusant.

"Die nagskof-suster het snuf in die neus gekry toe die helfte van die inwoners ewe getrou *"vroeg gaan inkruip het."* Toe ek daar kom, het hul reeds met haar en al goed buitekant vir my gestaan en wag. Dit was die derde aftree-oord in agt maande Tash! Sy weet hoe moeilik dinge op die oomblik vir my is, kan sy haarself nie net vir eens gedra nie!?"

Tasha vou haar arms om my. Gee my 'n stywe drukkie.

Ek voel hoe die trane onwillekeurig oor my wange loop.

"Dié hele ding is soos een of ander vreemde nagmerrie! Die bloed op my klere, die ou tannie se reaksie. Die arme man wat net so lewensloos daar bly het...Tasha dit was net so..."

Sy sus my stadig heen en weer.

"Hoe kon daar kruitneerslag op my hande wees Tasha... Hoé?"

Sy staan terug om my in die oë te kyk.

"Hulle het niks op jou nie Suz. Daardie speurder probeer jou net die skrik op die lyf jaag. Ek sal my nie te veel daaroor bekommer nie."

Ek skud my kop, vee die trane terselfdertyd af.

"Ek is nie so seker nie Tasha. Ek was daar toe die konstabel persoonlik die uitslag vir hom kom gee het. Hy het baie seker van sy saak gelyk."

"Dit is hoe hulle verdagtes kry om skuld te erken. Hulle maak of hul iets teen jou het. In dié geval, die kamstige kruitneerslag. Erken jy skuld, maak jy die speurder se werk makliker en in ruil vir jou skulderkenning is daar die moontlikheid van 'n ligter vonnis oplegging. Dis die manier hoe van hierdie speurders te werk gaan, so tipies en voorspelbaar. Is dit nie presies hoe dinge verloop het nie?"

Ek knik.

"Maar net sodat jy weet ek het daarop aangedring dat hul die toetse weer doen. Op dié manier kan ek my onskuld bewys. Vanaand nog!"

Tasha se oë rek. "Ooo nee! Vergeet nou maar eers daarvan! Jy het genoeg vir een dag gehad. Dit is hoogtyd dat jy in die bed kom. Ons sal môre hierdie hele gemorsspul uitsorteer."

'n Rukkie later groet Tasha en ry in haar wit sportmotor by die huis se oprit uit. Maar nie voor sy die hope pos wat in en om my posbus lê optel en in my hand stop nie. "Sit die rekeninge eenkant. Ek help jou anderdag daarmee."

Terug in die huis ruil ek gou Benjamin se doek om. Ouma May se kamerdeur is nou toe. By Zelia se kamer talm ek. Ek vee versigtig 'n sliert haar van haar wang af. Sy slaap rustig. Ek voel hoe my trane weer opdam. Die lewe is onregverdig. Sy verdien om haar pa nog hier te hê.

Net duskant middernag sluk ek pynpille vir my beserings en klim ten einde laas met my moeë lyf in die bed. Maar die slaap bly weg. Wanneer ek wel insluimer sluip die dag se gebeure as nagmerries terug in my onderbewuste in. Êrens na 03:00 gee ek die stryd gewonne en besluit om vir myself 'n koppie tee te gaan maak. Ek los die kombuislig af en beweeg so sag as moontlik rond. Toe ek die yskasdeur ooptrek om die melk uit te haal verlig die yskaslig die buitelyne van iemand wat nog die heeltyd by die kombuistafel sit. Ek ruk van die skrik, laat amper die melkbottel op die vloer val.

"Vreksels! Vir wat sit ma net daar?!"

"Vir wat sluip jy soos 'n krimineel in jou eie huis rond? O wag, jy is mos een."

Vies, slaan ek die yskas se deur toe en skakel die ligskakelaar teen die muur aan. Op die kombuistafel lê die pos nog net soos ek dit neergesit het en langs dit staan my ma se silwer heupkraffie, oop geskroef. Vir solank as wat ek weet ek is mens, het my ma dié ding, sy het dit blykbaar 'n maand na hul huwelik vir my pa gekoop.

"M-a!!"

"Wat? Ek was dors."

"Hemel ma! Ma kan nie dié tyd van die oggend sit en dri..."

"Hoekom nie? Jy is dan van plan om tee te drink..."

Ek staar na die vrou wat my grootgemaak het. Kort en mollig. Ek het dalk haar groen oë geerf en dieselfde dik bos hare, maar vir die res? 'n Subtiele reuk van tabak hang om haar. "As ek ma in die huis vang rook is daar moeilikheid!"

Sy rol haar oë, neem nog 'n sluk uit die kraffie.

Ek wil verder preek, maar my oog val op die poskaart-grootte pamflet wat heelbo op die res koeverte en advertensies lê. Ek tel dit op, bekyk dit van nader. 'n Uitnodiging na 'n eksklusiewe geleentheid.

Z.B.
Wynproe geleentheid te Zac Bosch wynlandgoed.

Ek staar na die bekende naam op die uitnodiging. Zac Bosch. Oók jarelange vriend van Tasha en Ludwig. Net soos hulle, het hy in dieselfde woonbuurt groot geword. Al drie ewe arm, al drie sonder pa's, al drie gedetermineerd om bo hulle omstandighede uit te styg en iets van hulle lewens te maak. Maar anders as met Tasha het ons Zac baie min gesien. Ek kan op my een hand die kere tel wat ons almal saam by 'n geleentheid was. Zac was maar altyd besig met sy studies, of besig om êrens druiwe te pars op 'n boer se plaas. Partykeer het ek gewonder of sy afwesigheid nie meer te doen het met die feit dat hy sy armsalige kinderjare wou vergeet, en eerder wou aanbeweeg nie? Nietemin, het sy naam altyd iewers in Ludwig en Tasha se gesprekke opgekom. Hy was dalk nie meer so deel van hul allerdaagse lewens nie, maar hy was nog in hul gedagtes.

Ek frons. Vreemd, die uitnodiging is spesifiek aan Ludwig gerig.

Hoekom sou Zac só 'n fout maak? Hy weet tog dat Ludwig oorlede is.

My gedagtes dwaal terug na die dag van Ludwig se begrafnis. Ek probeer Zac tussen al die ander rouklaers plaas.

Hy was tog daar, of hoe?

"Suzaan, ek vra... Wat hét by die supermark gebeur?"

Die verwytende woorde is uit by my mond voor ek kan keer.

"Regtig ma?! Nóu?! Dié tyd van die oggend stel ma skielik belang? En gisteraand toe ek kon doen met emsionele ondersteuning?"

Sy knipoog, gooi haar kop terug en vat nog 'n sluk.

"Jy weet mos. Toé was ek moeg jóu kinders opgepas..."

Sy gebruik die kinders as verskoning en troefkaart. Enige iets om van die eintlike waarheid af weg te kom. Haar lewenslange emosionele afgestompheid teenoor my. Ek skud my kop.

"Dit is eintlik net 'n geval van vreemde sameloop van gebeure. Ma hoef nie te bekommer nie. Tasha gaan my help om die misverstand uit te sort."

"Die arme vrou het ook haar hande vol met jóu. Eers was dit Ludwig se begrafnis. Toe die testament. Nou dié ding..." My ma klik haar tong. Lig dan die heupkraffie asof sy 'n heildronk instel.

"Wel dank die sterre vir ons liewe Tashatjie né!"

Ek klim dadelik op my perdjie.

"Ten minste weet sý wat dit beteken om mý emsioneel te ondersteun. Ma het nie 'n vinger gelig om te help met die begrafnisreëlings nie. Ek is ma se enigste dogter en dit was een van die moeilikste tye van my lewe."

Sy rol haar oë.

"Gghmpff. Jy dink die begrafnis was die moeilikste tyd van jou lewe, wag tot jy agter tralies moet gaan sit. Jy beter maar hoop dat Tasha jou kan help, want ek sê jou nou, ek is te oud vir kinders grootmaak..."

Sy draai die heupkraffie toe, druk dit in haar kamerjas se sak en stap by die kombuis uit.

"Maar vir nonsens aanjaag by die ouetehuise... Skelm rook en drink, die ander ou mense in die verdelg te lei... Daarvoor is ma nie te oud nie!" skerts ek agterna.

Sy ignoreer my.

Ek skud my kop, vies vir myself. Ek behoort van beter te weet as om met haar te redeneer. Haar sarkastiese opmerking oor Tasha is bloot die gevolg van die voggies in die heupkraffie. Die twee is eintlik baie geheg aan mekaar.

Ek kyk weer af na die uitnodiging in my hand. Dra dit saam terug na my kamer toe. Dit moet 'n fout wees, per ongeluk geadresseerd aan Ludwig. Die kans dat Zac nie weet van sy dood nie is bykans onmoontlik...

Nietemin wil ek dit nie net ignoreer nie. Ek trek my dagboek nader en maak 'n nota om Zac te bel.

My blik gly oor die lysie van wat ek gister beplan het om te doen.

**Werk die Teddie se oog aan.*
**Rig (ALWEER) 'n verskonings-brief na aftree-oord.*
**Betaal water-en kragrekening.*
**Bel bank (WEER) oor uitstel op agterstallige betalings*
**Prokureurs – Hoe lank nog vir die boedelgeld??*
**Onthou afspraak met skoolhoof @ 9:00 oor volgende kwartaal se skoolgelde*

Koop:
Brood
Melk
Yoghurt
Dié week se aandetes?? Vleis, hoender. Vrugte en groente. (kyk eers begroting!?)

Soos dit deesdae gaan het ek skaars by die helfte van my te-doen-lysie uitgekom. Die beeld van die oorledene by die supermark kom spook weer by my.

Ek vat my pen, skryf *Pleeg Moord* onder die yoghurt en sit 'n regmerkie daaragter.

Die een ding volgens speurder Cronje wat ek skynbaar wél gister by uit gekom het om te doen.

Ek staar na die woorde. 'n Rits vrae kom een na die ander by my op. Dinge wat ek nou eers oor wonder. Dinge wat my onskuld kan help bewys.

Ek skribbel dit sommer op die agterkant van Zac se uitnodiging neer.

Twee dinge bly uit staan.

Eerstens, die meeste winkels het tog deesdae sekuriteitskameras. Dus is die moontlikheid dat die moord en aldus regte moordenaar op kamera vasgevang is. En tweedens, as ek reg onthou het die oorledene geen inkopies by hom gehad nie. Is hy vermoor voor hy met sy inkopies kon begin? Of het sy teenwoordigheid iets met die jong man wat by die agterdeur uitgesluip het te doen?

'n Lang vergete gevoel van doelgerigtheid spoel nou oor my. Wanneer ek oor 'n uur of twee opstaan gaan iets anders buiten die afgelope drie maande se verlange en hartseer na my man my dag vul. Ek gaan my onskuld bewys! Daar is nou meer om op te gaan as net die forensiese toets. Speurder Cronje sal tot ander insigte kom.

Ek gebruik dieselfde uitnodiging sommer as 'n boekmerk en sit my dagboek op my bedkassie neer. Ek skakel my bedlampie af en voel dadelik hoe die slaap my wil oorval. Maar dan, net voor my oë toeval is daar 'n beweging by my kamervenster. Ek bly eers lê. Wonder of dit net my verbeelding was?

Maar in die donkerte sien ek weer hoe die gordyn effens heen en weer beweeg. Die keer sit ek dadelik regop. Meteens onthou ek dat ek nooit die buite area se alarm geaktiveer het nadat Tasha gery het nie! Enige iemand kan sonder waarskuwing toegang tot die erf verkry! My verbeelding gaan onmiddelik op hol.

Wat as iemand het! Wat as daar 'n inbreker in my huis is.

Ek staar na die gordyn.

Meteens lig en beweeg die hele gedoente met 'n gewapper eenkant toe en 'n yskoue wind waai by die venster in.

Die skrik ruk deur my lyf, maar dan ontspan ek tog effens. Ek gee 'n senuweeagtige laggie en gooi die laken van my af.

Dis net die wind!

Maar dan steek ek vas.

Vandat Ludwig oorlede is, slaap ek met die vensters toe. So hoekom staan dit nou oop?

Ek staar na die wiegende gordyn en oorweeg die mees

voorhandliggende rede. My ma en die reuk van tabak wat vroeër om haar gehang het. Sy rook natuurlik skelm in die huis en het die venster oopgemaak om van die rookreuk ontslae te raak.

Dit is soos om 'n tweede tiener in die huis te hê!!

Ek sug en loop in die donker om die venster te gaan toemaak. Terwyl ek sukkel om die vensterknip toe te kry val my oog op 'n motor wat voor die huis in die straat geparkeer staan. Om een of ander rede laat dié ontdekking al die hare in my nek skielik regop staan. Veral toe die skadu van die persoon binne in die motor oorleun en terugkyk in die rigting van die huis.

Toegevou deur die donkerte in my kamer, hou ek die figuur dop.

Na 'n paar oomblikke verskuif en verdwyn die buitelyne van die persoon terug agter die stuurwiel in. Die rooi briekligte helder op en dan ry die motor met opset stadig en so stil moontlik weg.

Ek kry uiteindelik die venster behoorlik toe en gaan klim terug in die bed, deeglik bewus van die rittel in my lyf. Ek probeer myself daarvan oortuig dat die gesiglose persoon agter die stuurwiel niks met die gebeure by die supermark of my oop kamervenster uit te waai het nie. Dat die persoon buitekant my huis moontlik net verdwaal het. Ek trek die lakens tot by my ken en staar in donkerte na my plafon. Die beeld van die man wat by die agterdeur van die supermark uit sluip kom spook skielik by my.

Ek leun oor, skakel my bedlampie aan en knyp my oë styf toe.

Miskien is dit alles blote toeval...

**

Kort nadat klein Benjamin sy eerste spoegbekkie-soen op my wang kom plak gaan my wekker af. Dit is 06:30.

My arme nek is stokstyf van die vorige dag se hou maar daar is nie tyd vir selfbejammering nie, die dag se dinge roep.

Nadat ek ontbyt gemaak het, kosblikke gepak en eers weer twee rondtes rusies met Zelia moes afweer is my gedagtes uiteindelik my eie. My ma het aangebied om Benjamin by sy oggend-speelgroepie te gaan besorg. Dat daar 'n alternatiewe motief agter haar behulpsaamheid skuil het ek geen twyfel nie. Ek het gehoor toe sy vroeër "*'n paar sente*" by Zelia gebedel het. Maar wat ook al haar redes, ek gaan my nie vandag daaraan steur nie. Vandag moet ek my onskuld aan speurder Cronje bewys.

Ek los my dagboek op my bedkassie en haal net Zac se uitnodiging waarop ek my notas gemaak het uit. Vanaf die telefoon in die studeerkamer skakel ek die polisiestasie, stel myself voor en vra om na speurder Cronje deurgesit te word.

Sy ongeduldige stem breek deur die gehoorbuis. "JA!?"

My handpalms begin onmiddelik sweet. Ek neem 'n diep asemteug en probeer die uitwerking wat sy blaffende stemtoon op my het ignoreer.

"Uhm Ek... ek het net gewonder of... of jy dalk enige iets wyser geraak het oor daardie man, jy weet? Die een in die video opname?"

Stilte.

"Speurder Cronje?"

"Of ek nou het of nie... Dit het niks met jou uit te waai nie mevrou Louw. Ek is die speurder, nie jy nie."

Ek byt op my tande. Met ander woorde hy het nie die leidraad opgevolg nie.

"Ek... ek probeer net help speurder Cronje. My onskuld bewys. Wat my by die hertoets van die kruitneersl..."

Daar is 'n ongeskikte harde gesug in my ore.

"Niemand anders het daardie man in die winkel gesien nie mevrou Louw. Jý is ook die enigste een wat hom kamstig by die agterdeur sien uitsluip het."

Hy sê dit met soveel oortuiging dat ek vir 'n oomblik aan myself twyfel. Wat as ek verkeerd gesien het?

"As dit al is...?" vra hy.

Ek kyk af na die geskribbel op die uitnodiging.

"Nee wag! Die sekuriteitskameras!!"

"Wat?!"

"Die winkel se sekuriteitskameras sou sy doen en late vasgevang het! As jy gister se opnames deurkyk sal jy sien ek praat die waarheid. Die man *was* daar!!"

Die uitgerekte stilte aan die anderkant van die lyn laat my eers verward. Maar algaande dring 'n besef tot my deur en ek voel hoe matelose woede in my opstoot.

Groot kokkedoor speurder Cronje het een van die mees basiese prosedure van die ondersoek oorgesien!!

"Ek glo dit nie! Is dit omdat jy klaar besluit het ek is skuldig!? Die sekuriteitskameras sal nie net die moord-daad vasgevang het nie maar ook die regte moordenaar identifiseer!!"

"Ek weet hoe om my werk te doen mevrou Louw. En tot dusver wys alle bewyse..."

"Bewyse! Watse bewyse!? Jy het die getuienis van 'n ou tannie en 'n misdaadtoneel wat deur my, die sekuriteitswag en die eienaar vertrap was! Moontlik het iemand met die forensiese toetse aangejaag. As jy weer vir kruitneerslag toets sal jy sien ek het geen wapen hanteer of afgevuur nie. GEEN!"

"Mevrou Louw!"

"Nee! In jou tipe beroep behoort daar nie sulke nalatigheid te wees nie speurder Cronje. Jy kan onskuldige mense se lewens ruïneer!"

Daar is 'n doodse stilte aan die anderkant van die lyn.

"Ek soek 'n skriftelike verskoning. Van beide jou en jou hoofde... En 'n laaste ding *speurder* Cronje... 'n Brokkie gratis advies. Ek stel voor jy werk bietjie aan jou manière. 'n Mens vang meer vlieë met heuning as met asyn!" sê ek en sit die foon neer.

'n Brander van verligting spoel oor my. Die nagmerrie is verby, die sekuriteitsopnames gaan my onskuld bewys en die regte moordenaar gaan gevang en gearresteer word. Ek skud my kop in ongeloof. Skielik maak die foutiewe forensiese uitslag van die kruitneerslag ook sin. Duidelik skort daar baie met polisieondersoeke. Geen wonder dinge gaan deesdae so beroerd in ons land nie.

Ek besluit om vir myself 'n welverdiende koppie tee te gaan maak.

In die kombuis sit ek Zac se uitnodiging op die kombuistafel neer, skakel die ketel aan, sit solank die teesakkie in die koppie en steek dan in my spore vas. My dagboek en die inhoud daarvan lê verstrooid op die vloer...

My aanvanklike verwarring spoel vinnig oor na angs. Ek het my dagboek in my kamer op die bedkassie gelos. *So hoé het dit hiér op die vloer beland?*

Daar is net een logiese verduideliking. Iemand was in die huis terwyl ek met speurder Cronje op die telefoon gepraat het!!

Ek loer vinnig om my rond. Niks anders lyk uit plek uit nie? Die kombuisvensters is almal toe, die deur wat na die agterplaas toe lei is op knip. My handsak met my beursie en selfoon daarin hang nog net waar ek dit die oggend teen die muur opgehang het.

Hoekom my dagboek probeer steel?

Ek onthou die vreemde motor wat in die oggendure voor die huis gestaan het. 'n Ysige rilling hardloop langs my ruggraat af. Miskien was dit tog nie my ma wat gisteraand die venster in die slaapkamer oopgelos het nie.

Die beweging verder af in die gang is so vlugtig dat ek dit amper miskyk. Maar dan volg die onmiskenbare *tjierts-tjierts* van rubbersole op my teëlvloer...

Die inbreker is steeds in die huis!!

Ek gryp instinktief na my handsak en vlug in die eerste beste wegkruipplek in. Die spens.

In die donkerte en met bewende hande probeer ek die nodige noodnommer skakel. Dit neem meer as een poging. My vingers bewe so ek bly die nommers verkeerd intik. Na die derde poging word my oproep bykans onmiddelik beantwoord.

"Help hier is iem..."

Tjierts-tjierts. Weer die voetstappe.

Ek kruip nog dieper in die spens in, my rug nou teen die muur. 'n Gevangene in my eie huis. Ek sien beweging in die skrefie lig onder die spensdeur. Die persoon dus nou ook hiér in die kombuis.

"Is jy hier?"

My ma se geroep by die voordeur veroorsaak 'n onmiddelike versnelling in die indringer se voetstappe – vanaf sluipdief na vlugteling - en dan volg daar 'n paar senutergende sekondes van doodse stilte...

"Suz?!" roep my ma weer.

Ek stoot die spensdeur oop en strompel paniekerig uit. My ma wat op daardie presiese oomblik die kombuis binne stap, steek vas.

"HIER WAS NOU NET IEMAND IN DIE HUIS MA!!"

My ma laat haar blik oor my gaan, kyk dan terug met die gang af waarlangs sy nou net gekom het en dan weer om ons rond. Die verwarring duidelik op haar gesig.

Ek knyp my oë toe en forseer myself om beheer oor my gejaagde asemhaling te kry. Die effek van die adrenalien nog vars in my are.

"My dagboek... ek het dit in die slaapkamer gelos, maar toe kry ek dit hiér op die vloer..."

Nog voor ek klaar kan verduidelik is daar 'n klop aan die voordeur.

Ek vee die klammigheid van my voorkop af.

"Dankie tog, dit is seker die sekuriteitsmaatskappy. Ek het hulle gebel..."

Ek beweeg rondom my ma wat nog steeds woordeloos na my staar.

Daar word weer geklop.

Ek vou my vingers om die deurknop gereed om dit oop te maak. Op dieselfde tyd praat 'n onbekende stem aan die anderkant.

"Maak asseblief oop, dis speurder Cronje hier..."

Ek verstar. Die stem aan die anderkant van die deur behoort verseker nie aan die reuse speurder Cronje nie? Sy stemtoon is diep en kortaf.

Die deurknop beweeg skielik in my hand. Dit word van die buitekant af gedraai, 'n toets om te sien of die deur gesluit is of nie.

"Mevrou May is jy alleen? Ek wil graag met jou oor Suzaan praat."

Daar is êrens fout. Die *"asseblief"* in die sin. Speurder Cronje sou nooit so ordentlik wees nie, veral nie na ons laaste telefoongesprek nie...

In my agterkop flikker die rooi ligte nou vinnig aan en af. Ek leun saggies vooroor, kyk deur die loergaatjie.

Voor die deur staan dieselfde man wat op Zelia se selfoon was, die een wat ek by die agterdeur sien uitsluip het.

Ek snak na my asem, sit my hand vinnig oor my mond. Hoop dat hy nie die geluid deur die deur gehoor nie.

Wat soek hy hier? Hoe weet hy waar ek bly? Hoekom homself as speurder Cronje voordoen?

Die antwoorde is voor die handliggend.

Hý is die een wat die man in die supermark geskiet het. Hy moes op 'n manier uitgevind het dat ek hom by die agterdeur sien uitglip het. En nou is hy hier om sy spore dood te vee. Hy het homself voorgestel as Cronje, wat net kan beteken die verdekselse speurder het hom van my vertel. Hoe nalatig. Cronje het sowaar die skurk reguit na my gelei!

Die deurknop beweeg weer in my hand. Dankie tog my ma het die voordeur agter haar gesluit.

Ek beweeg saggies van die deur af weg en draf vinnig verby my ma om my selfoon wat nog in die spens lê te kry.

"Waarheen hol jy nou?"

Ek ignoreer my ma se vraag. Ek moet die polisie hier kry en gou ook!

Dit is skielik stil by die voordeur, maar net toe ek begin dink dat iets die man dalk die skrik op die lyf gejaag het, klop hy weer.

Dié keer harder. Meer dringend.

"Wil jy hê die man moet die deur afbreek Suzaan? Wat is dit met jou?"

Ek kyk terug oor my skouer en sien hoe my ma omdraai en na die voordeur toe terugstap.

"NEE MA! MOENIE!!"

Die deurslot klik oop.

"MA! NEE!"

Te laat. My ma trek die voordeur oop en gaan staan arms gekruis voor die man in die deur.

Ek laat amper my selfoon val toe ek die reuse speurder in die deur sien staan.

"SPEURDER CRONJE?? MAAR HOE...?!"

Die totale verbasing in my stemtoon laat beide gelyktydig frons.

"Wat gaan aan met jou Suzaan?" vra my ma met groot agterdog.

Die speurder neem weereens 'n ongenooide tree in die huis in. Die frons nog steeds op sy gesig. Die ysblou oë bly ondersoekend op my gefokus.

Ek sê niks. Sak net op die hoë stoel agter my neer.

Hy begin praat sonder om my of my ma te groet.

"Die sekuriteitskameras was net 'n afskrik-middel. Dit kan nie opnames neem nie, dis alles na-gemaakte goed. Die eienaar van die supermark het erken dat hy dit gedoen het om sy versekeringsmaatskappy 'n rat voor die oë te draai. Iets te doen met laer maandelikse paaiemente... Die man is korrup. Hoe dit ook al sy, hy het homself in die voet geskiet. En dis 'n doodloopstraat vir die ondersoek. Dit was een van die eerste dinge wat ek opgevolg het mevrou Louw. Nie dat ek myself enigsins aan jou moet verduidelik nie."

Hy loop tot by die tafel waar ek sit. "Ek is hier om jou te kom haal mevrou Louw. So veel as wat dit my pyn moet ek jou versoek na 'n tweede toets vir die kruitneerslag toestaan. Dit is jou grondwetlike reg om daarop aan te dring en ongelukkig my plig om dit na..."

Ek staar na speurder Cronje se mond. Ek sien hoe sy lippe beweeg maar dis asof die woorde wat by sy mond uitkom dowwer en onverstaanbaar raak. Stadig maar seker verander alles in drogbeelde, alles smelt soos kerswas weg. My aandag ver verwyderd van sy gesprek.

Wat het sopas gebeur? Is ek dan besig om gek te word? Waar het speurder Cronje so skielik vandaan gekom? Waar is die man van die supermark wat oomblikke gelede nog voor die deur gestaan het?

Ek vryf my oë in die hoop om alles weer in fokus bring. Merk toevallig dat die speurder sowaar weer vandag twee verskillende kleure sokkies aanhet.

"Mevrou Louw, hoor jy wat ek sê?"

Toe ek nie antwoord nie, haal hy sy notaboekie en pen uit sy baadjiesak en wend hom tot my ma.

"Hoe is haar gemoedstoestand deesdae? So terloops, ek neem aan jy is Suzaan se ma, die een wat gisteraand na die kinders omgesien het? Ons het nie gisteraand ontmoet nie."

My ma knik en kom staan langs my.

"Minda May."

Ek voel hoe my maag op 'n knop trek. Die jong man het my ma op haar naam genoem toe hy geklop en homself as Cronje voorgedoen het. *Hoe het hy geweet wie sy is?*

"Is jy okay Suzaan? Sy het gesê hier was iemand in die huis." Sê my ma ter verduideliking en kyk vir eens effe bekommerd na my.

Die speurder kyk om hom rond. Lig sy wenkbrou asof hy die waarheid daarvan in twyfel trek en herhaal sy vraag aan my ma.

"Oor haar gemoedstoestand...?"

My ma staar lank na my voor sy haar aandag na die speurder verskuif.

"As jy hoop om jou skuldigbevindings teen my dogter te bou en baseer rondom haar gemoedstoestand het jy 'n baie sterk saak. Want, voor jy vra... Ja, sy het verander na haar man se dood. Baie. Sy loop en bejammer haarself van die oggend tot die aand. Mens kan skaars huishou met haar. Sy is nie meer haarself nie. Haar humeur is kort en sy loop met 'n ongekende woede in haar rond. Dan is daar ons verhouding... nou ja wat kan ek sê... Daar was nooit veel om mee te begin nie, maar deesdae..." Sy trek 'n gesig.

Ek staar geskok na haar. "Wat doen ma? Ma gee die man ammunisie om 'n saak teen my..."

Sy maak my stil. "Maar hier is die ding meneer die speurder. Sóu jy my sonder jakkalsdraaie reguit vra, met integriteit en eerbaarheid soos 'n man van die wet behoort te doen. Of ek dink dat my kind tot moord in staat is, sou my antwoord *nee* wees. Nee en nogmaals *nee*. Glo jy my nou maar... Suzaan Louw het nie die ruggraat daarvoor nie."

Ek is nie seker wat om van my ma se opmerking te maak nie. 'n Belediging ter verdediging?

Met dit draai sy om en stap by die kombuis uit. Speurder Cronje bly haar agterna staar. Dan skud hy sy kop, bêre sy pen en notaboekie. Beduie na die voordeur.

"Kan ons gaan, of het jy jou prokureurs vriendinnetjie nodig om jou hand vas te hou as ons die toets weer doen?"

My oog val op die dagboek. Wie ook al hier in die huis was, het terwyl ek in die spens weggekruip het, dit toegemaak en netjies bo-op die kas langs die broodblik neergesit.

'n Gedagte kom meteens by my op.

"Mevrou Louw, wil jy die kruitneerslag-toetse herhaal of nie!? My tyd is..."

Ek spring van die stoel af, gryp die dagboek en druk dit in speurder Cronje se hande in.

"Ek weet wat ek nou sê maak glad nie sin nie... maar daar is vingerafdrukke hierop en jy sal sien dit behoort aan die jong man van die supermark."

Die speurder gee 'n ongeduldige sug.

"Mevrou Louw..."

"Nee wag asseblief, luister net na my... Hier was iemand in die huis en ek is oortuig dit was hy gewees. Hy het iets in my dagboek gesoek, maar toe daag my ma onverwags op. In plaas van vlug, sluip hy net uit, stap om die huis en kom klop aan die deur..."

Die groot man skud sy kop.

"Die vent het aan die deur kom klop en gemaak asof hy *jy* is! Ek hom deur die loergaatjie gesien!! As jy die vingerafdrukke van die dagboek met dié op die voordeur se deurknop vergelyk sal jy sien ek praat die waarheid. Die man..."

"HOU OP!"

Die woede in sy stem ruk my tot stilte.

"Hierdié kamstige inbraak is net 'n patetiese poging om die onvermydelike uit te stel! Jy het nie gedink dat ek jou versoek oor die kruitneerslag toets sou toestaan nie. Ons albei weet dat die resultate dieselfde gaan wees, né mevrou Louw. Of hoop jy dat 'n bietjie seep en water die bewyse van jou hande sou verwyder het? Kyk om jou rond. Waarvoor vat jy my? Dit is tog duidelik dat hier niemand in jou huis was nie. Alles is op sy plek. En as die man van die supermark by jou voordeur was, sou ek hom tog raakgesien het, of hoe?"

Hy smyt die dagboek onbelangstellend op die kombuistafel neer. "En wat is van soveel belang in jou dagboek? Jou inkopielys!? Ghah!"

Dan hou hy skielik op met skel, laat sy asem stadig uit. Kry beheer oor sy emosies. Lig 'n hand. Laat sak dit weer. 'n Amper pleitende gebaar. Onvanpas by sy intiminderende karakter. "Ek weet dit lyk nie so nie, maar ek wil jou help. Ek kan sien jy... Jou lewe, dinge... Erken net dat..."

Ek skud my kop, praat bo-oor hom. "Ek weet ek klink waansinnig, maar..."

"Dit klink heeltemal belaglik! Jy laat die man soos superman klink. Die een oomblik in die huis en dan sekondes later weer buitekant jou deur!" skerts hy en gee 'n snorklag.

Ek bly stil. Hy is reg. Die man moes teen 'n vinnige tempo beweeg en weer verdwyn het... Maar dit is tog nie onmoontlik nie, of hoe?

Hy neem 'n tree nader. Buig sy reuse bolyf vooroor soos 'n boog in 'n poging om homself korter te laat lyk. Daar is iets in die manier hoe hy nou na my kyk. Presies soos by die polisiestasie net nadat hy uitgevind het van my man se dood.

Ek neem dadelik 'n tree terug, verbreek oogkontak. Verbreek die ongemaklikheid wat hy my laat voel. Laat my oë eerder afdwaal na die verskillende gekleurde sokkies.

Toe ek weer opkyk sien ek hoe hy na Zac se uitnodiging op die tafel staar. Daar is 'n eensklapse verandering in hom. Hy tel die uitnodiging op, bekyk dit van nader. Byt op sy tande. Bal sy reuse vuis.

"Hoe ken jy vir Zac Bosch mevrou Louw?" Hy byt die woorde af.

Ek frons.

"Hy is, was 'n vriend my van man. Hoekom?"

Speurder Cronje staar lank na die uitnodiging, 'n onleesbare uitdrukking op sy gesig.

"En het die uitnodiging nog die heeltyd hiér op die kombuistafel gelê?"

Ek vind die vraag vreemd.

"Nee. Ek het dit eers hier kom neersit nadat ek met jou oor die telefoon gesels het."

Sy ysblou oë flits tussen die dagboek en die uitnodiging. Duidelik weet hy iets wat ek nie weet nie.

"So dit was nie die heeltyd in die dagboek nie?"

"Wel, ek het dit eers gisteraand in die posbus ontdek as dit is wat jy bedoel? Toe het ek dit in my dagboek gebêre tot vanoggend toe. Toe ons vroeër op die telefoon gesels het, het ek dit by my gehad... Ek het notas agterop geskribbel en..."

Soos die besef my tref steek die res van my woorde in my keel vas. Ek voel hoe my bene meteens onder my wil meegee. Ek gaan sit en probeer die onbeheerbare rillings in my lyf vir hom weg steek. Meteens verstaan ek hoekom speurder Cronje nie die moordenaar voor my deur gesien het nie. Dit was nie omdat die jong man so vlugvoetig was nie. Nee, die antwoord was in 'n koerantberig wat ek 'n maand of so terug gelees het.

"Ek vat die dagboek en uitnodiging saam met my." sê hy en stap sonder 'n verdere woord weg.

My ma wat intussen weer verskyn en die kille atmosfeer in die vertrek aanvoel, staar die speurder agterna.

"En nou dit?"

Ek laat my ma se vraag in die lug hang en luister na voetspore van speurder Cronje se skoene op die teëlvloer. By die voordeur vou hy sy reuse hand om die deurknop en vervang enige ander vingerafdrukke nou met dié van sy eie, en dan verdwyn hy met die enigste ander bewysstuk, wat my vermoedens van wat presies aan die gang is, sou staaf.

4

'n Ruk later...

"Suz, jy weet ek is aan jou kant ... en ja, jou vermoede dat daar dalk meer as een persoon by die moord van die man in die supermark betrokke kan wees maak seker sin, maar dat daardié tweede persoon, speurder Cronje is... ek weet darem nie?"

Tash frons nadenkend. "Die feit dat hy 'n punt daarvan gemaak het om die die vingerafdrukke op die voordeur met sy eie te vervang is verdag... As jy my vra is die man net bloot nalatig gewees. Maar jy maak nou ernstige aanklagtes en as ons dit gaan deurvoer gaan ons konkrete bewyse nodig hê..."

Sy stoot my selfoon terug oor die tafel na my en skud dan vir die soveelste keer haar kop heen en weer. In haar oë sien ek bejammering.

"WAT!? Dink jý ook dat ek besig is om van my kop af te gaan?"

Sy antwoord my nie. Ek lig my selfoon op, tik met my wysvinger op die berig wat ek nadat speurder Cronje weg is weer op die internet gaan opsoek het.

"Hiér sê dit! Die publiek word gewaarsku teen die nuwe slenter Tash!"

Al het sy reeds die berig self gelees, herhaal ek dit weer hardop. *"Korrupte polisielede en ander kriminele verkry die besonderhede van 'n oorledene se naasbestaandes. Hulle snuffel rond en vind uit of die erfgename finansieël gaan baat, daarna het hulle hul eie maniere om hierdie arme onskuldige mense wat agtergelaat is af te pers of in omstandighede in te forseer sodat hulle die geld kan kry! Wees gewaarsku. Hierdie kriminele is bereid om tot die uiterstes toe te gaan."*

Ek kyk op om seker te maak dat sy nog luister. "*Selfs moord!* Hoor jy Tash? Ek sê jou nou dit is wat hier aan die gang is. Ek is 'n slagoffer van een van hierdie slenters. Speurder Cronje en daardie moordenaarsvriend van hom het hierdie hele ding haarfyn beplan. Hul moes vooraf inligting bekom het oor die boedel. Daardie arme man is vermoor sodat ek van sy moord beskuldig kan word en hulle my kan afpers. Geld in ruil vir my vryheid. Dit verduidelik tog die belaglikheid rondom hierdie hele situasie. Daardie ou dame se getuienis was bog, maar Cronje het haar net te maklik geglo... en die uitslag van die kruitneerslagtoets. Hy was van die staanspoor af besig om my te intimideer. Ek is soos 'n lam na die slagpale toe gelei!"

Tasha glimlag en sit haar hand troosend bo-op myne. "Luister na wat ek sê. Ek betwyfel nie die slenter nie. Ons lewe in 'n land waar korrupsie aan die orde van die dag is. En daar is 'n moontlikheid dat jy reg is, maar..." Sy bly 'n oomblik stil, asof sy eers die presiese regte woorde wil kies voor sy verder praat.

"Jy, my vriendin, is die laaste tyd onder geweldige druk. Om 'n tienerdogter en kleinding alleen groot te maak... Jou ma wat weer terug onder jou dak is, en nou die trauma rondom die moord. Ek neem alles wat jy my vertel baie ernstig op en ek ken iemand wat bietjie namens ons kan rondkrap en uitvind... maar jy het nou vir eers nodig om na jouself te kyk. Ek en jy weet jy is onskuldig en ons gaan dit bewys, slenter of te nie, okay? Ek het 'n voorstel..."

Ek probeer die trane keer. Sy is reg, ek is heeltemal oorweldig. Nou dat ek my teorie oor speurder Cronje en die slenter uitgeblaker het, klink dit selfs vir my na malligheid. Maar êrens is daar groot fout.

"Kom ons aanvaar Zac se uitnodiging na die wynplaas toe... Klink my die wynproe geleentheid gaan 'n *grand* okkasie wees."

Ek wil die voorstel onmiddelik afskiet, maar sy keer nog

voor ek my mond kan oopmaak.

"Onthou dit is eers oor 'n paar maande. Ons sorteer intussen hierdie gemorsspul met die ondersoek uit. Daarna gaan vryf ons bietjie skouers met van die beroemdes daar, maak of ons Zac se wyne kan bekostig en bly agterna vir 'n dag of twee in een van sy kothuise op die plaas. Jou ma is mos hier, laat sy die kinders oppas, dit sal haar uit die kwaad hou."

Die damwal breek en ek probeer nie ees my trane keer nie.

Tasha trek my styf teen haar aan.

"Komaan, byt vas. Dinge gaan uitwerk, jy sal sien. Ek gaan aandring dat ons vandag nog 'n onafhanklike forensiese toets doen. Sodra ons die uitslag het sal Cronje geen keuse hê as om sy heksejag op jou te laat vaar nie. En ek gaan namens ons RSVP, ons gaan na Zac se wynplaas toe en basta met die res."

Ek hou haar dop terwyl sy nou selfoon teen die oor, ligvoets deur my kombuis beweeg en eerste die nodige reëlings met Zac se sekretaresse tref. "Ja... net ek en Suzaan... Goed, dankie." Sy lui af en skakel dan 'n ander nommer.

"Hi, lanklaas gesels. Goed dankie en daar? Hoor hier, ek wil 'n guns vra... *Great!* Jy weet van die slenter waar die vuilgoed deesdae onskuldige mense wat redelik goed finansieël erf teiken en... Ja, einste... Nou ek..." sy loop buite hoorafstand en ek laat haar begaan.

'n Beeld van 'n hartgebroke Tasha flits voor my in herinnering op. Die dag toe ek die nuus van Ludwig se dood aan haar moes oordra. Dit was een van die min kere wat ek Tasha uitmekaar sien val het. Andersins is sy die toonbeeld van selfvertroue en altyd in beheer van haar emosies. Miskien is dit die prokureur in haar, of soos met die geval van Ludwig en Zac, het dit iets met haar moeilike kinderjare te doen. Hoe dit ook al sy, ons almal bewonder haar en op dae soos vandag is ek dankbaar dat sy deel van ons lewens is.

Die horlosie teen die kombuismuur slaan op die uur. Ek moet binnekort vir Benjamin by die speelgroepie gaan optel. Tyd vir selfbejammering is verby.

Terwyl Tasha haar gesprek op die selfoon afsluit, wonder ek weer oor die moontlikheid van 'n komplot. Speurder Cronje kon seker maklik genoeg sy hande op Ludwig se doodsertifikaat en my besonderhede gekry het... maar hoe het hul geweet om my juis by die supermark voor te lê? Dit is tog te vergesog, of nie?

Tasha onderbreek my gedagtegang. "Die oorledene was 'n ene meneer Stefan Swart en die jong man wat in die video was se naam is Charles... Charles Barlow..." kondig sy aan terwyl sy haar selfoon terug in haar broeksak druk.

"Herken jy die name?"

Ek skud my kop. "Nee... glad nie."

Sy raap haar motorsleutels op en loop saam met my by die huis uit. "Ek stel voor ons *Google* hulle. Miskien raak ons iets wyser."

Ek wonder dadelik wat speurder Cronje daarvan sal dink as hy uitvind ek en Tasha is besig met ons eie ondersoek.

Sy klim in haar motor, druk die venster se knoppie af. "Kom ons hou die inligting vir eers net tussen ons, hoe minder speurder Cronje weet, hoe beter." sê sy asof sy my gedagtes lees. Dan groet sy en ek stap om vir klein Benjamin te gaan haal.

Oppad terug huistoe van die speelskooltjie af, volg ons die daaglikse ritueel van blomme langs die pad pluk, klippies skop, diep gesprekke vol brabbeltaal en baie vingerwys.

"Het jy lekker gespeel Benna?" vra ek en stoot die mismoedigheid wat my wil oorval eenkant toe. My seun lyk by die dag meer en meer soos sy pa.

Benjamin gaan staan stil. Beduie terug na 'n man wat sopas op sy fiets by ons verby gery het.

"Brrmmm!"

"Ja, mamma sien, dis 'n oom wat fiets ry." sê ek en probeer terselfdertyd die seer uit my stemtoon hou. Ludwig het destyds 'n kinder-sitplek agter aan sy eie fiets laat opsit en gereeld met Zelia as peuter gaan rondry. Kort voor sy dood het hy die dieselfde met Benjamin begin doen.

Benjamin steek sy pofferhandjie in die lug op en waai agterna. "Ta-ta!"

Die trane brand agter my oë. Ek verlang na my man.

Ek plak 'n glimlag op my gesig en groet dan kamstig net so entoesiasties saam...

"Suzaan..."

Die skielike teenwoordigheid van Charles Barlow hier langs stuur 'n skokgolf deur my binneste. Net die blote sinistere klank in sy stem laat die hare in my nek regop staan.

Hy steek 'n benerige hand na my toe uit en krul sy lang maer vingers om my skouer, 'n grusame glimlag krul om sy mondhoeke.

"Ons moet praat."

My reaksie is outomaties. In een vinnige beweging tree ek eenkant toe, raap Benjamin op en vou hom beskermend in my arms toe.

Charles Barlow grinnik, sy gevoellose kraalogies rus nou op Benjamin.

"Mmhm. Benjamin trek na sy pa, maar Zelia lyk meer soos jy..."

Ek is onmiddelik lam van vrees.

Hy ken my kinders se name!!

"Waar is dit?" Sy vraag klink meer na 'n gevaarlike dreigement.

Ek loer onderlangs rond vir hulp, maar dis verniet, die straat en sypaadjie is tjoepstil en leeg. Ek sal moet kalm bly. Uitvind wat die vark wil hê en nie onnodige kanse vat nie. Benjamin se veiligheid kom eerste.

"Waar is wat? Ek... ek weet nie waarvan jy praat nie..."

Die lang maer man met sy olierige toutjies hare skud sy kop stadig heen en weer.

"*Give it up* Suzaan. Dis nie die moeite werd nie. Ons gaan

dit kry, met of sonder jou samewerking." Hy hou sy selfoon na my toe uit, beduie ek moet na die skerm kyk.

"Kom ek gee jou 'n paar oomblikke om jou antwoord te heroorweeg."

Ek staar met afgryse na die fotos terwyl hy daardeur blaai.

Foto 1. Zelia wat saam met haar skoolvriende skool toe stap.

Foto 2. Ek wat onbewus van die kameralens op my, vroeg-oggend op die agterstoep sit en koffie drink. Die droewigheid op my gesig vasgevang.

Foto 3. Ouma May en klein Benjamin wat vanoggend saam na sy speelgroepie toe gestap het.

Nog een van Zelia, nog een van Benjamin, nog nog nog...

"Jy sien Suzaan, ons weet alles van jou en jou kosbare gesinnetjie af, en ek moet jou komplimenteer, jy het sowaar 'n baie goeie front voorgehou... Ons het amper begin glo dat jy regtig niks weet nie, tot gister... Wie sou kon raai dat jy tot moord in staat is? Duidelik het ons jou onderskat."

Ek het geen idee waarvan hy praat nie. Watse goeie front? Wat moet ek weet?

"Maar ek het nie vir STEFAN SWART vermoor nie!"

Dat ek die vermoorde man se naam ken, vang Charles Barlow duidelik omkant. Ek sien die verbasing flits oor sy gesig. Met sy fokus tydelik verskuif gryp ek die kans aan om van hom af weg te kom. Maar die feit dat ek vir klein Benjamin in my arms het breek my spoed en nog voor ek enige behoorlike afstand tussen ons kan sit, kry hy my weer aan die arm beet.

"*Oh no, not so fast Suzaan.*"

Ek ruk myself los en hou terwille van Benjamin beide my woede en angs net-net onder beheer.

"LOS. MY. UIT. Jóu moordenaar!! Ek weet met watse slenter jy en speurder Cronje besig is!! Ek gaan julle ontbloot vir die varke wat julle is!"

Charles Barlow gooi sy kop agteroor en lag uit volle bors.

"Slenter en speurder Cronje in een sin!! *Woow you're really something else* Suzaan."

Hy leun blitsig vooroor. Sy lippe nou teenaan my oor. Sy asem warm in my nek. Sy woorde ysig.

"Ek stel voor jy los jou toneelspel vir nou en luister mooi na wat ek volgende gaan sê... Ons albei weet hierdie is nie 'n slenter nie. Jy weet goed waarna ek opsoek is. *Give it to me* of ek gaan jou lewe baie baie ongemaklik maak. *I can and will do whatever it takes to get it* Suzaan, jy is nie die enigste een wat kan vuil speel en 'n moord pleeg nie. Ek kan ook, *if you know what I mean.*"

Ek volg sy blik na Benjamin wat onrustig in my arms rondwurm.

Sy waarskuwing tref kolskoot. Ek knik stadig.

Hy glimlag, trots op homself, maar deeglik onbewus van die fout wat hy sopas gemaak het. Ja, ek vrees vir my kinders se veiligheid, maar ek sal nie vir een oomblik huiwer om my eie lewe vir hulle af te lê nie. Niemand, maar niemand raak aan my kinders nie!

'n Nugtere kalmte spoel oor my, 'n skielike haat teenoor hierdie man.

"Ek sal sorg dat jy agter tralies beland, al is dit die laaste ding wat ek doen CHARLES BARLOW!"

Soos met die noem van die oorledene se naam, rek sy kraalogies weer. En die keer beweeg sy hand terselfdertyd onder sy hemp in. Die kolf van die vuurwapen sigbaar bokant sy belt.

"Hoe ken jy my naam? Waar het jy die inligting gekry?"

Uit die hoek van my oog gewaar ek 'n motor aan die bopunt van die straat verby ry.

Ek gil kliphard en hardloop in die middel van die pad in met die hoop dat die bestuurder my in die verbyry sal raaksien. Charles Barlow trek sy wapen.

"*Shut-up en kom uit die straat uit!*"

Benjamin begin huil. Ek roep weer om hulp en draai my seuntjie uit Barlow se visier.

My hulpkrete is verniet, dit blyk asof die motor verby gaan

ry, maar die volgende oomblik slaan die bestuurder briek aan.

"HELP! HELP!"

Die persoon agter die stuurwiel druk die motor in trurat en stuur dan roekeloos agteruit en stuur dan roekeloos op ons af.

Ek spring net betyds uit die pad. Met skreeuende brieke stop die motor langs my. Daar volg 'n slag en Charles Barlow verdwyn uit my sig.

"Klim in!" roep Tasha van agter die stuurwiel. Op haar selfoon se luidspreker hoor ek 'n ander stem praat. "*Can you please repeat the address*?" vra die polisiekonstabel met 'n swaar Xhosa aksent.

"Op die hoek van De Beer en Beethoven!" roep sy oorstelp voor sy oorleun en my in die motor intrek.

Charles Barlow kom stadig duskant die motor orent. Ten spyte van die slag wat ek gehoor het, lyk hy ongedeerd. Hy lig sy wapen, mik in my rigting. Tasha trap die petrol nog voor ek die deur behoorlik kan toetrek. Ek kyk terug oor my skouer. Charles Barlow bly in die middel van die pad staan. Dit neem hom 'n tydjie voor hy sy wapen laat sak.

"*A vehicle is on its way. Please wait for us*." beveel die polisiekonstabel.

"Dit sal die dag wees! Hy is gewapen en ons het 'n kind by ons! Trek julle net die vuilgoed vas!" sê Tasha voor sy aflui.

Sy is wasbleek in haar gesig. Ek huil onbeheers. Probeer Benjamin terselfdertyd troos.

Tasha lê 'n bewende hand op my skouer, beweeg dit dan na Benjamin se kop.

"Toemaar... toemaar. Dis nou oor en verby. Ons is veilig. Ons is veilig."

Op daardie oomblik is ek nie seker of sy ons of haarself probeer paai nie.

"Ek het verby die skobbejak gery, eers nie aandag aan hom gegee nie. Maar toe 'n paar blokke verder tref dit my dit is dieselfde vent met sy toutjieshare in die video opname wat Zelia my gewys het. Teen daardie tyd het ek hom weer uit die oog verloor. Ek het dadelik die polisie gebel en toe omgedraai om na julle te soek."

Ek druk Benjamin stywer teen my vas. Hou aan met huil, trane van skok, woede, dankbaarheid.

Tussendeur vertel ek haar van die fotos wat Charles Barlow my gewys het.

Sy frons. Skud haar kop in ongeloof.

"Wat beteken hy het julle kort na Ludwig se dood begin agtervolg. En die feit dat hy na *iets* opsoek is... Dit pas alles in by die slenter..."

"Presies! Behalwe toe ek Cronje as deel van die sameswering genoem het, het hy gedink ek maak 'n grap."

"Om te bewys dat hulle mekaar ken, behoort nie te moeilik te wees nie. Wat ek nie kan kleinkry nie is hoe het hulle geweet jy gaan op daardie plek en tyd by die supermark wees Suz? Het Barlow jou daarnatoe agtervolg, die geleentheid gesien en toe die niksvermoedende Stefan Swart net sommer doodgeskiet?"

Ek haal my skouers op. Die gedagte dat 'n onskuldige man sy lewe verloor het en dit net omdat ek in die rondte was, is iets waarvoor ek myself nooit sal kan vergewe nie.

Skaars terug by die huis, lui Tasha se selfoon. Teen die tyd wat die polisie op die toneel verskyn het, was Charles Barlow lankal weg. Ons word versoek om 'n verklaring af te gaan aflê en te help met die skets wat hul van die verdagte onder die polisielede en buurtwagte wil versprei.

Ek sus Benjamin eers aan die slaap en los hom by my ma met 'n halwe waarheid oor die gebeure. Ja daar was 'n voorval. Nee dit was niks ernstig nie. Net 'n grypdief. 'n Deesdae se allerdaagse gesig selfs in ons veiliger woonbuurte.

'n Uur later meld ek en Tasha by die polisiestasie aan. Ek verduidelik dat ek 'n verklaring wil aflê, nie net oor Charles Barlow nie maar ook oor die moontlikheid dat speurder Cronje korrup is.

Die konstabel aan die anderkant van die lessenaar begin lag asof ek sopas die snaakste grap met hom gedeel het.

"Nee mevrou! Speurder Cronje is baie dinge, maar korrup is nie een van dít nie."

Tasha vervies haar bloedig en dring onmiddelik daarop aan om met die persoon aan hoof van die ondersoek aangaande die slenters te praat.

Die konstabel se boepens skud terwyl hy lag.

"Dit sal die einste speurder Cronje wees..."

Hy rek sy nek en kyk by 'n kantoor oorkant ons in. "Maar u sal moet wag. Hy is nie op die oomblik hier nie. En hy is deesdae baie moeilik om in die hande te kry."

Ek kyk vinnig in Tasha se rigting. Ons albei maak dieselfde gevolgtrekking.

Dis 'n doodloopstraat. Cronje hou al die kaarte in sy hand.

Ek staan op en gaan sit verslae eenkant op 'n stoel.

Wat nou gemaak?

Tasha kom sit 'n rukkie later langs my met 'n plastiekkoppie flou tee vir ons elkeen in die hand. "Dit is net 'n terugslag Suz. Ek het die stasiebevelvoerder se naam en nommer in die hande gekry. 'n Kaptein Griesel. Ons gaan hom alles vertel."

Ek staar na die flou tee en probeer my gedagtes georden kry.

"Suz?"

"Ons het geen bewyse nie Tash..."

"Dit mag so wees, maar die kaptein mag nie ons vermoedens net ignoreer nie. Hy sal wetlik moet optree en ondersoek instel. Ons moet net duim vashou dat hy nie deel van die korrupte vrotspul is nie. Kan jy Barlow se presiese woorde onthou?"

Ek knik.

"Hy het niks daarvan gehou dat ek sy naam geken het nie, en... hy het die woord *ons* meer as eenkeer gebruik. *Ons... gaan dit kry, ons hou jou dop...*"

"En hy het nie gesê wie hierdie *ons* is of wat presies hy van jou wil hê nie?"

"Nee."

Sy kyk op haar horlosie, skud haar kop. "Ek hoop ons kan die kaptein onder oë kry voor Cronje terug is."

Asof sy deur sy naam te noem hom opgetower het, maak Cronje sy verskyning aan die einde van die gang.

Die reus van 'n mens gooi 'n skaduwee sover as wat hy gaan. Ek kyk onmiddelik af na waar sy broekspype en skoene bymekaar kom. Die dra van onpaar sokkies blyk 'n gewoonte by hom te wees.

Toe hy my gewaar, lig hy die bruin leêr in sy hand omghoog. 'n Misrabele glimlag oor sy gevreet geplak.

"Ah! Mevrou Louw! Jy kom asof jy gestuur is. Het jy besluit om jouself te kom oorgee? Ek hoop so want die finale resultate van die forensiese afdeling bevind dat die kruitneerslag op jou hande met dié van die skietwond op die oorledene ooreenstem."

Terwyl ek nog probeer sin maak van wat hy sopas gesê het, is Tasha reeds uit die blokke. Die transformasie vanaf vriendin na regsverteenwoordiger duidelik.

"Dit bewys niks en jy weet dit speurder Cronje. Suzaan het aan die oorledene gevat. Die kruitneerslag op die oorledene se liggaam kon op enige stadium aan haar afgesmeer het. Ons is van plan om 'n twee onafhanklike toets te..."

Cronje praat bo-oor haar, vra met 'n grinnik.

"O, so jy is nie net 'n gewese slim ou prokureurtjie nie, jy is nou skielik 'n forensiese ekspert ook!? Wel, in daardie geval weet jy seker dat die venster vir hertoetsing na die eerste 10 ure verval."

"Hoekom?" vra ek verward.

"Te veel faktore wat daarna die korrekte uitslag kan belemmer ensovoorts." Verduidelik hy kortaf.

"Maar ek is nog bereid om na enige versoekte ter versagting van jou vonnis oplegging te luister." Sê hy en knipoog vir Tasha.

"Vergeet dit. Suzaan is onskuldig."

Hy skud sy kop, asof teleurgesteld.

"Mevrou Louw as jy my sal volg."

Toe ek oomblikke later vir 'n tweede keer binne 24 uur in dieselfde kamertjie oorkant speurder Cronje gaan sit, is ek selfs nog in 'n slegter gemoedstoestand as die vorige keer. Terwyl ek die vorige keer onder die indruk was dat daar êrens net 'n misverstand was weet ek nou verseker dat daar meer agter Stefan Swart se moord sit en dat ek en my gesin in groot gevaar verkeer.

Speurder Cronje vou die leêr oop en skuif 'n bladsy onder my neus is. Dit is 'n geskribbel van kolomme, grafieke en berekenings wat ek glad nie verstaan nie. Heel onderaan die bladsy staan in rooi gedrukte hoofletters.

GUN SHOT RESIDUE IS A POSITIVE MATCH.

Ek skrik. Onskuldig of nie. Dit vat aan 'n mens om die woorde so vasgelê op papier te sien.

Speurder Cronje leun terug in sy stoel, vou sy arms voor sy bors. Tasha neem die vel papier en lees daardeur maar voor sy enige iets kan sê begin haar selfoon lui. Sy verskoon haarself, neem die oproep buitekant die kantoor. Sekondes later is sy terug.

"Ons sal moet gaan Suz, dit was John. Hy het sy kantoorsleutels in my motor vergeet en moet dringend daarin. Jammer."

Sy draai na Cronje.

"Jou heksejag op my onskuldige kliënt sal moet wag..."

Sy draai gereed om te gaan, ek wil opstaan, maar Cronje keer my voor.

"Nie so haastig nie mevrou Louw. Hierdie is nie 'n koffie afspraak nie! Jy kan nie net kom en gaan soos jy wil nie! Jy was van plan om jouself te kom oorgee, en ek wil hierdie ondersoek hier en nou afgehandel kry!"

"Ek is nie hier om myself te kom oorgee nie speurder Cronje!"

Hy frons effe verward.

"Nou wat soek julle dan hier?"

Ek en Tasha kyk vinnig na mekaar.

"My kliënt was vanmiddag betrokke in 'n voorval..."

Speurder Cronje lig 'n wenkbrou.

"O, watse voorval nogal?"

Tasha skud haar kop.

"Ons sal moet terugkom, John..." maar Cronje val haar in die rede.

"Mevrou Louw is tog sekerlik in staat om haar verklaring af te lê sonder dat jy haar handjie vashou, of hoe mevrou Louw?"

Beide staar na my. Die gespanne atmosfeer tussen Cronje en Tasha is nie wat ek nou nodig het nie. Ek neem 'n diep asemteug.

"Gaan maar Tash. Ek sal okay wees. Ek sal net die verklaring aflê."

"Ek dink nie dis 'n goeie idee nie Suz." Sê sy en kyk haastig onderlangs op haar horlosie.

Ek draai na Cronje.

"Ek is hier om 'n verklaring oor 'n voorval af te lê. Enige iets anders aangaande die moord ondersoek sal ek net bespreek in die teenwoordigheid van my prokureur."

Speurder Cronje staar my nadenkend aan.

"Regverdig genoeg."

Tasha laat my onder groot protes en streng instruksies agter en verdwyn haastig by die deur uit.

Cronje verskoon homself om die nodige papierwerk vir my verklaring te gaan haal.

Hy los die bruin leêr oor die moord ondersoek oop op die tafel.

Ek bly na die woorde op die verslag staar.

Ek wil nie, maar teen die tyd wat hy weer by die deur inloop begin ek huil. "Ek... ek verstaan nie hoe...?"

Hy gaan sit, maak sy keel skoon. Wag tot ek oogkontak maak. Toe begin hy in alle erns verduidelik.

"Wanneer iemand 'n wapen afvuur gebeur die volgende. Daar is 'n slagpen in die meganisme van die wapen wat gekoppel is aan die sneller. Daardie slagpen ontsteek die lading in die doppie. Dit veroorsaak 'n ontploffing wat die koeël vorentoe deur die loop van die wapen uitstoot en die trajek bepaal.

Die skoot is nou afgevuur maar terselfdertyd word van die ontbrande stukkies lading wat in die loop agterbly tydens die outomatiese herlaai proses van die slotmeganisme uitgeblaas. Hiérdie stukkies oorblyfsels beland op die hand van die persoon wat die wapen afgevuur het, asook die nabye omgewing en die skietwond. Kenners verwys na hierdie oorblyfsels as 'n tatoeëer-merk. Jy kan dit dalk nie sien nie, maar dit is daar.

Met die nodige forensiese toetse kan ons bepaal dat die oorblyfsels of te wel tatoeëer-merke wat ons op jou hande gekry het, met dié wat om die skietwond van die vermoorde gevind is ooreenstem.

Maar dit is nie al nie... En hiér is waar dinge interessant raak...

Die komposisie van die lading, dis nou die samestelling van bepaalde mengsels plofstof wat in die koeël ingaan was uniek. Daar was 'n spesifieke chemikalieë saam met die mengsel gevoeg. Dit beteken mevrou Louw, die koeël wat gebruik is om die oorledene mee te skiet, is nie aangekoop nie, dit is self gemaak, dis herlaai met 'n spesiefike doel voor oë. En daardie doel was om soveel onherstelbare skade moontlik aan die ingewande van die slagoffer te maak..."

Toe ek niks sê nie, trek speurder Cronje 'n hand deur sy hare. Waag 'n vraag.

"Was jy gedwing om die man te skiet mevrou Louw? Word jy deur iemand afgepers? Ek vra want, ten spyte van die feit dat ek nog steeds oortuig is dat jy die sneller getrek het, kan ek nie verby die klaarblyklike toegewydheid agter die skep van hierdie ammunisie kyk nie. Om so iets te doen kos tyd en geduld en sekere kennis. Daardie kombinasie van die lading is die maker se unieke kenteken, amper soos 'n vingerafdruk. En om soveel moeite te doen. Dit... wel... dit pas glad nie by jou profiel nie."

"My profiel?!"

Ten spyte van Tasha se waarskuwing en instruksies dring ek nou daarop aan om meer te weet.

Hy huiwer net 'n oomblik voor hy in die leêr rondsoek en 'n ander vel papier voor my neersit. 'n Persoonlikheids skets deur hom saamgestel.

...Weduwee... Enkelouer...
Uiters stresvolle omstandighede... Emosioneel onstabiel...
Sagte teiken...
By tye verwyderd van die werklikheid...

Ek voel hoe die trane oor my wange stroom.

"Is dit regtig hoe jy my sien? My opsom?"

Hy kyk weg asof hy my jammer kry.

Hy is reg, oor alles. Maar dit is nie sy fyn waarneming of korrekte opsomming wat my nou so ontstel nie. Dit is die verlies van die ou Suzaan. Die vrou wat ek was voor Ludwig se dood. Nie een van sy beskrywings sou 'n jaar terug op my van toepassing gewees het nie.

Hy tel die bladsy op, sit dit weer terug in die leêr. Hy pols haar verder.

"Waar is die vuurwapen wat jy gebruik het?"

Ek skud my kop heen en weer.

"Ek het nie..."

"KOMAAN mevrou Louw! Hoé anders verduidelik jy die forensiese uitslag?"

Ek spring van die stoel af op en mik vir die deur. Maar hy is vinniger as ek. Hy plant homself voor die deur.

"EK! WEET! NIE! EK WEET NIE HOE DIT KON GEBEUR HET NIE!! MAAR JY WEET OF HOE?!"

Dit is op die punt van my tong om hom te beskuldig. Die tafel te draai. Hom te laat besef ek weet dit is sy handewerk en alles deel van die slenter. Maar dan onthou ek uit die bloute iets van belang oor gisteraand se gebeure.

"Wag! Sy tekkies!"

"Waarvan praat jy?"

Ek antwoord nie dadelik nie. Wil self eers dié stukkie van die legkaart maak pas.

Ek weet meteens hoe die oorblyfsels lading op my hande beland het. Die man wat ek bykans onderstebo geloop het, het my opgehelp. Met ander woorde dit was hy wat vir Stefan Swart geskiet het. En die spatsels wat ek op sy tekkies gesien het, was nie verf nie, maar wel bloed.

Ek lig my hand vir nog tyd en hou dit daar terwyl ek weer terugdink aan die gebeure.

Charles Barlow verdink my verkeerdelik van die moord op Stefan Swart. Al wat hy gesien het was die nadraai, toe Cronje my in my bebloede klere agter in die polisiemotor ingelaai en weggery het.

Maar dit beteken ook dat Charles Barlow nie die moordenaar is nie. Maar hoekom dan al die fotos neem en my agtervolg. Wat soek hy van my?

Ek neem 'n diep asemteug, begin my vermoedens verduidelik.

"Tydens die ondervraging het ek jou vertel hoe ek gegly het en dat 'n vreemdeling my opgehelp het... Ek het nie sy gesig gesien nie, maar daar was rooi spatsels op sy tekkies. Ek besef nou dit was bloedspatsels. En die klipharde ding in sy rugsak wat my teen die kop getref het, moes die vuurwapen gewees het. Ek weet nie of die man per ongeluk die lading aan my hande afgesmeer het toe hy my opgehelp het en of hy dit gedoen het met die doel my in die beskuldigdebank te plaas en die polisie op 'n dwaalspoor te lei nie, maar hoe dit ook al sy... As jy hom kan opspoor kan jou forensiese span mos hulle toetse op die vuurwapen doen en die bloedspatsels op sy tekkies met dié van Stefan Swart vergelyk, of hoe?"

Dit lyk asof speurder Cronje enige oomblik aan sy eie woede gaan stik.

"Waar het jy die slagoffer se naam gekry mevrou Louw?"

Deksels!

Hy slaan sonder waarskuwing een geweldige hou teen die deurkosyn. Ek deins terug.

"Slegs die betrokke persone wat aan hierdie saak werk het die oorledene se persoonlike inligting gehad!! So hoé het jy geweet wie hy was?! Het jy hom persoonlik geken?"

Ek staar beangs na speurder Cronje. Ek is te verskrik om te antwoord. Ek het Tasha en haar bron sopas in groot moeilikheid gekry.

"Antwoord my Suzaan! Om by polisiesake in te meng is teen die wet! Ek kan jou arresteer vir dwarsboming van die gereg... Is dit wat jy wil hê!?"

Ek antwoord nie.

Hy druk sy hand onder die agterkant van sy baadjie in, bring 'n paar boeie te voorskyn. Loop na die tafel toe en gooi dit hard op die tafelblad neer.

"Dis jou keuse. Kom uit met die waarheid of grawe jou eie put gerus nog dieper..."

Die koue metaal van die boeie is al oortuiging wat ek nodig het. Ek sal Tasha maak verstaan.

"Nou goed, maar voor ek vir jou sê by wie ek die name gekry het, is daar eers iets anders wat jy moet weet..."

Hy lig 'n wenkbrou toe ek *"name"* sê.

"Charles Barlow agtervolg my en my gesin..."

"Wie?"

"Die man in die video clip. Die een wat by die agterdeur van die supermark uitgesluip en by my huis was. Dit is sy naam. En Charles Barlow dring daarop aan dat ek iets het wat hy wil hê. Hy is ook verkeerdelik oortuig dat ek vir Stefan Swart geskiet het. Hy het vroeër vanmiddag my gedreig en dit baie duidelik gemaak dat hy tot geweld sal oorgaan as ek nie dit waarna hy opsoek is oorhandig nie... Hy hou ons al 'n hele rukkie dop, drie maande om presies te wees. Hy het kort na my man se dood my en my gesin begin agtervolg."

Die speurder gesig verklap niks.

"Hy neem fotos van ons, dis alles op sy selfoon..."

"En die name?" Vra hy skynbaar onskuldig.

"Tasha gekry. Ek weet nie wie haar kontak persoon is nie. Maar sy wou net help. Dis al. Haar bedoeling was goed. En as sy nie vanmiddag Charles Barlow herken het nie..."

"Vertel my presies wat gebeur het."

Hy luister aandagtig. Maak tussendeur notas, terwyl ek my verklaring gee.

"Het jy die idee gekry dat die Charles Barlow en Stefan Swart mekaar geken het mevrou Louw?"

"Ek kan nie met sekerheid sê nie, maar ek dink so, hoekom?"

"En het Charles Barlow genoem of hy alleen werk? Of hy jou alleen agtervolg, dophou ensovoorts.?"

Hy loer van onder sy wenkbroue uit na my, duidelik nuuskierig om my antwoord te hoor.

Rooi ligte flikker dadelik voor my op. Ek is seker hy probeer uitvis of Charles Barlow sý naam genoem het.

Ek trek my skouers op. "Ek... kan... nie... onthou nie..."

'n Blatante leun en hy weet dit.

Asof om te bewys dat hy die hef in die hand het, haal hy 'n afdruk van my inkopielys wat in my dagboek opgeskryf was uit die bruin leêr uit.

"Watse tipe mens skryf *moord* op sy te-doen-lysie en tik dit na afloop van die daad af!?"

Ek staar met spyt na die woord wat ek gisteraand uit moedeloosheid neer gekrabbel het.

"Jy het jouself in die voet geskiet mevrou Louw, miskien moes jy maar eerder oor die dagboek stil gebly het. Soos dit is, het ons ook geen ander vingerafdrukke behalwe joune daarop gevind nie."

Hy begin die inhoud van die leêr netjies bymekaar maak. Praat tussendeur, noem dat hy die verklaring oor Charles Barlow sal opvolg en kyk waarna dit lei. Maar hy klink onoortuigend. Met die verdoemende inkopielys as 'n bewysstuk staan ek nie 'n kat se kans om my onskuld te bewys nie. Slenter of nie. Dit is neusie verby met my.

"En wat van die vingerafdrukke wat Charles Barlow op my voordeur gelos het? Hoekom het jy niks omtrent dit gedoen nie?" vra ek beskuldigend.

Hy gluur my aggressief aan. Gaan maak die deur oop en kyk heen en weer by die gang af.

"Jou prokureurs-vriendin is nog nie terug nie. Sy het seker geweet jy gaan haar in die moeilikheid kry." Hy gee 'n snorklag. "Op die einde keer almal net vir hulle eie bas."

Hy wink na die man wat agter die lessenaar by die ontvangsarea staan.

"Konstabel. Ek neem mevrou Louw huistoe om haar mense te gaan groet. Vat boodskappe. My selfoon se battery is pap."

Hy draai na my toe.

"Noem dit maar 'n laaste vergunning voor ek jou amptelik vir die moord op Stefan Swart arresteer..."

Sy woorde stuur 'n rilling by my ruggraat af. Ek vermoed dadelik onraad. Hoekom my nie net hier en nou in 'n sel gooi nie? 'n Menigte redes hoekom hy my alleen in sy motor wil hê kom skielik by my op. Niks daarvan is goed nie. En alles het met hom, die slenter en Charles Barlow te doen.

Ek soek na my selfoon in my sak. Skakel dadelik Tasha se nommer maar daar is geen antwoord nie.

"Kom..." sê hy en stuur my aan die elmboog by die polisie stasie uit.

"Is die *phone location app* op jou selfoon geaktiveer?"

My mond voel kurkdroog. Die enigste rede hoekom hy so 'n vreemde vraag sal vra is omdat hy wil seker maak dat niemand my deur middel van my selfoon later kan opspoor nie.

Met ander woorde hy weet ek weet waarby hy betrokke is. En soos hy gesê het, op die einde red elkeen sy eie bas.

My verbeelding begin onmiddelik met my weghardloop. Elke scenario eindig met my êrens in 'n vlak graf.

"Ja, dit is!"

Hy knik, sluit sy motor oop en beduie ek moet inklim. Maar in plaas van die agterste sitplek maak hy die passiersdeur oop. Ek vind dit nog meer verdag.

Ek klim in en hou hom deur die vooruit dop terwyl hy om die motor stap. Hy loop en rondkyk vir enige ooggetuies in die parkeerterrein. Dan skuif hy agter die stuurwiel in. Nog voor hy sy kant kan toemaak en die deure sluit neem ek die besluit...

Ek stoot die deur oop, spring uit en begin hardloop.

'n Gedempte "WAT DE HEL MAAK JY NOU?!" klink hardop vanuit die binnekant van sy motor. Ek hoor hoe sy deur oopgaan en toeklap, maar ek kyk nie terug nie.

"MEVROU LOUW!?"

"SUZAAN!!"

Hy begin agter my aan hardloop.

Die *girts-girts* van ons beide se skoene klink op die los gruis.

"STOP VROUMENS!"

Girts-girts, girts-girts...

Ek hardloop deur die parkeerterrein. Spring oor 'n dwasbalk na 'n parkie. Ek probeer die ritmiese geluid van sy voeteval agter my ignoreer. Maar dit help nie. Hy is besig om my in te haal! Ek hoor aan die geblaas van sy asem dat hy al nader kom.

Ek probeer vinniger hardloop. Aan die einde van die parkie is daar 'n effense afgrond. As ek net tot daar en dan tot aan die anderkant van die pad kan kom. Ek sien die tafel en stoele van 'n koffiewinkel in die verte. Hier en daar sit mense. Die meeste met hul rûe na my. Miskien moet ek gil. Hul aandag trek. Om hulp roep... Maar wat sal dit help? Hy kan bewys hy is 'n speurder. En ek lyk soos 'n voortvlugtige.

Ek besef dat die afstand tussen ons al minder word. Ek gaan dit nie tot oorkant die pad maak nie.

Hy kry my aan die agterkant van my hemp beet. Ruk my

tot stilstand.

"VERDOMP SUZAAN!!" skree hy hygend.

Ek stoei.

"NEE!! NEE!! LOS MY UIT!! EK SAL VIR JOU EN CHARLES BARLOW ALLES GEE WAT EK HET. SPAAR NET MY LEWE... ASSEBLIEF!"

Ek ruk en pluk maar dis verniet, sy greep om my arms is te sterk.

"ASSEBLIEF! ASSEBLIEF! EK... EK... TASHA WEET! SY WEET EN SY GAAN JOU..."

"SUZAAN. HOU OP! STOP! KYK NA MY! HOEKOM HARDLOOP JY WEG?! WAARVAN PRAAT JY?"

Die sweet tap my af, my hare kleef aan my gesig. My hart hamer in my ore. Ek probeer my weer los wriemel. Maar verniet.

Ek voel hoe sy growwe vingers my onder aan die ken beetkry.

"KYK NA MY... WAARVAN. PRAAT. JY?" Hy lig my ken, forseer my om oogkontak te maak.

Ek hou op met stoei. Hy is veels te sterk.

"JY! JY EN CHARLES BARLOW en die slenter! Ek weet dat julle twee saamwerk... Julle teiken weerlose mense. Mense soos ek, en dit alles net vir julle eie finansiële gewin. Hoe kan jy onskuldige mense se lewens so te verwoes!? Jý is veronderstel om lewens te beskerm!! Ek kan jou belowe julle inligting was foutief. Ons was nog nooit ryk nie en Ludwig gaan nie veel agtergelaat nie. En nou... nou wil jy my doodmaak om jou eie bas te red. Wat van my kinders en..."

Dit is asof iemand die speurder 'n maaghou toegedien het. Hy verslap sy greep om my arms. Neem 'n tree van my af weg en gaan staan doodstil. Verbasing en onbegrip in sy blik.

Ek kyk vinnig van hom af weg. Die einde van die parkie lê in sig. Die besige pad seker nou meer haalbaar. 'n Honderd tree op die meeste.

"Hoe goed ken jy vir Zac Bosch?"

Die vraag vang my omkant. Ek kyk weer verby hom na waar ek eerder wil wees.

Hy volg my blik. Praat dan sag maar duidelik asof hy hoop die monotoon in sy stemtoon sal my verhoed om weer te vlug.

"Miskien is dit tyd dat ons oop kaarte met mekaar speel. Kom ek vertel jou waarmee ek regtig besig is en daarna kan jy besluit of ek die vuilgoed is wat jy dink ek is... okay?"

Ek huiwer. Sien 'n drawwer nader gedraf kom. Oorweeg dit om eerder om hulp te roep. Ek bewe soos 'n riet. Dis die na-draai van die adrenalin wat nou inskop. Die drawwer draf niksvermoedend verby.

"Asseblief." Soebat hy.

Ek knik.

Verligting spoel oor die speurder se gesig. Hy trek sy baadjie uit, bied aan om dit oor my skouers te hang. Ek wys dit van die hand.

"Hoekom vra jy oor Zach Bosch?"

"Dit is 'n lang storie, so laat ek begin by die begin. Soos jy self seker reeds weet kom Zac Bosch uit 'n baie arm ouerhuis. Sy biologiese pa is oorlede toe Zac nog baie jonk was. Die ou man kon blykbaar nie van die bottel af wegbly nie, wat nogal ironies is aangesien Zac Bosch een van die top 'n wynmakers in die land is, maar blykbaar self skaars ooit 'n glasie wyn geniet. Maar dit daar gelaat. Sy ma was voortdurend in een of ander verhouding, en soos dinge maar gaan, moes Zac deurentyd gebukkend gaan onder die nuwe mans in hul huis se reëls en regulasies.

Sy ma is in sy matriekjaar oorlede, die oorsaak van haar dood is nou nog 'n raaisel. Maar ten spyte van moeilike kinderjare en negatiewe omstandighede, het Zac matriek geslaag en selfs vir homself 'n studiebeurs los geslaan. Een van sy hoërskool onderwysers het hom as 'n uiters intelligente kind beskryf. Zac Bosch het bo sy omstandighede uitgestyg en 'n toekoms vir homself geskep. Of so het hy die wêreld laat dink.

Maar, meneer Bosch word met talle ondergrondse kriminele bedrywighede verbind. Onder andere onwettige ammunisie-handel, spoeinasie, omkopery ensovoorts, maar daar was nog nooit genoegsame bewyse om hom vas te trek nie. Die man gebruik sy wynmakery as 'n dekmantel. Hy is uitgeslape en dis presies wat hom so gevaarlik maak...

'n Paar maande gelede is 'n spesiale ondersoekeenheid op die been gebring. Die doel is om Zach Bosch en sy kriminele netwerk vir eens en vir altyd aan die kaak te stel. Ek is aan die hoof van daardie eenheid. Die hele ding is 'n koverte operasie. Niemand in die polisiemag of speurdiens weet dat ek betrokke is nie. Ek vermoed dat die vermoorde Stefan Swart een van Zac se trawante was. Die feit dat ons so gesukkel het om hom na-doods te identifiseer is 'n goeie aanduiding daarvan. Meeste van Zac se onderlinge het amper geen geskiedenis nie. Hierdie manne kom uit 'n donker verledes maar sodra hul vir hom begin werk maak hy seker dat enige voetspore wat terug na hom toe kan lei verdwyn. En so was dit ook met Stefan Swart, dis asof die man nooit regtig bestaan het nie. En dit is hoekom ek jou gevra het of die Charles-vent genoem het of hy alleen werk. Zac se mense werk in spanne, gewoonlik twee-twee saam. Dalk het dié twee, Stefan en Charles jou saam na die supermark agtervolg. Of dalk was een van die spanlede die man met die bloedspatsels op sy tekkies..."

Hy trek 'n hand deur sy hare. Skud sy kop.

"Ek kan jou belowe dat ek niks met enige skelm slenter uit te waai het nie... Suzaan. Behalwe natuurlik vir die feit dat ek ook aan die hoof staan van die taakspan wat daardie tipe slenters ondersoek. Maar dit is hoe ver my betrokkenheid daarby strek. As jy my geken het... In elk geval..." sy woorde verstil, maar sy blik bly op my.

Ek weet nie wat om te sê nie. Dit is baie inligting om op eenslag in te neem.

Ons stap terug na die motor toe en ry in doodse stilte tot by my huis. Hy stop die motor voor die oprit en sukkel om sy enorme lyf in die klein spasie na my te draai.

"Ek weet nog nie hoe nie, maar jý is op 'n manier by Zac Bosch betrokke. En die feit dat julle mekaar persoonlik ken is 'n groot deurbraak in my ondersoek. Ek kon tot op hede niemand kry wat naby die man is nie. Hy hou almal op 'n veilige afstand."

Ek staar woordeloos na die speurder. Oorweeg die moontlikheid dat hy besig is om oor alles te lieg.

Zac Bosch 'n krimineel?

As dit waar is, sou Ludwig of Tasha tog oor tyd iets daaroor genoem het. Tensy hy werklik 'n dubbel lewe lei.

"Hoekom vertel jy my al hierdie dinge Cronje? As dit 'n geheime ondersoek is, hoekom die risiko loop dat ek die hele ding kan uitblaker en jou blootstel? Jy sê self jy vermoed steeds my betrokkenheid. Hoekom my met al hierdie inligting vertrou?"

Konstantyn Cronje gee 'n glimlag en vir 'n oomblik sien ek 'n aantreklike man vol selfvertroue.

"Kom ons noem dit deel van my taktiek. Eerstens, as jy lieg oor die man met die rugsak en tekkies en dit was wél jy wat Stefan Swart vermoor het, bevestig dit jou betrokkenheid in Zac se kriminele organisasie. En ek het meer as genoeg bewyse om jou in die tronk te stop."

"Ek kan hom nog steeds waarsku..."

Hy glimlag weer, sy blik rus sag op my.

"Dit is 'n koverte operasie Suzaan. Daar is geen bewyse van die ondersoekeenheid se bestaan nie, dit gaan lyk asof jy na strooihalms gryp."

"Ek is onskuldig Cronje."

Ons bly woordeloos na mekaar staar.

"In daardie geval is ek seker jy sal enige iets doen om jou gesin teen die Barlow vent te beskerm. Selfs al beteken dit jy moet jou oorlede man se kriminele skoolvriend help vang. Dit is die enigste manier om uit te vind waarna hulle opsoek is." Sê hy uiteindelik.

"Wat as jy verkeerd is oor Zac, wat as hy niks met die moord by die supermark of Charles Barlow te doen het nie?"

"Suzaan Louw, die alewige optimis." Skerts hy. Skud dan sy kop. Onmoontlik."

Ek staar na hom. Sien vir die eerste keer meer as net die bombastiese speurder raak. Daar is 'n tikkie hartseer agter sy blik. Die bos deurmekaar krul hare, die onpaar sokkies...

Wat is Sy storie?

"So met ander woorde ek bly die Judasbok. Help ek jou nie, plaas ek myself en my gesin in gevaar. En eindig in elk geval op in die tronk... Help ek jou, ruineer ek 'n moontlike onskuldige Zac Bosch se reputasie en sy toekoms."

Hy knik.

"Ditsim. Ek het jou in 'n hoek."

Ek maak die motordeur oop om uit te klim.

"Skakel die *phone location app* op jou selfoon af. Dit is een van die maklikste maniere om uit te vind waar iemand is en hul te agtervolg... Ek sal jou môre kontak. Laat ek net eers sien wat ek oor Charles Barlow en die vent met die rugsak kan uitvind... En Suzaan..."

Ek klim vinnig uit die motor voor ek dieper in die oomblik tussen ons ingetrek kan word.

Ek bly op die sypaadjie staan lank nadat hy gery het. My gedagtes 'n warboel.

Ek hoor hoe die voordeur agter my oop gemaak word. My ma kom staan langs my.

"Dit het jou lank genoeg gevat. Benna slaap. Ek gaan vars lug soek." Kondig sy aan en skaars drie tree verder hoor ek hoe sy 'n vuurhoutjie teen die boksie trek. Hoe ironies.

Ek staar haar agterna, wonder of my besluit om haar in die donker te hou oor die voorval met Charles Barlow dalk 'n fout was. Wie weet wat hy sal doen as hy haar alleen kry?

"Ma..."

Sy steek vas.

"Miskien is dit vir eers beter dat ma in die agterplaas rook, net tot die polisie die grypdief vasgetrek het."

5

Teen 4 uur besluit ek om met aandete te begin. Ons eet nie gewoonlik so vroeg nie, maar na al die geharwar het ek iets nodig om net my aandag af te trek.

Ek loer na die kombuishorlosie. Zelia het tennisoefening na skool gehad, maar sy moes teen die tyd al terug gewees het.

Ek wil net weer angstig raak, maar dan slaak ek 'n sug van verligting. Ek hoor die kommervrye geklets van 'n klompie tieners. Hoogtyd.

Ek hoor duidelik Zelia se helder lag. Ek hoor haar deesdae so min lag.

Ek loer deur die kombuisvenster, maar dan laat val ek die groenteskiller. Ek onderdruk 'n gil.

Tussen die kinders, reg langs Zelia staan Charles Barlow. Die jonges drom om hom saam en hang aan sy lippe. Terwyl hy praat, dwaal sy oë oor die kinders. En dan kyk hy reguit na die kombuisvenster. Ons oë ontmoet. Met 'n smalende glimlag raak hy liggies met sy benerige vingers aan my Zelia se skouer.

Ek gryp die eerste beste ding waarop ek my hande kan lê en storm soos 'n besetene na buite op Charles Barlow af. Die spul tieners spat uitmekaar, hul oë piering-groot gerek, gapende monde van verwarring en skok.

"TRAP JOU GEMORS!" hoor ek myself skree. Maar Charles Barlow beweeg nie.

Hy gluur my uitdagend aan.

Ek mik vir sy kop en swaai die besem met soveel krag as wat my bewende hande my toelaat.

Hy gee 'n vinnige tree eenkant toe en ek mis hom heeltemal.

Zelia roep in verbasing uit, maar daar is nie tyd vir verduidelik nie. Ek mik en slaan weer na sy aaklige gevreet.

Dié keer maak Charles Barlow, tot die vermaak van al die tieners, 'n dramatiese en oordrewe poging om kamstig net-net betyds onder my besem weg te koes. Ek mik en slaan weer en weer en weer.

"*ASSEBLIEF* MA! HOU... NET...OP!!"

Zelia se histeriese geroep tesame met die geamuseerde gelag van haar vriende dring uiteindelik tot my deur. Ek raak stadig maar seker bewus van al die verskillende selfone wat op my gefokus is. Die meeste van die groepie tieners het klaarblyklik redelik vinnig oor hul aanvanklike skok gekom en is nou besig om my aanval op Charles Barlow op te neem. Enige iets vir 'n *hit* op *youtube.*

Ek laat die besem stadig sak en draai na my dogter toe.

"Gaan dadelik in die huis in!"

Zelia verroer nie 'n voet nie, beide woede en totale vernedering sigbaar op haar gesig.

"Zelia, ek... ek het met jou gepraat... Asseblief..."

Die besef dat ek sopas deur my eie waansinnige optrede reg in Charles Barlow se hande gespeel het word is duidelik. Zelia maak eers oogkontak met hom voor sy huilend die huis instorm.

Hy grinnik. "*You see Suzaan... There's more then one way to skin a cat...* Gee my wat ek soek en ek verdwyn uit jou lewe uit. *The choice is all yours...*"

Ek bly doodstil staan en staar na die man wat my lewe kom omkrap het. As gevolg van hom is die kloof tussen my en Zelia nou nog groter. Net die feit dat hy soveel genot uit 'n blote kind se vernedering put, bewys watse sluwe slang Charles Barlow regtig is.

Ek voel hoe die drang om my te wreek my beetpak. 'n Mens speel nie met 'n slang nie. Jy kap sy kop af voor hy jou raak pik.

Ek slaag daarin om die senuweeagtigheid uit my stem te hou. "Nou goed. Ontmoet my net na tien vanaand by die begraafplaas, die een in Wilgerstraat naby die gholfbaan, ek sal by Ludwig se graf wag. Jy is reg... Dis tyd dat jy kry wat jou toekom."

Met dit, draai ek om en loop in die huis in voor my gesig my ware emosies verraai.

"Sien! Dit was glad nie so moeilik nie! *Until then* en moenie probeer slim raak nie Suzaan. *Remember I'll be watching you.*" roep hy agterna.

Ek sluit die voordeur agter my en laat my bene toe om onder my mee te gee.

Toe ek weer my kop lig, staan Zelia voor my. Haar gesig is spikkel-rooi gehuil. Haar oë blits briesend. Ek lig myself met moeite van die vloer af op, en staal my vir die argument wat kom.

"HOE KON MA?! Weet ma hoe embarrassing dit was!? Wat gaan aan met ma?!"

Die trane stroom oor haar wange. Ek beweeg vorentoe om haar te troos, maar sy tree onmiddelik van my af weg.

"NEE!! LOS MY UIT!! Ek wil NIKS met ma te doen hê nie. Ek ... ek gaan by Tasha intrek. Ek het haar gebel en gesê ma raak nou HEELTEMAL van ma se trollie af. Vandat pa..."

Ek sny haar dadelik af.

"Wat daar buite gebeur het, het *NIKS* met jou pa se dood uit te waai nie! Charles Barlow is 'n baie gevaarlike man Zelia. Hy is daarop uit om ons gesin skade aan te doen en ek sal dit nie toelaat nie. Hy het met doelbewuste opset 'n geselsery met jou aangekoop. Ek wens ek kon jou presies vertel wat aan die gang is, maar ek kan nie. Ek self weet nie eers hoekom hy ons so treiter of waarna hy soek nie, maar ek gaan uitvind... Weet net dit my kind, die man probeer hom inwurm by jou en jou vriende vir sy eie gewin en ek wil jou net teen hom probeer beskerm..."

Zelia skud haar kop.

"MA IS VERKEERD! Dis *ek* wat met *hom* gesels het, nie hy met my nie!! Ons almal was oppad terug van die tennisoefening af toe ons hom in die straat sien stap het. Ons het hom van die *video clip* wat Clint by die supermark opgeneem het herken. *Ek* is die een wat myself aan Charles Barlow voorgestel het en *ek* is die een wat uit blote nuuskierigheid gevra het of die polisie hom al oor die moord ondervra het. Ons almal het aan die gesels geraak en hy het onskuldig verder saam met ons gestap... DIS AL! As ons hom nie herken het nie, het hy nooit hier saam met my by die huis opgeeindig nie. Dit was alles toevallig ma!"

Ek byt my onderlip vas. Ek weet dat die vervlakste skurk dit alles natuurlik so beplan het, maar om Zelia anders te probeer oortuig gaan nutteloos wees. Maak nie saak wat ek sê nie, ek is klaar die vark in haar verhaal.

"Ek is jammer Zelia maar jy gaan nêrens heen nie. Jy is my kind en jy bly onder my dak tot ons hierdie ding opgelos het. Bel vir Tasha terug en ..."

"NEE!! EK GAAN NIE!! Ek wil nie meer hier bly nie! Ek wil nie meer ma se dogter wees nie... ek... EK... *HAAT* MA!"

Ek steier terug, platgeslaan deur die trefkrag van haar woorde.

Dat sy op hierdié oomblik baie kwaad vir my is kan ek verstaan, maar om sommer net so iets kwyt te raak!?

"Moenie iets sê waaroor jy later gaan spyt wees nie Zelia. Ek weet dinge maak nie nou sin nie en ek is regtig jammer dat ek jou voor jou vriende verneder het maar..."

"Maar *WAT* ma?! Maar môre sal dinge weer beter lyk?? Of ... ek kan 'n les hieruit leer?? Ugh!! Hoe kan ma so gevoelloos wees, hoe kan ma net elke dag aangaan asof niks verander het nie!?"

Aan haar skielike weemoedige gehuil weet ek dat Zelia nie meer oor Charles Barlow praat nie.

"Zelia..."

Ek staan hulpeloos en toekyk hoe my dogter oor haar pa se dood ween. Hulpeloos want ek kan hom nie terugbring nie. Al wat ek kan doen is om my arms om haar te probeer sit, maar sy stoot my weereens weg.

"Zelia... luister na my. Jou pa se dood was nie net vir jou

alleen 'n verlies nie... Hy was my man, my lewensmaat, my beste vriend! Ek is ook stukkend, ek verlang ook elke liewe dag na hom. En raai wat? Net soos jy, is ek ook woedend dat hy sommer net so sonder waarskuwing van ons weggevat is. Maar ongelukkig is daar niks wat ons daaromtrent kan doen nie... Glo my, as ek kon sou ek die tyd vir jou, my en Benjamin terug gedraai het sodat ons hom nog hier by ons kon hê, maar ek kan nie... Al wat ek elke oggend kan doen is opstaan, my trane afvee en voortgaan met my lewe... met julle lewens... Ek is nie gevoelloos nie my kind, ek... ek probeer net sterk wees."

Tussen die snikke deur bly sy aanhoudend haar kop skud. "Dis ma se skuld dat hy dood is! Hoekom het ma hom nie gekeer toe hy daardie ekstra werk aangevat het nie?? Pappa sou nog hier by ons gewees het. As ma net gesê het hy moet dit te los sou hy nooit daardie oggend in die motorongeluk gewees het nie!"

Ek frons.

Waarvan praat sy, watter ekstra werk?

Die ligte klop aan die agterdeur, gevolg deur Tasha se skielike verskyning verander onmiddelik die sombere atmosfeer in die vertrek.

"Sooo, is jy gepak Z?" sy vra met erns maar knipoog terselfdertyd vinnig onderlangs vir my.

Zelia vee die trane van haar gesig af. "Amper..." antwoord sy en verdwyn dan sonder 'n verdere woord na haar kamer toe.

Ek bly staan, dronk geslaan oor Zelia se beskuldiging.

"Jy dink tog nie ek gaan werklik dat sy by jou intrek nie?!" vra ek vies oor die ongevraagde onderbreking.

Tasha glimlag verskonend. "Dink jy regtig ek wil 'n norsige tiener in mý huis hê? Neeeee dankie! Ek kon net hoor sy was hewig ontseld Suz, ek het dat sy stoom afblaas. Laat sy maar net vanaand by my kom oorslaap. Dalk sal 'n aand weg van jou af haar goed doen. Ek kan jou waarborg sy gaan huistoe verlang die oomblik nadat sy vanaand se verbrande aandete moet afwurg. Sy het iets gesê van jy wat iemand met 'n besem bygekom het?"

"Charles Barlow."

Haar oë rek.

"WAT?!"

"Hy het saam met haar hier aangekom..."

Sy staan nader, vryf oor my arms. "Is jy okay?"

Ek knik. "Ja, ja ek is. En jy is reg, dit sal goed wees as sy vanaand by jou oorslaap, soos dit is gaan ek die gemors van mens later vanaand by die begraafplaas ontmoet. Ek moet net my ma ompraat om weer later na klein Benna te kyk."

"Whow wat? Charles Barlow? By die begraafplaas ontmoet?! Maar... maar hoekom?"

"Sodat hy kan kry waarna hy soek." Sê ek tong in die kies maar my woordespel gaan verlore op haar. Sy staar my geskok aan. "So jy weet wat hy wil hê? Maar..."

"Dis die enigste manier hoe ek weer beheer oor my lewe gaan terugkry Tash! Laat Cronje en sy geheime ondersoekspan daarna met hom doen wat hul wil."

Tasha gaan sit op die naaste stoel aan haar.

"Wag! Jy gaan nou te vinnig vir my. Watse geheime ondersoekspan?"

Terwyl Zelia haar oorslaapsak pak verduidelik ek in kort alles wat speurder Cronje my vertel het.

"WAT??! Moet net nie vir my sê jy het die swaap geglo nie Suz?! Of dink jy ek en Ludwig sou ons ophou met kriminele?! Zac is net... Zac!"

Toe ek niks sê nie skud sy haar kop teleurgesteld.

"Wat gaan hier aan Suz, hoe het Cronje in jou kop gekom? Die man speel *Jekyll and Hyde* met jou. Het jy vergeet van die vingerafdrukke op jou voordeur wat hy net gelos het?! Of sy kamstige nalatigheid met die sekuriteitskameras by die supermark. Nee! Die moontlikheid dat hý in plaas van Zac die skurk is, is baie groter! Hy probeer sy eie vuil voetspore toevee met hierdie kamstige geheime ondersoekspan-ding. Slinkse jakkels!"

"Ek moet iets doen Tasha..."

"Jy is besig om oop oë reguit in hul lokval in te loop Suz! Jy vertrou dat Cronje, Barlow gaan arresteer, maar wat as dit nie gebeur nie? Jy plaas nou skielik jou vertroue in 'n man wat jy vanoggend nog self as 'n wolf in skaapsklere beskryf het. Wat as hulle jou inwag en van Zelia en Benjamin weeskinders maak. Jý het 'n risiko vir hulle geword Suzaan!"

Sy haal haar selfoon uit haar sak.

"Ek gaan nou dadelik hierdie hele ding aan die stasiebevelvoerder rapporteer..."

"Ma?... Waarvan praat sy?"

Zelia staan met rooi gehuilde oë en 'n bekommerde uitdrukking na ons en staar. Ek skiet Tasha 'n vinnige *ek-wonder-hoeveel-het-sy-gehoor-kyk*.

Tasha bêre vir eers weer haar selfoon.

"Niks waarooor jy jou hoef te bekommer nie. Gaan geniet jou oorslaap en..." Ek gaan staan so naby as wat ek kan aan my dogter en lig haar ken sodat ons mekaar in die oë kan kyk. "Ek is lief vir jou Zelia Louw. Moet dit asseblief nooit ooit vergeet nie."

"Nou ja Z, kom ons gaan." sê Tasha en laat Zelia solank vooruit loop.

By die deur steek sy vas.

"Wat kan ek sê om jou uit die ding uit te praat Suz?"

"Niks."

Tasha se knik is een van aanvaarding, nie goedkeuring nie.

"Op een voorwaarde. Ek laat lig die stasiebevelvoerder in oor jul ontmoeting."

"As jy dit goed dink."

"Ek doen. Hoe laat ontmoet jy hom?"

"Ek moet nog alles met Cronje reël, maar ek dink so tien-uur se kant."

"Wees versigtig... asseblief."

"Ek sal wees."

Ons staan 'n oomblik woordeloos teenoor mekaar. Dan trek ek haar nader. Gee haar 'n stywe druk. "Jy is die dapperste mens wat ek ken Suzaan." Snik sy in my nek.

Sy stuur 'n laaste besorgde blik na my toe voor sy wegry.

Te laat onthou ek dat ek haar nog wou vra of Zac destyds by Ludwig se begrafnis was.

'n Rukkie later sit ek die bord aandete met twee ekstra stukkies geurige wors voor my ma neer.

Aan haar blik weet ek onmiddelik, ek is klaar uitgevang.

"En dit? Wat wil jy hê Suzaan?"

Vir 'n vlietende oomblik oorweeg ek om my ma alles te vertel, maar dan besluit ek daarteen. Daar is 'n tyd en plek vir alles en hoe minder sy vir eers weet hoe beter. Bygesê, is ek reeds 'n senuwee wrak. Ek moet oor minder as twee ure by die begraafplaas wees en ek kry nie vir speurder Cronje in die hande nie! My plan is klaar besig om skeef te loop.

Sy gluur my met groot agterdog aan toe ek vra of sy na Benjamin sal kyk. Ek noem toe net so bolangs dat dit iets met die moord by die supermark te doen het.

"Jy weet Suzaan, 'n goeie leuenaar word nie net so gebore nie, dit vat jare en jare se harde en toegewyde oefening. En jý lieg duidelik te min my kind..."

Omdat ek nie weet hoe om op die brokkie advies te reageer nie, sê ek eerder niks en hoop in die stilligheid dat Charles Barlow nie ook so maklik vanmiddag deur my leuen gesien het nie.

Later, nadat ek Benjamin gebad en in die bed gesit het, skakel ek weer speurder Cronje se selfoonnommer.

The subscriber you have dialed is not available at present. Please leave a message after the tone...

Ek loer vinnig op my horlosie. Dit is 21:30 en dit is die hoeveelste onbeantwoorde oproep wat ek na sy selfoon maak. Ek besluit om dié keer wel 'n boodskap te los.

"Speurder Cronje, dis Suzaan. Suzaan Louw... Ek... ek probeer jou al die hele middag in die hande kry. Ek gaan vir Charles Barlow oor 'n half-uur ontmoet... Ek het... wel ek het...

uhm... sake so soort van in my eie hande geneem en hom belowe dat ek dit waarna hy soek aan hom sal oorhandig. Ek het gedink jy kan... Ek het gehoop dit skep 'n geleentheid vir jou om..."

My stem bewe. Ek neem 'n diep asemteug en probeer my woorde agter mekaar kry.

"... Ek het verkeerdelik vanmiddag gedink daar sal genoeg tyd wees vir ons om die lokval ordentlik te beplan, maar nou is dit te laat. Teen die tyd wat jy hierdie boodskap luister is ek seker al in groot moeilikheid. Ek...ek het jou hulp nodig Konstantyn. Kom red my asseblief!"

Ek eindig die oproep, maar bly staar na die selfoon in my hand.

Wat as hy nie die boodskap betyds kry nie? Miskien moet ek net van my plan afsien en by die huis bly.

Maar terwyl ek dit dink weet ek dit is nie meer 'n opsie nie. As ek nie by die begraafplaas opdaag nie, gaan Charles Barlow my hiér by die huis kom soek en dit sit my ma en Benjamin in gevaar. Hoe verder ek Charles Barlow van hulle af kan hou, hoe beter.

Na ernstige selfoortuiging en met valse bravade gaan soek ek in die studeerkamer rond na die een of ander ding om vir Charles Barlow te gee. Ek het geen idee hoe groot, swaar, dik of dun die item is waaragter hy aan is nie! Dit kan enige iets wees, van 'n vloermat tot 'n gewone stuk papier!! Maar wat??

Terwyl die onmoontlikheid van die hele situasie my weer oorweldig val my oog op die skootrekenaar wat eenkant op die lessenaar staan. In 'n desperate poging om iets wyser te raak besluit ek om Charles Barlow se naam te *Google*. Miskien kry ek 'n leidraad. Iets wat my sal help om die skaal net effens in my guns te swaai. Maar verniet. Al wat ek wél uitvind is dat speurder Cronje weereens die waarheid gepraat het. Of Charles Barlow nou vir Zac werk of nie, daar is geen spoor van hom in die kuberruimte nie. Nie een enkele foto nie, nie 'n *facebook profile, twitter of instagram post* nie. Niks. Charles Barlow is 'n spook.

Nou sonder plan, staar ek na 'n handgemaakte houtboksie

wat ek jare terug vir Ludwig gekoop het.

Ingedagte trek ek een van die lessenaar se laaie oop. In die hoek is 'n pak speelkaarte, ironies lê die troefkaart of te wel die *Joker* heelbo in die pak.

"Gaan jy, of bly jy?" roep my ma meteens vanuit die tv kamer.

21:45

Tyd om te ry.

Ek gryp die *Joker* en die houtboksie. Gaan tel vir Benjamin op. Druk sy slapende lyfie 'n tyd lank styf teen my vas.

Oppad uit steek ek eers by die tv kamer vas. My ma sit met haar rugkant na my en tv kyk. Die volume alweer onnodig hard gestel.

Gevoelens van berou en ongelooflike hartseer pak my meteens beet.

As dinge skeefloop is hierdie dalk die laaste keer dat ek haar sal sien.

Ek leun oor die bank en gee haar 'n vinnige klapsoen op die wang.

"*Totsiens* ma..."

Sy lig haar hand en wuif my woordeloos weg.

Voor ek die voordeur agter my toetrek dryf een van die akteurs se stemme vanuit die tv kliphard deur die huis. Dis asof die man met my praat... "Jy mevrou het geen idee waarvoor jy jou inlaat nie..."

6

By die begraafplaas word ek deur die onheilspellende geroep van 'n uil begroet. Ek klim uit die motor en trek dadelik my baadjie stywer om my vas. 'n Ysige bries dwarrel tussen ou grafstene deur en jaag terselfdertyd mis-slierte voor die sekelmaan in. Skaduwees speel nou bedrieglike speletjies en laat die andersins rustige engelbeelde wat oor die grafte waak na dreigende drogbeelde lyk.

Duskant my is daar 'n skielike geritsel van blare.

Die uil hou dadelik op met sy geroep.

Ek trek my asem op, klem die houtboksie in my baadjiesak nog stywer vas en loer benoud rond.

Niks. Dit was seker net die wind gewees.

Ek blaas my asem stadig uit en begin vinnig in die rigting van Ludwig se graf stap. Hopelik is speurder Cronje reeds hier of ten minste al oppad... Ek oorweeg dit om hom weer te bel maar besluit daarteen. As ek bel en hy is wél hier iewers kan die gelui van sy selfoon sy posisie weg gee.

'n Paar tree van Ludwig se graf af gaan staan ek eers 'n oomblik stil.

Hoeveel oggende het ek nie al hier kom sit en omhuil nie?

Ek wonder of ek juis sy graf as die plek van ontmoeting gekies het omdat ek onbewustelik nog glo hy kan my beskerm? Of miskien is dit omdat ek altyd sy teenwoordigheid juis hiér voel, asof hy nog regtig hier is...

'n Geluid laat my vinnig omspring. Dit klink soos die geknars van blare en gruis onder voet.

"Hallo... Cronje?"

Ek spits my ore en luister of ek 'n stem hoor.

Geen antwoord kom nie, tog enkele sekondes later hoor ek weer die selfde geluid. Dit is voetstappe, verseker.

Die moontlikheid van ander moeilikheidmakers wat hier rondloop is groot. Hier is bykans geen sekuriteit by die begraafplaas nie. En die hoofhek staan gewoonlik oop.

"Wie is daar?"

'n Doodse stilte hang in die lug.

My lyf is nou die ene hoendervleis. Iemand hou my dop. Ek voel hoe hul oë my elke beweging volg.

Ek probeer geïrreteerd klink. "Ek het nie tyd vir jou speletjies nie... Staan waar ek jou kan sien of..."

Die motorligte verskyn onverwags.

"Wat de...?!"

Ek lig my hande teen die skerp lig wat my tydelik verblind.

Vir 'n oomblik is ek oortuig dis Charles Barlow wat op my gaan afjaag, maar dan net so skielik as wat die motor verskyn het draai die ligte van my af weg en die bestuurder ry in 'n ander rigting in.

Net nog 'n ander nagtelike besoeker aan die begraafplaas.

Lam van skrik staar ek na die motor wat nou in een van die systrate verby ry. Soos 'n soeklig verhelder die motorligte nie net die pad vorentoe nie maar ook die direkte omgewing om my. En dan sien ek dit... Die beweging agter die groot ou boom. So 100m weg. Dit was effens, maar dit was verseker daar! Die skaduwee van... *Wie?*

"SUZAAN! SUZAAN! DANKIE TOG EK HET JOU GEKRY!!"

My aandag verskuif onmiddelik vanaf die skadu agter die boom na die benoude geroep êrens agter my.

"Tasha? Wat... wat soek jy hier!?"

Die Tasha wat uitasem voor my kom staan is nie die vrou wat ek ken nie. Selfs in die donker naglig kan ek die paniekbevange trek op haar gesig sien. Sweetdruppels glinster op haar voorkop en haar oë is vol bekommernis.

"Die stem op die foon het gesê as ek nie... As ek nie..." maar sy kom nie verder as dit nie. Sy hyg na haar asem en is baie naby aan trane.

"Wag, wag Tasha! Kalmeer vriendin! Watse stem? Waarvan praat jy?"

Sy gryp my hande in haar eie bewendes vas.

"Ons het net klaar geëet en Zelia het kom nagsê, toe my selfoon lui. Dit was 'n onbekende nommer. Die man... Dit was Charles Barlow." Sy begin weer onbeheers snik. "Hy het gesê hy het werk vir my en as ek nie binne 15 minute hiér is nie... Maak hy jou... dood. Ek wou dadelik na sy oproep die polisie bel, maar toe skakel hy weer, sê hy hou my fyn dop en as ek dit waag om die polisie te bel... Hy het 'n skoot in die agtergrond afgetrek Suz. Ek... ek was so bang!"

'n Verlammende skok skiet deur my hele lyf.

"Waar is Zelia, Tash! Moenie vir my sê jy het haar..."

"Sy is terug by jou ma. John is nie vanaand by die huis nie en ek wou haar nie alleen gelos het nie. Ek... ek het niks genoem oor die oproep nie. Net gesê 'n ou klient het dringend my verteenwoordigheid nodig en ek kon hom nie weier nie. Maar ek dink jou ma vermoed onraad..."

Ek voel hoe my keel toetrek van benoudheid.

Maar dit beteken hulle is nou almal saam, op een plek! Alleen!

Haar selfoon lui. Sy bring dit tot by haar oor. Haar bang oë bly vasgenael op my.

Die eensydige gesprek is skaars tien sekondes lank.

"Ek... ek verstaan... Ek sal vir haar sê. Asseblief moenie hulle seer..." Die oproep word beeindig voor sy haar sin kan klaarmaak.

My grootste vrees is so pas bewaarheid.

Charles Barlow het my gesin!

Sy begin histeries huil. "Ek is so jammer Suz! Ek... ek het nie gedink nie... Na die skoot. Ek was net bekommerd oor jóu veiligheid. Ek het nie verder gedink nie..."

"Wat het hy gesê?"

Sy neem 'n oomblik, probeer haar emosies onder beheer te kry.

"Ek moet die aflewering doen, die item in die vullisdrom voor Somerset Wes se polistasie gaan sit. Sodra hy dit gekry het sal hy..." Sy vee vinnig 'n traan van haar wang af. Laat sak haar kop in haar hande.

Dit voel asof my bene onder my gaan meegee. Sy sien my vrees, probeer desperaat om self aan hoop te klou. "Hy... hy het belowe om hul te laat gaan... Solank ons doen wat hy vra."

Ek weet ek moet reageer. Iets sê. Iets doen. Maar ek kan nie beweeg nie. Ek haal skaars behoorlik asem. Ek het gedink ek kan Charles Barlow uitoorlê maar nou gaan my gesin die prys daarvoor betaal!! En ek weet nie eers waaroor dit alles gaan nie?!

Tasha neem 'n diep asemteug. Druk haar selfoon terug in haar broeksak. Vee haar hare weg uit haar gesig. Hou haar bewende hand na my toe uit.

"Komaan ons moet ons regruk. Ons mors kosbare tyd! Gee dat ek kan ry."

Haar stem klink dof, asof haar woorde vanuit 'n tonnel kom. Ek probeer fokus maar iewers is daar fout. Miskien is ek besig om 'n senuwee-ineenstorting te kry, of 'n hartaanval?

Sy vat my aan die skouers. Skud my liggies. "Suz, komaan, fokus. Hoe gouer die vark kry wat hy wil hê, hoe gouer is die kinders en jou ma weer veilig. Asseblief. Ek... ek moet regmaak wat ek verbrou het. Suzaan!? Suzaan!? Verdomp. Hoor jy my nie? Gee dit nou! Asseblief!!"

Ek staar na Tasha se uitgestrekte hand en dan is dit asof 'n demper stadig maar seker gelig word... My brein het my aanvanklik eers genoeg tyd gegun om op die nuus van hul ontvoering te reageer, maar die ergste skok is nou verby. Helder brokkies informasie sypel deur na my bewuste. Alles is nie verlore nie. Ek weet wat om te doen!

Tasha hou haar bewende hand nog steeds uitgestrek.

Ek handig steeds nie die houtboksie oor nie.

"As Charles Barlow vir jou by die vullisdrom naby die polisiestasie wag beteken dit hy is nie nou hier nie, en hy ons nie dop nie, of hoe?"

Tasha frons, onseker oor wat dit enigsins saak maak.

"Ja... Seker... Hoekom?"

"Ek het 'n plan Tash. Ons kan hom nog steeds vastrek. Maar jy sal my moet help."

Ek haal die houtboksie uit my sak, sit dit in haar hand en vou my eie hande om hare toe.

"... Sal jy help... Asseblief...?"

Ek sien onmiddelik die twyfel. Die vrees wat weer terugkruip.

"Nee Suz. Asseblief nie! Kyk waartoe is die wreedaard in staat. Nee, nee, nee ek dink ons moet net maak soos hy sê."

Sy trek haar hand uit myne uit en druk die houtboksie nou veilig in haar eie baadjiesak. "Ek sal myself nooit kan vergewe as iets skeefloop nie!"

Ek staar na haar. Ek sien hoe sy byna knak onder die skuldgevoelens. Charles Barlow was slu genoeg om haar te betrek. Ek wonder hoe lank hy haár al dopgehou? Hy moes besef hoe kosbaar ons vriendskap is en besluit het om dit tot sy voordeel te gebruik. Sý is nou verantwoordelik vir haar beste vriendin se gesin se lewens. Sy vangnet van manipulasie en verwoesting is wyd gesprei. Maar ek gaan nie toelaat dat die vark daarmee wegkom nie!

"Wag, luister. Laat Cronje jou agtervolg."

Ek draai om en stap in die rigting van die groot ou boom waaragter ek die skaduwee vroeër gesien het.

"Is jy mal Suzaan!! Hierdie hele ding..."

Ek roep bokant haar stem uit.

"Konstantyn. Asseblief kom, Charles Barlow het my gesin... Ons..."

Ek steek vas. Tasha wat agter my aangedraf het kom staan

langs my.

Ek beduie na die kaal boomstam. "Ek het iemand hier sien sit. Ek het gedag dit was Cronje... Maar hier is... niemand?"

Sy afwesigheid is natuurlik vir Tasha so goed soos 'n verdere skulderkenning. Ek weet wat sy dink. Maar dit is my skuld. Ek is die een wat die eerste saadjie van twyfel oor hom geplant het.

Haar angstigheid slaan om in woede. "Ek het jou gewaarsku Suz. Ek het jou gewaarsku maar jy wou nie luister nie!"

Ek skud my kop. Sy ruk haar op, druk 'n wysvinger onder my neus in.

"Hoekom dink jy moet ek die goed in die asblik by die *polistasie* gaan los!! Dit is soos 'n klap in ons gesigte! Die vermetelheid!"

Ek kyk weer na die donker grond. Wonder wie se skaduwee ek vroeër dan hiér sien sit het?

Tasha draai om. Begin haastig wegdraf.

Ek probeer haar keer.

"NEE TASHA WAG! JY VERSTAAN NIE! DIE BOKSIE IS NIE..."

Sy luister nie. Slaan net haar motordeur toe, skakel die enjin aan en ry weg. My hart hamer teen my borskas. Dinge is besig om lelik skeef te loop. Ek grawe my selfoon vining uit my sak. Skakel haar nommer. Maar sy antwoord nie. Nog voor die oproep kan oorgaan na 'n boodskap druk ek die foon dood, skakel weer. Tussendeur hardloop ek na my eie motor toe. Miskien kan ek haar inhaal.

Ek probeer alles gelyktydig doen. Die motorenjin aanskakel, die deur toe trek, die selfoon teen my oor hou. Ek sien nooit die figuur langs my motor verskyn nie. Voel net meteens die klam benerige vingers om my gewrig krul. Hy pluk my uit die motor uit.

"*Whow whow whow. Where do you think you're going?*"

Ek ruk my dadelik los uit Charles Barlow se greep.

Wat soek hy hier? Hy is veronderstel om Tasha by die

polisiestasie in te wag?

"Jy lyk asof jy 'n spook gesien het Suzaan..." Hy lag, wys na die grafstene om hom en sê "*Get it?* begraafplaas, spook...?"

Die man se kilheid laat my gril. Hy staan en simpel grappies maak asof niks verkeerd is nie!?

"WAT HET JY MET HULLE GEDOEN?"

Hy draai sy kop effens skeef en die skadus val oor sy benerige skedel. 'n Aaklige drogbeeld.

"Met wie, wat gedoen?" vra hy geamuseerd.

Ek voel hoe die hulpeloosheid in my opstoot.

"Tasha is oppad polisiestasie toe."

Charles Barlow lig sy skouers traak-my-nie-agtig op.

"So? Ek's nie bang vir die *pote* nie..."

Hy hou sy hand na my toe uit.

"Toe. Gee dit."

"Wat bedoel jy?"

"Hou op met jou speletjies Suzaan, jy weet waartoe ek in staat is... *Don't be a fool...*"

"Jý is die een wat speletjies speel! Tasha gaan dit in die asblik los, net soos jy beveel het. Laat my ma en die kinders gaan. Asseblief."

Hy pluk sy vuurwapen uit. Kyk verdag om hom rond.

"Ek vra nie weer nie Suzaan!"

"Maar ek het dit nie!!"

Verwarring flits oor sy gesig.

"*You have just made a big mistake Suzaan, BIG MISTAKE!*"

"Wat bedoel jy? Was dit nie jy wat haar gebel het nie?" vra ek nou self verward.

"Phone her, tell her to come back!"

"Dit sal nie help nie. Sy antwoord nie."

"CALL HER!"

Ek doen soos hy vra en toe sy weereens nie antwoord nie, mik en trek hy sonder enige huiwering 'n skoot af. Klonte klam grond spat net duskant van waar ek staan.

"I hope for your family's sake that you are telling the truth. Come on let's go!"

Ek bly versteen staan.

Sodra hy die houtboksie sien gaan hy weet ek het geen idee waarna hy gesoek het nie. Ek moet tyd koop. Miskien probeer wegkom, vlug onder die beskerming van die donker.

Sonder om verder daaroor na te dink spring ek om en hardloop vir my lewe. Charles Barlow se treiterlag breek êrens agter my deur die naglug.

"*You know Suzaan, I don't get it?* Hoekom speel jy hierdie speletjie? Hoekom nie net die goed vir my gee en aangaan met jou lewe nie? *It's just not worth it.* En vir wat betrek jy daardie *girlie* vriend van jou by alles? *It just doesn't make sense?*"

Ek fokus op waar en hoe ek my volgende treë moet neem. Om blindelings te vlug gaan my nie help nie, die donker skadus in die begraafplaas is bedrieglik, ek kan in 'n oop graf inval of verkeerd trap en lelik seerkry. Tog terwyl ek beangs tussen ou grafstene wegkruip, wonder ek wat presies aan die gang is?

As dit nie Charles Barlow was wat die reëlings gemaak het om die goed in die vullisdrom te gaan los nie, wie het dan vir Tasha gebel?

Dit het gelyk asof hy niks van my familie se ontvoering weet nie?

Toe hy weer praat besef ek hy is êrens, kort op my hakke.

"*Either way, it's a pity* Suzaan. Nou dat jy my naam ken, en jou vriendin onnodig by die ding betrek het, sal ek moet doen wat gedoen moet word..."

Ek probeer die genotvolheid waarmee hy dié aanmerking maak ignoreer.

"*Koewee... I can see you Suzaan...*"

Ek kruip nog dieper onder die bos langs 'n verwaarloosde ou grafsteen in en kyk benoud om my rond. Regs van my lê 'n grasperk, aan die anderkant daarvan is die begraafplaas se uitgang. Ek oorweeg vinnig my opsies.

Bly onder die bos versteek en bel om hulp, of mik oor die oop grasperk na die uitgang?

'n Tak kraak êrens naby my en meteens fladder 'n verskrikte voël bokant my kop uit die bos uit. Ek snak na my asem.

"Su-zaan-tjie..."

Daar volg 'n sagte geritsel van blare nie te ver van my af, en dan gewaar ek hom. Charles Barlow staan skaars 'n paar meter van my af! Hy sluip gebunkend nader, sy vuurwapen gemik op 'n struik 'n entjie verder weg.

Ek sal nie kan bel nie, hy sal my stem kan hoor.

Nee! Ek moet hardloop, wegkom!

Terwyl my arms en bene in perfekte sinkronisasie saamwerk, stamp my hartslae al harder in my ore. Aangehits deur die adrenalin, neem die oer-oue-instink na die wil om te oorleef nou in my oor. Ek waag dit nie om terug te kyk nie. My fokus is alleenlik op die hekke wat nou nog net 'n paar tree ver weg is.

"*OH NO YOU DON'T!!*"

Ek skrik vir sy stem. Verander van rigting en beweeg tussen die veilige skadus van die bome in.

"*So close and yet so far...* Komaan Suzaan. *Haven't you had enough already?*"

Charles Barlow kom nou self ook oor die oop grasperk nader gestap. Sy blik gefokus op die plek waar hy my agter 'n boom sien in verdwyn het. Ek kyk vinnig om my rond.

Waarnatoe nou?

Solank as wat hy tussen my en die hekke bly is daar geen manier dat ek by die begraafplaas kan uit kom nie. Ek probeer kalm bly. 'n Ander uitweg kry.

Ek sal nie oor die begraafplaas se mure kan klim nie, dit is te hoog. En om te bel is nog steeds buite die kwessie. Die selfoon se lig sal my wegkruipplek weggee.

Charles Barlow stap tot voor die hekke. Selfs in die flou maanlig sien ek die wreede glimlag om sy mondhoeke krul. Ek is vasgekeer en hy weet dit.

Opsoek na alternatiewe val my oog toevallig op die buitelyne van die begraafplaas se vervalle ou gereedskapkamer.

As die deur oop is kan ek daarbinne gaan wegkruip, die polisie bel en selfs miskien iets kry om myself teen Charles Barlow te bewapen.

Ek kyk na die hekke wat agter Charles Barlow wawyd oop staan. Om by die gereedskapkamer te kom, beteken ek moet omdraai, weg van die hekke af en weer dieper in die begraafplaas in beweeg. En dit alles in die hoop dat die gereedskamer se deur gaan oop wees...

Ek het geen ander keuse nie. Ek draai om, begin hardloop. Voel hoe my linker sleutelbeen eensklaps in skerwe spat. Die koeël het my vol in die skouer getref. Die bloed vloei onmiddelik en ek gil van die pyn.

"*The next shot will hurt even more Suzaan...* Jy mors onnodig tyd! As iets intussen met daardie *papiere* in die vullisdrom gebeur... *Trust me, this is nothing in comparison to what I will be doing to you then...*"

Ek kners my tande teen die onbeskryflike seer, pluk by baadjie van my lyf af, rol dit in 'n bondel en gooi dit in die teenoorgestelde rigting van wat ek hardloop. Toe 'n stuk boomstam êrens agter my in stukke spat weet ek my plan het vir *nou* gewerk.

'n Paar tree van die ou vervalle geboutjie af sien ek die slot en grendel in die maanlig blink.

Moenie gesluit wees nie, asseblief nie, asseblief nie!!

Ek steek my regterhand uit om aan die slot te voel, maar terselfdertyd verdof my visie. Swart kolle dans skielik voor my oë rond. Ek leun vinnig vooroor en probeer die naarheid wat in my opstoot teensit. Te laat. Die laaste 24 uur se trauma, harsingskudding, skok en nou die skietwond is net eens te veel vir my liggaam. Duisligheid oorval my en voor ek enige iets kan doen verloor ek my bewussyn.

"... *Think you are clever...* Kan nie... *papiere... billions of rands.*"

Van Charles Barlow se woorde dwing elke nou en dan tot my bewuste deur. Sy stem klink dof en ver-af. Of is dit naby?

Ek probeer orent kom,, maar elke keer as ek dit doen kantel die wêreld net weer op sy sy. Terug op my rug staar ek op na die twee sekelmane wat bokant my hang en wag tot hul uiteindelik in een smelt. Dan met doelbewuste traagheid lig ek eers versigtig my kop. Toe die wêreld nie meer om my draai nie, steun ek met my rug teen die gereedskapkamer en help myself stadig met my regterhand regop.

Waar is Charles Barlow?

Ek kyk in die rigting van waar ek laaste sy gemompel gehoor het maar sien niks. Nog onvas op my voete probeer ek nou so saggies moontlik aan die ou roeserige slot wikkel... Dis 'n gesukkel met net een hand. Angstig loer ek eers weer terug oor my skouer. Ek knyp my oë toe teen die nare gevoel van futiliteit en probeer weer 'n keer.

Die slot spring sowaar oop!

Trane van pure verligting stroom oor my gesig.

Ek weet dit is net 'n kwessie van tyd tot Charles Barlow die gereedskapkamer sien en besef dat ek hierheen gevlug het, maar ten minste koop ek vir myself bietjie tyd

Die verrotte deur se skaniere kraak toe ek dit oopstoot. 'n Reuk van muf en bedompige ou lug nooi my in. Ek gee 'n tree in die pikswart opening in. Iets skarrel êrens binnekant haastig weg...

Rotte?

Dalk beter om nóu my selfoon liggie te gebruik. Ek druk my regterhand in my broeksak, kry my selfoon maar kom nie verder as dit nie.

Die motor staan half versteek tussen 'n bos en die gereedskapkamer. Dalk dieselfde motor wat vroeër vanaand by die begraafplaas ingery het? Ek staar daarna en voel gelyktydig versigtig aan die plek wat eens my skouer was. Die gapende wond is nat en taai. My linkerarm hang soos 'n nuttelose stuk vleis langs my lyf. Dalk is 'n donker kamer vol honger knaagdiere nie nou die beste plek om weg te kruip nie...

Geleidelik vat 'n beter plan by my pos. Wie ook al hier met die motor is, gaan een of ander tyd weer ry.

Ek sluip tot langs die motor en loer by die venster in. Nes ek vermoed het hang die motorsleutel nog net so aan die binnekant. Vreemd hoe die andersins belangrike voorsorgmaatreëls ons lewendes by 'n begraafplaas ontgaan. Die dood steel geliefdes, nie motors nie...

Ek beweeg saggies terug tot by die gereedskapkamer, trek die deur halfpad toe en los een van my skoene 'n entjie van die vervalle geboutjie af.

Laat Charles Barlow maar dink ek is daarbinne. Ek gaan in die motor wegkruip en op dié manier hier uit kom.

Terug by die motor, neem ek eers 'n oomblik om te rus. Die bloed stroom sonder ophou by my arm af en ten spyte van my gejaagde hartklop voel ek al swakker en swakker. Ek vermoed dat my bloeddruk as gevolg van die bloedverlies teen hierdie tyd reeds gevaarlik laag is.

Ek stoot die gedagte aan my eie moontlike ontydelike afsterwe uit my gedagtes en voel na my selfoon in my broeksak.

Eers moet Tasha gewaarsku word. Sy moét weet dat die houtboksie nie my gesin se lewens of hare gaan red nie. Dat wie ook al haar gebel het, nié Barlow was nie. Ek voel na my selfoon, maar dit is weg.

Nee! Nie dit nie!"

Ek soek weer, probeer my ander broeksak, leeg.

Dan kry ek hond se gedagte, loer oor die agterkant van die motor terug met my spore langs. Ek kan die reghoekige buitelyne van die foon net-net in die skrale maanlig uitmaak. Ek moes dit verloor het met my heen en weer gesluipery en nou lê dit op die grond halfpad tussen my en die gereedskapkamer. Ek begin huil. Ek is nie seker of ek dit tot by die selfoon en weer terug sal maak nie. My asemhaling is vlak en ek voel moeg, doodmoeg.

"O Su-zaan-tjie!"

Met inspanning loer ek langs die motorwiel verby en sien hoe die buitelyne van Charles Barlow nou stadig maar seker in hierdie rigting beweeg. Ek weet nie of hy al die motor, my skoen of die gereedskapkamer raak gesien het nie, maar hoe dit ook al sy, ek kan vergeet van om my selfoon. Hy is te naby.

Ek druk deur met my oorspronklike plan. Slaag daarin om ongesiens in die motor te klim. Die kattebak oop te maak.

Daar is 'n duidelike *klik* geluid toe ek die kattebak se knip bokant my toetrek. Vir 'n paar oomblikke is ek oortuig dat Charles Barlow dié geluid moés gehoor het. Ek bly angstig luister vir sy voetstappe maar dan namate die tyd verby stap en ek tussen bewusteloosheid in en uit dryf traak dit my al minder.

Met tye slaan die harde werklikheid my. Ek het geen idee vir hoe lank ek hier kan lê voor die bestuurder besluit om terug te kom nie. Ek is swaar gewond. Ek het reeds te veel bloed verloor en ek gaan dit dalk nie maak nie.

Vasgekeer in die beknopte kattebak huil ek soos ek nog nooit vantevore gehuil het nie. My gewete bly tussendeur my enigste geselskap en aanklaer oor my lewe.

Êrens tussenin hoor ek weer Charles Barlow se stem. Hy klink briesend. Die gereedskapkamer se deur klap met 'n slag, asof hy dit toe geskop het.

"*FINE SUZAAN!! IF THAT'S THE WAY YOU WANT TO PLAY IT!!*"

Ek probeer fokus, maar ek sukkel. Ek moes weer my bewussyn verloor het.

Hoeveel tyd het verloop vandat ek sy stem by die gereedskapskamer gehoor het?

Oomblikke later skommel die motor onder my vinnig heen en weer. Iemand klim in. Uiteindelik!

Die motordeur word met geweld toe getrek. Die enjin word aangeskakel. Dankbaarheid spoel oor my. Nou net vasbyt tot ons by die begraafplaas uit is, daarna sal ek my teenwoordigheid bekend maak.

Ek lê tjoepstil en probeer om nie aan die walglike petrolwalms te stik nie. Die motor beweeg stadig vorentoe. 'n Dowwerige stem dryf nou deur die blikmetaal wat my en die bestuurder van mekaar skei.

"*Hi, its me... No, I didn't get it*. Hier is iets baie vreemd aan die gang. *She insisted that I changed the plan and told her friend to dump the documents in a rubbish bin near the police station. I'm starting to think that she really didn't shoot* Stefan. Miskien is daar 'n ander party betrokke... Ja! Ja! Ek weet wat alles op die spel is, *don't worry! Listen, I've got this! Let me just first get rid of the car...* Ek is nie van plan om met 'n gesteelde motor tot by die polisie te ry nie, dis moeilikheid soek. *I'll check out the rubbish bin and let you know if the papers are there... What do you mean... how am I going to get rid of it?* Ek gaan die motor by Kogelbaai oor krans in die see in stoot. *Don't worry, I know how to do my job.*"

Ek kan skree! Dit is Charles Barlow se stem, en ek is toegesluit in die kattebak van 'n gesteelde motor wat binnekort op die bodem van die see gaan beland! Hy stuur die motor, draai links, weg van die hekke af en ry dan teen 'n slakkepas op en af met elke systraatjie van die begraafplaas langs. Mompel by homself.

"*Come on Suzaan, where are you? I cannot take the risk of letting you live*. Jy weet klaar te veel van my..."

Maar hy is verkeerd. Ek weet niks. My enigste sekerheid op die oomblik is dat ek tien teen een nie die son môre oggend gaan sien opkom nie. Of hy vind my in die kattebak en maai my af. Of ek bly stil en kom onder die see tot my einde. Die keuse is myne.

Ek voel beide woedend en gekul deur die noodlot. Dit dryf my tot my uiteindelike besluit. Ek gaan nie so maklik lê nie!! Suzaan Louw is nie gereed om oor te gee nie, nie hier en nou en só nie. Laat Charles Barlow my eerder in die kattebak kry. As ek dan aan sy hand moet sterf wil ek ten minste dit doen met die kennis van wat presies aan die gang was en hoekom ek daarby ingesleep is...

"Laat my hier uit jou vuilgoed!"

Die woorde is 'n sagte prewel, onverstaanbaar. Ek probeer my vuis bal, teen die kattebak hammer, of skop. Alles verniet. Ek is lankal te swak om te beweeg. 'n Koue klammigheid kom lê op my vel. 'n Versekere teken dat my organe binnekort die een na die ander gaan ingee...

Ek is nie gereed om dood te gaan nie.

'n Ysigheid trek in my lyf in. Ek voel hoe die finale donkerte soos gulsige vingers na my strek. Ek dink aan Konstantyn en die laaste boodskap wat ek vir hom gelaat het.

Hy moes dit teen dié tyd tog al geluister het, of hoe?

Dan tref dit my...

Alhoewel ek hom laat weet het van my en Charles Barlow se ontmoeting, het ek nooit vir hom gesê *waar* dit sou wees nie.

"Dis verby met jou ou Su-zaan-tjie..." roep Charles Barlow kliphard by homself uit. Ironies. As hy maar net weet hoe naby hy aan die waarheid is. Genadiglik skuif die donker gordyn weer voor my bewuste in.

7

Ek is besig om te droom, of ek is dood en het in die hel wakker geword.

In my droom staan Ludwig langs my. Hy bly sy kop aanhoudend teleurgesteld skud. "Hoekom het jy nie net die *papiere* vir hom gegee nie Suzaan??"

Ek wil vra van watter *papiere* hy praat maar nog voor ek iets kan sê maak Zelia haar verskyning. "Dit gaan alles oor die *ekstra werk* wat pappa aangevat het. Ma moes hom gekeer het! Dit is ma se skuld dat ons almal nou hiér is."

Ek kyk nou vir die eerste verby Ludwig en Zelia en sien hoe donker dit om ons is. Van êrens anders roep klein Benjamin hartseer na my.

"Dis nogal 'n jammerte dat dinge so moes uitdraai, ek het eintlik van jou gehou..." sê Charles Barlow skielik hier langs my. Sy gesig lyk asof roofvisse daaraan gevreet het. Seewier kleef aan sy lyf en hy is sopnat, die reuk van seewater hang aan hom. Hy begin lag toe my gesin in die agtergrond wegstap. Ek probeer hulle keer, maar om een of ander rede kan ek nie beweeg nie. Ek roep agter hulle aan, maar in plaas daarvan dat ek my eie stem hoor, is dit óf Tash, óf my ma se stem wat by my mond uitkom.

"STOP DIE MOTOR!"

Motor??

Weer word die bevel gegee en weereens klink my stem soos dié van iemand anders. Hierdié keer praat die stem agter die vreemde bevel met outoriteit. Die stem klink bekend, tog bly die persoon se naam my nou ontgaan.

Ek maak my mond oop.

"Hallo?" Uiteindelik my eie stemtoon.

Êrens is daar 'n geskreeu van motor se remme. Sirenes raas.

Onder my voel ek hoe iets soortgelyks aan 'n motorenjin vinnig na 'n laer rat oorgeskakel word en dan met 'n spoedige vaart weer vorentoe skiet. Verwarring neem oor.

Waar is ek?

"JY IS OMSINGEL! STOP EN KLIM UIT DIE MOTOR OF EK SKIET!"

Toe ek die woord *"skiet"* hoor trek die allervreeslikste pyn meteens deur my linkerskouer. Ek kyk om my rond, ek is nie omsingel nie, inteendeel ek is stoksielalleen in die donkerte?

Meteens word ek van kant tot kant geslinger. Ek probeer keer maar het geen beheer oor dié askie nie. Die spasie waarin ek soos 'n bal heen en weer rol is baie klein maar ten spyte hiervan is elke stamp 'n helse slaghou. Van êrens onder my slaan die reuk van gebrande rubber op.

Die bekende stem bulder weer 'n waarskuwing. Die woorde klink krakerig en oorvedowend hard net soos wanneer iemand deur 'n luidspreker skree.

"Ha! Shoot all you want... Julle pote gaan my nie vang nie!!" antwoord iemand van êrens naby.

Daar is 'n skielike omkeer in rigting, ek word genadeloos anderkant toe gesmyt en dan volg die onmiskenbare geluid van skote wat afgevuur word.

Elke skootslag is soos iemand wat met 'n hammer en beitel aan die donkerte rondom my kap. Brokkies helder strale lig breek nou stadig tot my bewuste deur. Hierdie is lankal nie meer 'n droom nie......

"*Bloody hell, I should have known this was a trap!!*"

Ek frons, half by my bewuste maar steeds verward.

Was dit Charles Barlow se stem?

'n Koeël tref iets metaals net duskant my kop en 'n skerp *zweeh*-geluid suis verby. Die donker gordyn val meteens weg. Ek onthou. Alles.

Terwyl Charles Barlow roekeloos jaag, hoor ek sy elke vloek en geskel aan.

"YOU ARE GOING TO PAY FOR THIS SUZAAN!"

Hy trap meteens briek en swenk skerp regs. Ek voel onmiddelik die gevaarlike gevolg hiervan onder my gebeur. Die wiele sluit eensklaps en sekondes later tol die motor buite beheer.

Wanneer die motor uiteindelik tot stilstand kom, hoor ek hoe die motordeur oop geruk word.

"UIT! EN MET JOU HANDE WAAR EK DIT KAN SIEN!"

Buiten speurder Cronje se bevele, hoor ek ook nou die gekerm van Charles Barlow. Dit klink asof hy in uiterse pyn verkeer.

"HOU OP TJANK EN Sê MY EERDER WAT JY MET SUZAAN LOUW GEMAAK HET!" blaf Cronje sonder enige simpatie.

Charles Barlow beantwoord hom deur 'n paar skelwoorde en dan is daar die geskuifel van voete, onverwags en blitsig.

"STOP NET DAAR OF EK SKIET JOU VREK CHARLES BARLOW!"

Na aanleiding van die doodse stilte wat volg, neem ek aan dat Charles Barlow die erns agter Cronje se dreigement gehoor het...

Why did you chase me? I've done nothing wrong stupid cop!"

"Komaan! As jy so onskuldig is hoekom het jy weggejaag? En moenie my tyd mors nie Barlow, ek weet jy was hier om Suzaan Louw te ontmoet... Ek weet ook dat jy een van Zac Bosch se *cronies* is... "

Stilte.

Speurder Cronje bars uit van die lag.

"Hoekom skielik so bleek om die kiewe Barlow? Is jy bang Zac Bosch vind uit dat jy gevang is? Ek hoor die ou het nogal 'n reputasie vir dié wat hom in die steek laat. Blykbaar verkort hulle lewensverwagtinge DRASTIES! Kom ek maak 'n *deal* met jou Engelsman. Jy sê vir my waar Suzaan Louw is en ek prop jou in die tronk waar Zach Bosch nie sy hande op jou kan kry nie..."

Intussen, terwyl die kat en muis speletjie buitekant tussen Cronje en Barlow aan die gang is probeer ek alles in my vermoë om iemand se aandag op die kattebak gefokus te kry. Ek roep oor en oor, maar daar kom skaars 'n klank by my mond uit.

Charles Barlow praat weer, sy stem vol arrogansie. "Ek weet nie wie dié Zac-vent is nie. En ek sê jou nou... *I don't know where your murder suspect is and frankly, I don't care!!* So, tensy jy my vir iets geldig wil arresteer gaan ek nou terug in my motor klim en ry... *I've got places to go, people to meet* en jy mors nou my tyd."

Die volgende oomblik hoor ek hoe die motordeur oopgemaak word. Die motor skommel weer onder my.

Nee! Moenie dat hy ry nie!

"DEURSOEK SY MOTOR!" die bevel kort en kragtig.

"O come on... on what grounds?"

"Op gronde van die feit dat jy niks het om weg te steek nie,"

Die motor skommel weer. Die deur slaan weer toe.

"*Go ahead*, maar daarna LOS JY MY UIT! Suzaan Louw is besig om jou vir 'n helse *ride* te vat. Sy probeer my blameer vir die moord van Stefan Swart... *I am telling...*"

"Hoe weet jy waarmee Suzaan Louw besig is? En hoe ken jy die oorledene se naam meneer Barlow? Dis nog nie aan die publiek bekend gemaak nie."

Ek sou wat wou gee om Charles Barlow se gesig op daardie oomblik te kon sien.

"Deursoek sy motor en julle hou nie op voor julle iets gekry het nie!"

Onmiddelik is daar aksie. Deure word oopgepluk, bevele word onderlangs gegee. Stemme roep oor en weer. Sekerlik is dit nou net 'n kwessie van tyd voor hulle my in die kattebak kry.

Maar, net so vinnig as wat die geharwar begin het, hou dit weer op.

"Speurder Cronje! Speurder Cronje, ons het 'n wapen

onder die sitplek gekry, asook 'n paar tekkies met wat lyk soos bloedspatsels daarop..."

"THATS IMPOSSIBLE!" roep 'n verbasede Charles Barlow uit.

"Goeie werk konstabel! Kry dit by forensies uit, maak seker hul sit 'n prioriteit op die uitslag! En kry iemand om die motor in te sleep."

"BUT THOSE AREN'T MY SHOES, OR MY GUN!? I DON'T KNOW WHERE IT CAME FROM!!??"

Speurder Cronje se stem drup van sarkasme. "Miskien het Zac Bosch gesien wat kom..."

"NO! I AM BEING SET UP! THIS IS NOT EVEN MY CAR. Ek het dit gesteel..."

Cronje gee 'n snorklag.

"Charles Barlow jy is onder arres vir die besit van 'n gesteelde motor, 'n gesteelde vuurwapen, moontlike poging tot moord..."

"NO! NO! NO!"

Ek hoor hoe hulle met Charles Barlow wegstap. Stemme vervaag. Ek probeer tevergeefs weer roep, weer skop, weer slaan.

Net buitekant die kattebak kraak iemand se tweerigting radio. "Speurder Cronje, dis beheerkamer hier. Die metro polisie het laat weet dat hulle een van die voertuie waarop jy *surveillance* aangevra het opgemerk het. Dis die voertuig van Tasha Bruwer. Volgens die konstabel ry sy roekeloos vinnig. Sy is oppad in die rigting van die snelweg. Hul wil weet of hul haar moet aftrek of net agtervolg?"

Cronje staan so naby aan die kattebak dat ek elke woord kan hoor en tog weet hy nie van my nie.

"Bring haar na die begraafplaas in Somerset Wes, Wilgerstraat. Laat haar verstaan dat die bevel van my af kom. Haar vriendin is soek en ek wil haar so gou moontlik hier hê. Dalk weet sy van iets wat ons kan help om Suzaan Louw vinniger op te spoor. Oor en uit."

Daar is meteens 'n harde slag, soos 'n vuishou op die

buitekant van die kattebak.

"Komaan Suzaan, waar is jy?"

Sy voetstappe beweeg om die motor.

"HET JULLE AL HAAR SELFOON OPGESPOOR?!"

Veraf antwoord iemand terug. "Sopas! Een van die manne het dit naby die gereedskapkamer gekry. Hulle deursoek die kamertjie en onmiddelike area nou, maar speurder Cronje daar... daar lê vreeslik baie bloed. Barlow moes haar gewond het en ek dink nie sy..."

"REëL SOLANK VIR 'n AMBULANS EN SOEK KONSTABEL... SOEK!" Desperaatheid in sy stemtoon.

Sy twee-rigting radio kraak weer. Die boodskap kom stuk-stuk deur. Die metro polisie het Tasha afgetrek. Sy is histeries, sê mevrou Louw se gesin word gevange gehou. Sweer dat speurder Cronje betrokke is. Wat staan hulle te doen?

Hy vloek onderlangs.

"Kry haar hier en stuur 'n ondersoekspan na mevrou Louw se adres! Laat hul die plek deursoek, miskien tel ons 'n leidraad op. Wie is op kantoordiens konstabel?"

"Speurder Visagie." Antwoord die stem.

"Net my geluk! Maak nie saak nie, kry Visagie om Charles Barlow te ondervra. Ek wil weet waar hy mevrou Louw se gesin aanhou. Laat Visagie dit uit hom uit wurg as dit moet!"

'n Tydjie later hoor ek sirenes nader kom. Deure word vinnig oop en toe geklap.

"Dis jy! Jý en daai ander gemors! As e..." hoor ek Tasha op Cronje begin skree.

"Mevrou Bruwer! Jy is mislei! Ek het niks met die ontvoering óf Charles Barlow uit te waai nie. Kry beheer oor jouself en help my om jou vriendin op te spoor!"

Daar is 'n oomblik se stilte.

Toe Cronje weer praat klink hy bekommerd.

"Ons het bloed gekry. Dit lyk asof sy geskiet is... "

"Dit is jou skuld Cronje! Waar was jy? Sy het hierdie simpel plan aangepak met die idee dat jy hier sou wees om Barlow vas te trek."

"Nee mevrou Bruwer! Kom ons kry gou die feite agtermekaar. Suzaan lê êrens en doodbloei omdat jý Charles Barlow se naam vir haar gegee het! Hoekom dink jy het hy jou gebel en die reëlings verander! Met sy identiteit bekend, moes hy van haar ontslae raak. En glo jy my. Jý sou volgende op sy lys gewees het!"

Ek hoor hoe Tasha begin snik.

"Dink jy sy is... is dood?"

Eers stilte. Dan.

"Ek gaan jou selfoon nodig hê. As ons kan sien waarvandaan hy jou gebel het, die ligging, kan ek 'n span intussen uitstuur en kyk of ons haar ma en kinders kan opspoor."

Iemand leen teen die kattebak, ek voel hoe die motor effens onder my sak. "Ekskuus dat ek onderbreek. Speurder Cronje, die insleepdiens is hier. Is daar enige iets anders wat jy wil hê ons moet doen voor hul die motor wegsleep polisiestasie toe?"

"MAAR MY MAGTIG MAN, WATSE VRAAG IS DIT?!" bulder Cronje.

"Net omdat ons die wapen en tekkies gekry het beteken nie jou werk is klaar nie konstabel!! Hierdie motor word DEEGLIK deursoek. Dit is tans ons enigste leidraad tot Suzaan Louw se verdwyning!! Het een van die spanlede al ten minste die lisensienommer aangemeld en uitgevind aan wie die motor behoort?... Nee??!! WEL DOEN DIT!!"

Sekondes later, beweeg speurder Cronje en Tasha verder van die motor af. Ek hoor hoe hul stemme vervaag. En dan voel ek hoe iemand aan die kattebak se handvatsel ruk en pluk.

"Dit wil nie oop nie, die slotmeganisme het seker skade gekry met die skietery. Kyk hier sit 'n duik waar 'n koeël deur is." sê iemand.

"Wag ek kyk of ons dit met die hefboom van die binnekant af kan oopkry." Antwoord 'n ander.

Die eerste ding wat ek sien toe die kattebak oopspring is die sekelmaan wat bokant my hang. Daarna verblind die skerp lig van 'n flitslig my.

"O Shucks! Check hier! Sy was nog die heeltyd in die kattebak. Ons het haar! ONS HET HAAR!! WAAR IS DIE AMBULANSMANNE?! HIERDIE KANT! HIER! KOM, MAAK GOU!"

"SUZAAN! SUZAAN KAN JY MY HOOR?"

Dit is die donker gestalte van speurder Cronje wat oomblikke later oor my buk.

"HOU NET UIT SUZAAN, EK BELOWE JOU DIE ERGSTE IS VERBY."

Hy draai sy gesig vir 'n oomblik weg en bulder op die paramedisie om vinniger te beweeg. Dan leun hy weer oor my, sy groot growwe vinnigers opsoek na my polsaar. Hy praat in 'n troosende fluisterstem.

"Ekskuus dat ek so lank gevat het om jou op te spoor. Maar jy het nie gesê waar jy Charles Barlow sou ontmoet nie. Gelukkig het jy nie die *location app* op jou selfoon af geskakel soos ek jou gevra het nie. As ons Barlow nie hier in die begraafplaas vasgetrek het nie..."

Dit voel asof hy al sagter praat.

"Suzaan, deksels...jou hartklop. SUZAAN!"

Speurder Cronje word eenkant toe gestamp en een van die paramedisie leun met sy oor tot bykans teen my mond. "Sy haal skaars asem!"

"WEL DOEN IETS DAAR OMTRENT!" bulder Cronje. "DIE VROU SPEEL 'n SLEUTELROL IN 'n BAIE BELANGRIKE ONDERSOEK!"

Die paramedikus staan terug en skud net sy kop.

"Ons kan haar nie net sommer so skuif nie. Kyk na haar! Behalwe vir haar kopbeserings en die skietwond aan haar skouer lyk dit asof elke tweede been in haar liggaam gebreek is. Sy het tien teen een ernstige inwendige beserings ook opgedoen. Ons sal haar eers hier in die kattebak moet probeer stabiliseer, kyk wat ons aan die bloedverlies en beserings kan doen en daarna besluit hoe om haar te beweeg, sonder dat haar eie versplinterde bene gate in haar organe te steek."

Tasha se gesig verskyn om die hoek van die kattebak. Toe sy my sien snak sy geskok na haar asem, begin histeries huil.

"Gaan... gaan sy dit maak?" vra sy tussen die snikke deur.

Die paramedikus kyk nie na haar toe hy antwoord nie.

"Ek weet nie." hoor ek hom sê.

8

"Suzaan? Kan jy my hoor?"

Dit is speurder Cronje wat praat. Sy gesig is nou duidelik sigbaar onder die helder ligte wat intussen opgestel is terwyl die paramedici my aan die lewe probeer hou.

Elke asemteug is 'n pynvolle stryd. En meeste van die tyd weet ek nie of dit wat om my aangaan die werklikheid of hallusinasie is nie.

"Ek het nodig om met haar te praat, ek moet weet wat hier gebeur het. Suzaan?"

"Speurder Cronje, selfs al sou sy jou kan hoor kan sy nie antwoord nie. Haar kakebeen is gedeeltelik vergruis." Verduidelik die paramedikus.

Speurder Cronje trek sy hand deur sy hare. Hy lyk moeg en moedeloos. Sy oë bly op my. Asof hy hoop dat sy blik my antwoorde op sy vrae kan optower.

"Suzaan. Ek... ek."

Hy kom nie verder as dit nie. Dit lyk asof hy meteens aan iets baie belangriks dink. Hy draai op sy hakke. Verdwyn uit my gesigsveld.

"Konstabel...! Ja, jý! Waar is mevrou Bruwer?" hoor ek hom roep.

Die tye waar ek by my bewussyn is, word minder. 'n Verwelkomende pynlose soet-salige donkerte omsluit my al hoe meer gereeld. Tog bly iets my van die randjie van die dood terugtrek.

Die paramedikus praat onderlangs met mekaar.

"Daar is nie veel meer wat ons hier vir haar kan doen nie,

tyd om haar by die hospitaal te kry. *Page* hulle Josh, ons moet haar so gou moontlik *airlift.*"

Die paramedikus genaamd Josh skud sy kop. Hy lê sy palm versigtig op my voorkop en ek sien my noodlot in sy bejammerte blik.

"*No use.* Die *chopper* is klaar uit op 'n ander *call.* Blykbaar 'n lelike ongeluk êrens op die N2. Ons gaan moet deurdruk en ry..."

Die twee kyk woordeloos na mekaar. Daar is 'n wedersydse verstandhouding tussen mense wat daagliks met die lewe en dood werk.

"*Ok then... Let's do this.* Bel in en maak seker hulle kry 'n teater en spesialiste gereed. Ons het nie meer baie tyd oor nie Josh. " fluister hy saggies. Hy lê 'n troosende hand op my. "Suzaan, ons moet jou nou beweeg. Dit GAAN seer wees. Jammer daarvoor, maar probeer uithou okay? Hier gaan ons. Een, twee..."

In die lewe is daar verskillende tipes pyn.

Byvoorbeeld geboorte pyn. Die gevoel dat jy van binne af uitmekaar geskeur word. Tog is hierdie pyn 'n klein opoffering wanneer jy op die einde daardie bondeltjie lewe vir die eerste keer in jou arms hou.

Daar is die pyn van iemand aan die dood afstaan. 'n Koue verlammende gevoel wat stil stil aan jou binneste wegvreet soos 'n kanker. En dan is daar die pyn wat ek nóu beleef...

Dit is 'n lewendige onophoudelike vretende vlammende hel!

"*We're losing her!* Komaan Suzaan *stay with me! Move it Josh, move it!*"

Die aksie om my uit die kattebak, op die mobiele draagbaar en dan weer in die ambulans te laai maak my amper dood. Of die onaardse geluid wat binne my losgeskeur het ooit oor my lippe gekom het weet ek nie, maar wat wel by my insink is die verskrikte blik van 'n jong konstabel wat bygestaan het om te help.

"WAG! WAG! ONS KOM SAAM!" roep iemand in die

agtergrond.

"HIER IS NIE GENOEG PLEK VIR ALMAL NIE SPEURDER!" bulder die paramedikus, maar voor hy nog kan klim Cronje in en trek self die ambulans-deur agter hom toe. Langs hom skuif 'n tjoepstil en doodsbleek Tasha in.

"Haar toestand?" vra Cronje toe die ambulans uit die begraafplaas en uiteindelik op die teerpad is.

Die paramedikus ignoreer hom, monitor net die masjiene wat nou aan my gekoppel is.

Speurder Cronje knyp sy oë toe en rus sy kop teen die skeufdeur agter hom.

"Ek moes vroeër die konneksie tussen Stefan Swart, Barlow en Bosch gemaak het. VERDOMP!"

Hy skud sy kop, fokus sy aandag op Tasha wat doodstil na my sit en staar. Dit lyk nie asof sy 'n woord van wat hy gesê het gehoor het nie.

"Waar is die item wat jy moes afgee?"

Ek sien hoe hy sy groot hand oophou, maar Tasha beweeg nie.

"Mevrou Bruwer."

Sy is net op die punt om iets te sê, maar die gelui van Cronje se selfoon onderbreek haar.

"Ja?!"

Tasha draai haar aandag op die paramedikus terwyl Cronje na die stem aan die anderkant van die lyn luister.

"Sy is my beste vriendin. Sy het twee jong kinders en... haar ma..."

Cronje onderbreek haar. Ek voel hoe hy sy yslike hand oor myne vou.

"Dit is een van my manne Suzaan. Jou ma en die kinders is veilig. Hul is by die huis. Hulle makeer niks! Hulle was nooit ontvoer nie..."

Tasha draai na hom. 'n Vraag oor haar gesig.

"Toemaar mevrou Bruwer. Varke soos Barlow weet 'n mens

sal enige iets doen om kinders te beskerm. Hy het die situasie gemanipuleer. Almal is veilig en onder een dak en dis al wat tel."

Hy vryf liggies oor my hand. "Hoor jy Suzaan? Jou mense is almal veilig. Komaan, dis mos genoeg rede vir jou om vas te byt, of hoe?"

Hy lui af. Sy liggaamshouding nou effe meer ontspanne, maar sy hand weer uitgestrek na my vriendin.

Tasha druk haar hand in haar baadjiesak. "Ek... ek weet self nie eers wat dit is nie..." sê sy nou saggies. Sy haal die houtboksie uit en oorhandig dit aan Cronje.

"ONS IS HIER!" hoor ek Josh meteens vanuit die bestuurders-sitplek roep.

Die ambulans se deure vlieg bykans terselfdertyd oop en speurder Cronje en Tasha word onmiddelik uit geboender.

"Praat met my manne!" bulder 'n dokter terwyl die res van die hospitaalspan my so spoedig moontlik uit die ambulans probeer kry...

Êrens in die agtergrond rammel Josh nou al my sigbare en moontlike verdere beserings af asook die medikasie wat hulle my toegedien het.

Die mobiele trollie word uitgelaai en bevele word gelyktydig nou links en regs deur verskillende mense in wit jasse uitgeskree.

Toe ek by noodgevalle ingestoot word, sien ek speurder Cronje eenkant staan. Hy maak die houtboksie wat Tasha vir hom gegee oop. Hy haal die *joker* kaart versigtig uit en staar daarna. "WAT!? Is dit veronderstel om een of ander simpel grap te wees? Is dit waarvoor Suzaan geskiet is?" roep Tasha wat langs hom staan.

Die deure skuif agter my toe en 'n gemaskerde gesig verskyn bokant my.

"Mevrou Louw. Ek is dokter du Preez. Ons gaan onmiddelik moet opereer. Ek weet jy dink dalk nie nóu so nie, maar jy is baie gelukkig. Van dié beste spesialiste en plastiese chirurge is ingeroep om jou te help. Jy is in baie goeie hande vanaand. Byt net vas en ons sal vir die res sorg."

Oomblikke later voel ek hoe die narkose inskop. My laaste gedagte is dat die groot speurder my en my gesin gered het.

Die nagmerrie is uiteindelik verby.

9

Dit is bykans vier maande na die aand se gebeure by die begraafplaas. Op versoek van speurder Cronje is ek oppad polisiestasie toe. Die ondersoek na die moord van Stefan Swart is afgehandel, my besoek is bloot 'n formaliteit.

Charles Barlow is aangekla op die moord van Stefan Swart, asook poging tot moord op my, besit van 'n ongelisensieerde vuurwapen, besit van 'n gesteelde voertuig, dwarsboming van die gereg.

Ek staar ingedagte by die venster uit terwyl Tasha bestuur. Na vele operasies en twee weke onder sedasie het dokter du Preez en sy span spesialiste, net soos hy voorspel het, my deurgetrek. Die aanvanklike genesingsproses was uiters pynvol en stadig, maar volgens my laaste besoek aan die dokter is die meeste fisiese skade aan my lyf wonderbaarlik herstel. Die emosionele letsels aan die anderkant mag dalk baie langer vat om te verdwyn. Ek ly steeds aan slaaploosheid en wanneer ek wel slaap, het ek verlammende nagmerries oor alles wat daardie aand met my en my gesin kón gebeur het.

Terwyl ek in die hospitaal was het my ma huis gehou, en wanneer sy nie met Benjamin of Zelia besig was nie, was sy volgens die hospitaal-personeel elke ander beskikbare minuut langs my bed. Die oggend nadat hul my onder sedasie bygebring het, het sy die traan wat oor haar plooi-gesig geloop het vinnig afgevee en seker gehoop ek sien dit nie, maar ek het. Ons verhouding versterk by die dag.

"En waaroor sit jy so diep en dink?" vra Tasha nou hier langs my. Ons is reeds by die polisiestasie, maar ek het dit nie eers agtergekom nie.

Ek haal my skouers op.

"Net dankbaar om nog hier te wees. Tasha, ek weet ek het dit al gesê, maar ek is so jammer oor..."

"Suzaan Louw! Ek wil dit nie weer hoor nie! Ja ek was aanvanklik seergemaak en teleurgesteld. Maar ek sou tien teen een dieselfde opgetree het. Dit is gedane sake! Die feit dat jý en ons almal nog hier is, is van groter belang. Kan ons nou net asseblief vandag aanbeweeg?"

Ek knik.

My gewete treiter my oor Tasha. Ek moes haar nooit daardie aand met net 'n houtboksie laat wegry het nie. Ek het haar lewe onnodig in gevaar gestel. Toe ek in staat was om uiteindelik weer te praat het ek alles verduidelik en verskoning gevra. En selfs nou, ten spyte van haar trooswoorde, voel ek steeds skuldig daaroor.

Terwyl ek in die hospitaal aangesterk het, het speurder Cronje my gereeld besoek. Hy het die verwikkelinge aangaande die ondersoek en opkomende hofsaak as redes vir sy besoeke voorgehou. Maar, die ongeskikte speurder wat ek daardie aand in die supermark teëgekom het is nie dieselfde persoon wat langs my bed gewaak het nie. Ek het 'n ander Konstantyn Cronje in daardie tyd leer ken. Dit was asof ons albei besig was om 'n moeilike tyd te oorbrug en mekaar êrens in die middel van die warboel gevind het. Die res van die buite wereld onbewus en uitgesluit in daardie oomblikke.

Tasha klim uit die motor, kry my krukke en help my tot by Cronje se kantoor.

Hy groet formeel, wag tot ek en Tasha sit voor hy sy notaboekie oopslaan en sy pen uithaal.

"Voor ons begin... Mevrou Bruwer, ek moet weet by wié jy Charles Barlow en Stefan Swart se name gekry het."

Ek kyk hom verbaas aan.

Hoekom bring hy dit weer op?

Ek antwoord voor Tasha enige iets kan sê.

"Ons het reeds hierdie gesprek gehad speurder Cronje. Tasha

het die name vir my gegee omdat sy my wou help. Die ondersoek is tog afgehandel. Is dit nog enigsins relevant?"

"En hoe weet jy nogal wat relevant is tot my ondersoek mevrou Louw?" vra hy kortaf.

Ek bly stil, teleurgesteld in hierdie afsydige antwoord van hom.

Hy vou sy groot arms oor sy bors, wag vir haar antwoord.

"Weet jy speurder Cronje, ek weet sowaar nie waarvan jy nou praat nie."

"Verstaan my bekommernis mevrou Bruwer...Wie weet watse ander vertroulike inligting die persoon weggee en aan wié!? Buiten dat dit onwettig is om..."

"Wees gerus, dit was niemand in jou departement of selfs van hierdie stasie nie. Die inligting wat ek aangevra en gegee is, was 'n eenmalige versoek. Kom sê maar terugbetaling op 'n guns."

"Dit verander niks aan die saak nie... Dit was 'n nalatige ding om te doen, dinge kon..."

Tasha skiet uit haar stoel op. Loop vies heen en weer voor die lessenaar heen.

"Nalatig?! Regtig Cronje?" vra sy verdedigend.

"As ek reg onthou was Suzaan amper dood as gevolg van jou nalatigheid. Jý is die een wat met oogklappe rondgeloop het. Toe sy jou van Charles Barlow vertel het, het jy niks omtrent hom gedoen nie. Die man was die heeltyd op vry voet om te maak en breek soos hy wou. Wat van die foutiewe forensiese toetse en..."

"Jou tekkie se veter is los."

Tasha bly onmiddelik stil, heeltemal van haar spoor af gegooi. Kyk af na waar hy beduie.

Haar kyk in my rigting spreek boekdele. Toe sy buk om haar veter vas te maak, gewaar die onpaar die sokkies wat hy aanhet. En gee 'n snorklag.

"Dit lyk na baie gemaklike tekkies, het jy dit al lank?"

Sy kom orent en gee hom ’n vuil kyk.

Die twee kan nou maar eenmaal nie vatplek aan mekaar kry nie, dink ek.

“Jy probeer verniet die onderwerp verander Cronje. Hierdie ondersoek mag dalk afgehandel wees, maar dit was verseker nie deur jou toe doen dat Charles Barlow agter trallies sit nie. Suzaan is die een wat haar lewe op die spel geplaas het. So vergeet jy nou maar van my inligting en my bron wat die name gegee het, of ek maak seker jý word onder die vergrootglas geplaas.”

Cronje lig ’n wenkbrou en sonder ’n verdere woord trek hy ’n stapel papiere nader.

“Mevrou Louw, As jy alles net sal deurlees en dan onderteken.”

Ek tel die pen op, staar na die dik leêr. My nagmerrie van die afgelope tyd in wit en swart neergepen.

Sekondes later lui Tasha se selfoon. Sy verskoon haarself, beduie dat sy buitekant sal wag om my terug te help na die motor toe.

Terwyl ek deur alles lees is ek bewus van Cronje se oë op my.

“Charles Barlow dring steeds daarop aan dat dit nie hy was wat vir Stefan Swart geskiet het nie...” sê hy en leun vooroor sodat die afstand tussen ons minder is. “Hy hou voet by stuk dat die wapen en tekkies wat ons in die gesteelde motor daardie aand gekry het, deur iemand anders daar geplant is. Ek weet nie of die vent dink hy kan homself uit die ding uit praat nie. Wie gaan hom glo? Die forensiese verslag bewys sonder enige twyfel dat die pistool wat ons in die motor gekry het, dieselfde wapen is wat gebruik is om Stefan Swart mee te skiet. Die oorblyfsels in die loop bestaan uit presies dieselfde unieke komposisie wat ons op die skietwond en jou hande gevind het...”

Ek onderteken die laaste bladsy, sit die pen neer. Voel die bekommernis soos skoenlappers in my maag rondfladder.

“Wat as hy loskom? Ek onnthou die telefoongesprek wat ek in die motor gehoor het. Hy het regtig verward geklink oor ’n paar dinge Cronje. En dit was nie hý wat my daardie aand in die winkel opgehelp het nie. Dit was die vreemdeling met die rugsak. So hoé het die vreemdeling die lading wat hy aan my afgesmeer het op sý hande gekry? Wat as jy die verkeerde persoon agter trallies het?"

"Moenie bekommer Suzaan, ons het die regte man. Onthou, oorblyfsels lading het na die skoot selfs op van die goedere op die winkelrak in die onmiddelike omgewing waar die skoot afgevuur was agtergebly. Die man met die rugsak het heel moontlik onbewus, een van daardie items hanteer. Die oorblyfsels het só op sy hande beland en toe hy jou ophelp smeer hy dit weer aan jou af. En selfs al dink Charles Barlow 'n rede uit vir die pistool in die motor, is daar geen *geen manier* hoe hy Stefan Swart se bloed op sy tekkies kan verduidelik nie. Daardie tekkies is syne. Ons forensiese span het bevestig dat bo en behalwe sy DNA die manier hoe die tekkies afgeloop is soortgelyk is aan die ander pare skoene wat in sy woonstel gevind is. En dan is daar nog die tweede wapen, dié een waarmee hy jou geskiet het, en ons het die tiener se video opname wat hom in die omgewing van die moord plaas. Jý wat hom in die winkel gesien het en, en en ... Nee wat hy is vas. Die vark gaan sit."

Hy vryf sy hande saam en glimlag tevrede. "En wie weet, na 'n maand of twee in die tronk sing hy dalk soos 'n voëltjie oor Zac Bosch se dinge."

Ek skud maar net my kop. Speurder Cronje het nog steeds nie sy absurde idee rondom die Zac Bosch konneksie laat vaar nie. Ek het agterna in die hospitaal onthou dat Charles Barlow toe al die tyd na *papiere* opsoek was. Watse papiere dit is, weet ek nie en hoekom hy gedink het dit is in my besit weet ek nog minder. Charles Barlow weier ook om enige iets daaroor te sê. Hy ontken dat hy my ooit agtervolg het, ten spyte van al die fotos wat die polisie op sy selfoon gekry het. En die enigste ander informasie wat die polisie oor Stefan Swart kon opspoor was dat hy vir 'n mediese navorsingsmaatskappy gewerk het.

"My teorie is nog steeds dat Stefan Swart hierdie sogenaamde papiere in jou besit geplaas het. Zac Bosch het dit uitgevind en vir Charles Barlow gestuur om dit terug te kry."

"Maar ek het nie eers van Stefan Swart se bestaan geweet tot daardie aand in die winkel nie. Ek sou tog onthou het as 'n wild-vreemdeling my 'n spul papiere in die hand gestop en gevra het dat ek dit moet hou, of hoe? En wat sal Zac met mediese navorsings dokumente soek, hy is 'n wynboer! En as hy om een of ander rede wel gedink het dat ek met die papiere sit, hoekom het hy my nie net gebel en daarvoor gevra nie? Hoekom vir Charles Barlow stuur om my te treiter?"

Speurder Cronje trek 'n hand deur sy bos deurmekaar krul hare. 'n Aanwendsel waaraan ek teen hierdie tyd gewoond geraak het.

"Ek erken daar is nog 'n paar los drade Suzaan, maar in my tipe werk is dit baie keer die geval."

"Soos die feit dat julle nie weet met wie Barlow in die motor op sy selfoon gesels het nie. En die bloedspatsels op die man buitekant die supermark se tekkies?"

Hy knik.

"Maar ek glo ons sal duidelikheid kry soos die hofsaak vorder. Dit is gewoonlik die geval. Jy sal sien. Hierdie ding gaan homself nog uitspeel. En Zac Bosch sit agter dit. Ek en my ondersoekspan gaan aanhou krap tot ons sy hele vrot netwerk oopvlek."

Ek trek my krukke nader en lig myself versigtig uit die stoel.

"Zac Bosch is 'n onskuldige wynboer Cronje, en soos Tasha tereg gesê het, nie sy of Ludwig sou hulle met die semels meng nie. Hy is nie wie jy dink hy is nie."

Hy loop om die lessenaar en kom staan te naby aan my. My hart begin bokspring.

"Ons sal sien."

Buitekant die polisiestasie groet Cronje en Tasha help my terug in die motor in.

Toe sy die motor by die parkeerterrein uitstuur kyk sy in haar truspieëltjie en frons.

"Het jy gesien hy het weer onpaar sokkies aan? Ek kan nie wag vir die hofsaak om verby te kom nie. Hoe vinniger hy uit ons lewens verdwyn hoe beter. Sy aantuigings teen Zac, die manier hoe hy die ondersoek hanteer het, irriteer my. Jy mag verkeerd gewees het oor sy betrokkenheid by die misdaad, maar jou voorgevoelens was van die begin af reg oor hom Suz. Daar is iets *af* aan daai man."

Ek besluit om liefs die onderwerp te verander.

"Gepraat van Zac. Ek dink nie ek gaan saam na die wynproe geleentheid nie."

"WAT?! Maar dit is oor twee weke. Jy kan nie so op die nippertjie kop uitrek nie. Weet jy hoeveel beplanning gaan in so gedoente in? Nee, basta met jou. Jy kan dit nie aan Zac of my doen nie. Ek sien so uit om bietjie weg te kom. Veral na al die drama. Komaan Suz, ons albei verdien 'n blaaskans."

Sy is seker reg, maar net die idee om sonder Ludwig daar op te daag is al erg genoeg.

Dit is asof sy my gedagtes lees.

"Jy weet Suzaan, jy mag maar gelukkig wees en jouself geniet. Daar is niks om oor skuldig te voel nie. Die lewe gaan aan. En Ludwig sou dit so wou gehad het."

Sy stop die motor voor die huis en help my tot by die voordeur.

"Dankie Tash... Ek bel jou later."

"Net as jy wil praat oor wat ons moet pak vir die geleentheid." Sê speels-kwaai en soen groet my op die wang.

Later tydens aandete hou ek my ma en Zelia dop. Die twee vind aanklank bymekaar. Klein Benna druk die kos fyn in sy pofhandjies en dring daarop aan om homself te voer.

Ek leun terug in my stoel.

Vreemd hoe die lewe loop. Ten spyte van al die trauma het soveel dinge ten goede verander. Zelia lyk gelukkiger, en ek en my ma kom beter oor die weg. Dit herinner my meteens aan die oproep wat ek vroeër die oggend ontvang het.

"Ma, die aftree-oord naby Panorama het vanoggend laat weet dat daar 'n kamer beskikbaar is. Ma kan Maandag intrek."

Sy kyk my nadenkend aan. Knik. Hartseer.

"Dit is seker goed so. Ek sal vanaand begin pak."

"AGGENEE!" sê Zelia ontsteld en gee my 'n kwaai kyk.

Ek offer 'n olyftakkie. "Miskien kan ons die trekkery bietjie uitstel, minstens tot ek van die naweek by Zac se plaas terug gekom het."

Ek sien hoe die twee onder die tafel na mekaar se hande gryp van blydskap.

"As jy met my kan huishou tot dan..." skerts my ma effens beskuldigend. "Dit sal vir my lekker wees om na die kinders te kyk."

Ek kyk na my gesin rondom die tafel. Die atmosfeer is lig en gesellig. Ek byt my onderlip vas. Wil meteens hê dié oomblik moet veraltyd hou.

"Dit gaan berge van geduld van my kant af verg maar... wat as ma hiér bly."

"Soos in permanent?" vra Zelia opgewonde.

Ek kink.

My ma se oë skiet vol trane. Myne ook.

"Ek sal my bes doen om my te gedra." Sê sy, maar glimlag van oor tot oor.

'n Paar minute later is daar 'n harde klop aan die voordeur.

"Speurder Cronje? Is... daar... iets fout?"

My maag gee 'n vinnige wilde draai. Die eerste gedagte wat by my opkom is dat Charles Barlow ontsnap het.

Hy gee 'n diep sug.

"Ek moet vir 'n tyd lank weggaan. Dit het te doen met 'n aaneenlopende ondersoek."

Ek sluk die droë knop in my keel af. Ek het veel erger verwag.

"Maar...Wat van jou getuienis by die hofsaak? As jy nie hier is nie..."

Hy glimlag verleë.

"Daar sal nodige reëlings getref word. Ek... ek wou jou net maar persoonlik die nuus met jou kom deel. Ek... ek weet nie wanneer ons mekaar weer gaan sien nie."

Hy tree nader aan my.

Zelia se verskyning maak inbraak op die oomblik.

"O, naand speurder Cronje." Groet sy oor my skouer en verdwyn weer by die gang af.

'n Ongemaklike stilte kom lê tussen ons.

Naderhand maak hy sy keel skoon. Steek hy sy hand na my toe uit. Ek sit my hand in syne, sien hoe dit in sy enorme greep verdwyn.

Ons bly nog 'n rukkie staan asof in afwagting van iets. Uiteindelik wikkel ek my hand los uit sy greep, druk my eie hand terug in my broeksak. My hart hamer teen my bors.

"Totsiens Suzaan."

Toe hy omdraai en wegstap, bly ek 'n rukkie in die deur staan. Vir die laaste vier maande was Konstantyn Cronje bykans elke dag deel van my lewe en nóu is dit eensklaps verby. Buiten die hofverrigtinge is daar geen rede om weer met die reusagtige man in kontak te kom nie. Of is daar? Ek staar na die twee verskillende kleure sokkies wat met elke tree onder die broekspyp wys. Miskien sal ek tog eendag kans kry om hom daaroor uit te vra...

Later daardie aand, opsoek na my vakansietas, skakel ek die inloopkas se lig aan. Die tas lê heel agter op die boonste rak. Ek haak dit nader met my kruk en trek dit van die rak af. Saam met die stowwerigheid wat bo-op die tas gelê het val daar iets kleins langs my op die vloer. Ek tel 'n silwer sleuteltjie op en sonder om veel verder daaroor te wonder sit ek dit eenkant op die bedkassie neer. Ek stof die tas af en gun myself die opgewondenheid wat nou in my borrel.

Ek gaan sit op my bed, slaan my dagboek oop. Maak 'n lys van dit wat ek nog voor ons vertrek moet doen.

Tasha was reg. Die lewe moet aangaan en vir die eerste keer na Ludwig se dood voel ek 'n sprankie hoop vir die toekoms.

DEEL TWEE

10

Twee weke later

"Ek kan nie onthou of Zac by Ludwig se begrafnis was nie?"

Uit die hoek van my oog sien ek hoe Tasha frons.

"Nee, hy was mos nie."

Ek speel met my trouring, draai dit al in die rondte, om en om sonder om dit van my ringvinger af te haal."

"Maar hy weet van Ludwig?"

"Seker. Ons was so lanklaas in kontak met mekaar. Maar ek kan nie dink dat hy nie weet nie..."

Sy verander uiteindelik die motor na 'n laer rat en draai van die teerpad af.

Voor ons, uitgestrek soos 'n lang bruin slang wat in die son lê en bak, kronkel 'n grondpad voor ons uit.

Die lug is helder blou. Dit is 'n perfekte windstil herfsmiddag soos jy dit net hiér in die Kaapse wynland sal kry.

Beide kante van die pad staan wingerde ry op ry. En hoog teen een van die heuwels beweeg 'n trekker met 'n harde ge*klakklak* traag die steilte uit.

Die wingerdstokke staan kaal sonder tros of blaar. Die jaar se oes is reeds gepluk. Nogtans slaan dié naakte landskap steeds my asem weg.

Zac Bosch wynlandgoed – lees die bord waarby ons verby ry.

Ek haal diep asem, bly dat ek tog besluit het om te kom. Dankbaar om hier te wees.

Dinge kon daardie aand, bykans vier maande gelede in die begraafplaas so anders vir my verloop het. Die span chirurge wat my behandel het, verseker my dat my volkome herstel niks minder as 'n wonderwerk is nie. Charles Barlow het my daardie aand geskiet en vir dood agter gelaat. En asof dit nie erg genoeg was nie, is ek daarna tydens 'n jaagtog en die daarop volgende motorongeluk soos 'n stuk vrot vel agter in die kattebak van sy motor rond geslinger.

Meeste van die bene in my liggaam was gebreek. As speurder Cronje nie later daardie aand daarop aangedring het dat sy manne die gesteelde motor behoorlik deursoek nie, sou ek nie vandag hier gewees het nie.

Voor die moord op Stefan Swart by die supermark het ek dag in en dag uit getreur oor die dood van my man. Ek het skaars kop bo water gehou. Die enigste rede waarom ek myself in die oggende uit die bed gesleep het was om my twee kinders se onthalwe. Maar toe skiet Charles Barlow vir Stefan Swart en ek beland in die middel van die hele gemorsspul. Speurder Cronje bedink my van die moord en my hele lewe verander handomkeer.

Vreemd soos dit mag klink is ek tog op 'n manier bly oor die Charles Barlow tebakel. Ek was voor dit só in smart gedompel oor Ludwig dat ek vergeet het hoe om my eie lewe te leef. Ek was soos 'n lewende dooie. Deesdae probeer ek voluit leef, maar ek sukkel steeds met angsaanvalle.

Tasha stop die motor voor 'n pragtige ou Kaaps-Hollandse gebou. 'n Hond wat op die stoep gelê en slaap het kom nou lui waai-stert nader om te kom groet. Ek klim uit die motor en leun vir 'n paar oomblikke swaar op die nuwe kierie wat ek spesiaal vir dié oukasie gekoop het. My lyf voel styf en seer van die motorrit. Ek is dit natuurlik te verwagte na al die trauma waardeur my liggaam is, nogtans vang die realiteit my telke maal omkant. Ek sal ten spyte van my wonderbaarlike herstel nooit weer soos vantevore heeltemal pynloos en moeiteloos kan rondbeweeg nie. Ek voel die glad geskuurde hout van die kierie onder my vingers. Die verkoopsdame het daarna verwys as *die nuutste stylvolle bykomstighede.*

"Dit laat enige ouer dame super modern lyk. Sover dit my aangaan behoort elke ou mensie een te hê." Sy het dit met 'n oordrewe erg aangeplakte Engelse aksent gesê en die kierie na my ma toe uitgehou. Sover dit kieries aangaan wàs dit 'n besonderse mooi een. Van geelhout gemaak, met 'n silwer inleg wat soos 'n slang rondom die stokdeel krul. Maar my ma het in reaksie die vrou net 'n vuil kyk gegee en by die winkel uitgeloop.

Dit was daár in die winkel dat ek my eerste angsaanval gekry het. Heeltemal onverwags en vreesaanjaend.

Buitekant gee Tasha 'n behaaglike sug. "Kyk net hoe asemrowend mooi. Ek sê jou nou Suz, ek was al op baie plekke in die wêreld, maar vir mý bly die Kaap nou maar eenmaal die mooiste plek! Kom, ek dra ons bagasie in."

Die binnekant van die ou here-gebou is gerestoureer. Die oorspronklike geelhoutvloere is blink gepoets en die hol klanke van ons eie voetstappe daarop weerklink dieper deur die ou huis.

Antieke meubelstukke staan in hul eie prag vertoon. Swaar goue rame hang aan die mure en vertel die geskiedenis van die generasies wat voorheen hiér geboer het. Deftige gekleede mans poseer, hul olieverf geskilderde gesigte vol trots en waardigheid. Sou hul ooit kon raai dat hul plaas amper twee honderd jaar later een van die land se beste wyne sou voortbring?

Dis asof die ou soliede gebou respek afdwing. Die dubbelhoogte plafonne en die groot houtdeure met hul koper handvatsels vereis dat jy 'n oomblik stilstaan en aandag aan dit skenk. Hoeveel ure se sweet en handewerk het in die maak van elke steen en houtbalk wat hier neer gelê is gegaan?

Tasha loop vooruit na die vrou wat ons met 'n vriendelike glimlag agter die toonbank inwag. Ek hoor hoe Lydia, soos sy haarself voorgestel het, die fynere besonderhede van ons verblyf in haar mooi Kaapse-Afrikaanse aksent bespreek. Ek laat haar en Tasha begaan. Vir nou is ek dood gelukkig om eerder agterna te drentel en my aan alles te verwonder.

Bo en behalwe die restoreer werk aan die oorspronklike gebou is die addisionele dekor van top gehalte. Vanaf die massiewe kristal kroonkandelaar wat uit die dak hang tot en met die fluweel bedekte rusbanke. Hier is nie 'n enkele pennie gespaar nie. As dit Zac Bosch se bedoeling is om sy besoekers met die intrapslag te beindruk, slaag hy met oorgawe daarin.

"Mevrou Louw, as u net vir my hier kan teken asseblief. Ekskuus... mevrou Louw?"

Met Tasha en Lydia se oë nou op my, besef ek hoe ek letterlik oopmond na 'n baie ou bottel wyn in 'n vertoonkas staan en staar.

"Ekskuus? O ja, jammer! Dis net... Sjoe! Die plek, allés is net so, so ongelooflik mooi."

Die ontvangsdame glimlag met trots en hou my kamersleutel na my toe uit.

"Meneer Bosch is tans besig met 'n vergadering. Hy het laat weet dat hy u en mevrou Bruwer later persoonlik sal kom groet. As daar enige iets anders is waarmee ek kan help, laat my gerus weet."

Oppad na ons kamers toe fluister ek saggies.

"Daardie bottel wyn in die vertoonkas is meer as 'n miljoen rand werd! Dit was nog in een stuk êrens naby Europa op die bodem van die see gevind. Navorsers kon deur die unieke hand gegraveerde embleem wat op die bottel was die oorsprong al die pad terug verbind na wynplaas hier in Suid-Afrika! Blykbaar het van die boerdery al bykans meer as 200 plus jare terug begin wyn uitvoer na oorsee se lande. Kan jy dit glo?! Die inligtingsbordjie sê dat Zac daardie gebottelde wyn *uit sy eie sak* van die Europiërs teruggekoop het net nadat hy hierdie wynplaas oorgeneem het. En kyk na hierdié plek!! Net die antieke stukke hier rondom ons moet miljoene rande werd wees!! Waar het Zac aan al die geld gekom?"

Voor ek myself kan keer dwaal my gedagtes terug na speurder Cronje se destydse woorde. Volgens hom is Zac Bosch se wynboerdery net 'n dekmantel. Hy is oortuig daarvan dat Zac sy rykdom eerder kan toeskryf aan die allerlei onwettige aktiwiteite waarmee hy hom eintlik besig hou.

"Wie weet, dalk het hy êrens langs die pad ryk geërf of die regte geleentheid op die regte tyd aangegryp of miskien, net miskien, het hy nes ek en Ludwig net verdeksels hard gewerk om sy armoedige verlede agter te laat Suz..."

Tasha sit my tas té hard langs my op die vloer neer en beduie na die deur. "Hierdie is jou kamer."

Sy draai summier om, stap na haar kamer, trek die deur agter haar toe.

Ek staar haar agterna, dadelik spyt oor my woordkeuse. Dit het behoorlik geklink asof ek Zac prontuit van iets krimineels beskuldig!

Ten spyte van enige vaste bewyse glo Cronje steeds dit was Zac wat vir Charles Barlow destyds gehuur het om my te treiter.

Ek het eers later in die hospitaal onthou dat Charles Barlow opsoek was na papiere, moontlike verslae. Vir een of ander vreemde rede was Barlow onder die indruk dat ék in besit was van daardie verslae. Hy het ook gedink ek steek dit met opset weg. Watse verslae dit was weet niemand nie. Charles Barlow het enige kennis daarvan na sy inhegtenisneming ontken.

Stefan Swart het vir 'n mediese navorsingsmaatskappy gewerk. Cronje vermoed Charles Barlow was gestuur om Swart te vermoor en die verslae terug te kry. Maar daar is 'n paar gate in Cronje se teorie.

Een: Ek het nie van Stefan Swart se bestaan geweet tot die aand wat hy in die supermark dood geskiet is nie.

Twee: Nie Stefan Swart of enige iemand anders het op enige tyd 'n klomp papiere in die hand gestop en aangedring ek moet dit bewaar nie.

Drie: As Zac die verslae wou gehad het, hoekom nie net daarvoor vra nie? Hoekom 'n vuilgoed soos Charles Barlow stuur om my lewe loutere hel te maak?

En bygesê wat sou Zac Bosch met mediese navorsings verslae soek? Die man is 'n wynmaker!

Nogtans, was Charles Barlow op al die aanklagtes wat Cronje kon uitkrap en bewys skuldig bevind.

Ek het Cronje gedurende die hofsaak twee keer vlugtig gesien. Beide kere het hy onderlangs gegroet en haastig 'n ander rigting ingeslaan. Of hy Zac Bosch nog in sy visier het, weet ek nie. Nietemin glo ek die vrugtelose ondersoek sal met die tyd afgelas word.

Nadat ek na hartelus al die mooi goed in die kamer bewonder het, vlei ek my op die weelderige koningsbed neer, haal my selfoon uit my broeksak. Dit is tyd om te hoor hoe dinge by die huis gaan. Ek skakel na my ma se nuwe selfoonnommer toe, maar daar gebeur net mooi niks.

Ek loer vinnig na my skerm om seker te maak dat ek wel die regte nommer geskakel het en dat daar wél 'n sein in die kamer is. Ek het, en daar is.

Ek probeer weer.

Weereens is daar net 'n doodse stilte aan die anderkant. Geen lui-toon nie. Niks!

Ek raak onmiddelik bewus van daardie beklemmende gevoel in my borskas.

Na daardie eerste angsaanval in die winkel het dit meer gereeld gebeur. Dit is asof ek nie 'n greep op die angstigheid kan kry wanneer dit begin nie, en snags is dit erger.

In herhaalde nagmerries is ek terug, vasgekeer in die kattebak van die Charles Barlow se gesteelde motor. Speurder Cronje daag nie betyds op nie. Telke male voel ek hoe die motor oor die afgrond by Kogelbaai ry. Die klap geluid van metaal wat water tref. Koue soutwater wat onmiddelik by die kattebak insypel en die motor soos nat gulsige kloue aftrek, al dieper en dieper, tot ek stik van vrees, die soutwater my longe vul en ek wakker skrik. Lam van angs.

Ek sug diep en probeer weer die huis se landlynnommer.

Dit lui. Maar bly onbeantwoord.

Teen die sewende lui het ek reeds my hand op die kamerdeur se handvatsel. Die angstigheid wat ek probeer onderdruk neem oor. Ek is daarvan oortuig dat daar êrens fout is.

Die gehoorstuk word uiteindelik aan die anderkant opgetel en die geklink van glase en 'n jolige gelag is duidelik hoorbaar in die agtergrond.

Ek leun teen die kosyn, vee die klammigheid van my voorkop af en staar 'n oomblik na my bewende hand.

"Ma, hoekom antwoord ma nie die foon nie!"

"Wat bedoel jy hoekom antwoord ek nie die foon nie? Ek het dit dan sópas gedoen..."

"Wie is daar?"

"Sarel en Lena?"

"Wie?"

"Die oumense wat op die hoek bly. Hoekom het jy gebel Suzaan?"

"Ek het na ma se nuwe selfoon toe geskakel, maar dis morsdood..."

"En?"

'n Gelyktydige gelag breek spontaan in die agtergrond uit.

Ek probeer die ou mense plaas, maar het geen idee hoe hulle lyk of op watter hoek van die straat hulle eers woon nie.

"Dit klink jolig." Merk ek verlig op.

"Dit is... en ek mis uit..." skimp sy.

"Wat help dit ek het vir ma 'n selfoon aangeskaf as ma nie die ding gaan antwoord nie?"

En dan voor ek myself kan keer.

"Ma beter nie besig wees om aan te jaag nou dat ek nie daar is nie. As ma nie kans sien om na die kinders..."

Daar is 'n diep sug aan die anderkant van die lyn.

"My kind... " sny sy my af. "Die kinders is veilig. Ek, Sarel en Leen kuier lekker. Hou op stres...asseblief. Ek het nie my selfoon geantwoord nie, omdat Zelia nog nie die ding vir my aan die gang gekry het nie. En ook omdat ek geweet het jy gaan my elke uur daarop bel. Dit is nie nodig nie. Geniet nou jou tyd daar. Niks sal verkeerd loop nie...okay?!"

"Ek kan enige tyd terugkom."

Daar is weer 'n gelag en dan hoor ek Zelia se stem in die agtergrond roep.

"Nou ja, as daar dan niks anders is nie? Geniet jou tyd daar my kind." sê my ma half ongeduldig en sit die gehoorstuk neer voor ek behoorlik kan groet.

Ek dink nie daar is nog 'n mens op hierdie aarde soos ouma May nie. Toe ek nog op skool was het almal gedink ek het die *coolste* ma... Sy is reguit, eiesinnig sonder fieterjasies of voorbehoud. Sy het ook nog nooit rede gevind om verskoning te maak vir haar optredes nie... Alhoewel hierdié karaktereienskappe is wat ek later in my lewe wens ek self besit het, het ek deur die loop van my kinderdae en meeste van my grootmenslewe my vir haar geskaam. Ek het haar nog net twee keer sien huil. Die dag in die hospitaal toe ek onder sedasie bygebring is en voor dit, met my pa se dood.

Die aand nadat ons my pa begrawe het, het ek haar in hul slaapkamer gekry. Sy het aan sý kant van die bed gesit met die oop heupkraffie in haar hand en trane wat vrylik oor haar wange rol.

Ingedagte oor my ma en al haar dinge, laat gly ek my hand oor die luukse spierwit beddegoed. Onder een van die kontinentale kussings voel ek iets. Ek bring die toegevoude stukkie papier wat onder die kussing gelê het te voorskyn.

Seker een van daardie *welkom-en-geniet jou verblyf* tipe notas van die gastehuis personeel. Ek vou die papier oop maar verstar toe ek die woorde lees.

Bly maar oor jou skouer kyk.

My hartsklop begin onmiddelik weer versnel.

'n Deur se skaniere kraak hard en onverwags êrens naby. Dit laat my ruk van die skrik. Voetstappe en fluister-stemme beweeg verder met die gang af. 'n Vrou lag en dan is alles weer tjoepstil.

My hande begin bewe. Die woorde raak mettertyd uit fokus, onleesbaar. 'n Duisligheid wil my oorval en ek besef dit is omdat ek my asem nog die heeltyd ophou.

Ek swaai my bene van die bed af, sit regop en forseer myself om my asemhaling onder beheer te probeer kry.

Natuurlik is my eerste gedagte dat die nota Charles Barlow se handewerk is.

'n Gemors soos hy het sluwe pêlle orals. Hy kon uitgevind het dat ek hier gaan wees, en een van hulle opgesteek het om my die skrik op die lyf te kom jaag. Sy laaste woorde voor hul hom weggesleep het tronk toe, was 'n belofte van wraak.

'n Rilling hardloop by my ruggraat af.

Wat as hy besluit het om op sy woord gestand te doen?!

Charles Barlow is nie die tipe man wat leë dreigemente maak nie. Hy het genot geput uit my vrees. Hy is die tipe gewetenlose moordenaar wat eers sy slagoffer sal treiter en martel voor hy hul uiteindelik vermoor. Ek weet, ek het eerstehandse ondervinding van sy taktiek.

Ek gewaar my eie refleksie nou in die ou Victoriaanse draai-spieël wat oorkant die bed staan. Ek is wasbleek, die vrees duidelik op my gesig geëts. Ek vou my arms om my bolyf en probeer verniet om die bekende begin van die geruk in my binnestes te stil.

Die herinnering aan die erns in Charles Barlow se kille stem help nie.

My hart hammer onreëlmatig vinnig. 'n Koue klammigheid kom lê op my vel. Daar is 'n vreemde sensasie wat oor my hele lyf krioel. My keel trek toe. Dit voel asof 'n onsigbare hand om my lugpyp krul. Ek probeer vinniger asemhaal, maar dit vererger dinge net verder.

Die angstigheid neem die oorhand. Ek is nou oortuig ek besig is om dood te gaan, 'n hartaanval te kry. Hiér alleen in hierdie mooie kamer, op hierdié mooie bed, met hierdié aaklige nota in my hand en niemand gaan dit eers weet nie. Ek maak my oë toe en aanvaar die verdraaide waardheid wat die angsaanval my nou laat glo, volgende keer sal ek sterker probeer wees.

**

Die klop aan my deur laat my 'n ruk later wakker skrik.

Ek is in 'n dwaal, dit is die nadraai van só 'n hewige angsaanval.

"Suz?"

Dis Tasha.

Die spiere in my lyf styf en seer. Ten spyte van die slaap voel ek nog baie tam.

In die oop deur verander Tasha se gesigsuitdrukking onmiddelik. Sy ken al die tekens.

"Is jy okay?"

Ek knik en wag tot sy die deur agter ons toe maak voor ek praat.

Ek hou die stukkie papier na haar uit.

"Dít was onder my kussing."

Tasha lees dit, kyk met verwarring of daar nie nog iets op die agterkant geskryf is nie en skud dan haar kop.

"Ek verstaan nie?"

"Ek dink Charles Barlow het iemand opgesteek om dit te doen...Ek dink hy soek wraak Tash..."

Sy kyk eers weer af na die nota, kyk dan bekommerd na my.

"Is dit die rede vir jou angsaanval?"

Ek knik.

"Ons moet die polisie bel Tash. As hy weet dat ek hier is, dan weet hy ook dat my ma en die kinders alleen by die huis is!"

Vrees stoot weer in my op.

Tasha vat my dadelik aan die skouers.

"Wag! HOKAAI! Bly kalm! Haal asem! Kom sit hier op die bed."

Sy skink vir my 'n glas water en maak my dit eers alles opdrink voor sy praat.

"Nee wat, daar is 'n logiese verduideliking vir die stukkie papier onder jou kussing, maar ek glo nie dit het enige iets met Charles Barlow uit te waai nie."

Sy sê dit met totale oortuiging. Ek wil haar glo, maar om een of ander rede kan ek nie.

"Ek dink jy moet dit weggooi en 'n lekker stort gaan vang. Dit laat jou altyd beter voel."

Tussendeur haar gepratery het sy my koffer oop gemaak, vir my 'n skoon stel klere uitgesoek en my toiletware in die badkamer gaan uitpak.

"Daarsy. Ek gaan vir John bel en hoor of die huis nog staan. Stort jy intussen en dan kry ek jou oor so 'n halfuur buite op die stoep. Ons kan deur die wingerde gaan stap. Die vars lug sal jou goed doen."

Sy gee my 'n drukkie en trek die deur agter haar toe.

**

Onder die stort, draai ek die warmwater-kraan so groot moontlik oop. Ek staan doodstil terwyl die bykans kokende water oor my lyf stroom. Ek was nog nooit iemand wat in toeval geglo het nie en bly onrustig voel.

Ek klim uit die stort uit, draai die groot sagte handdoek om my lyf. Vee met my hand oor die spieël. Agter my lyk die res van die vertrek spokerig toe onder al die stoom.

Bly maar oor jou skouer kyk.

Die benoudheid wil-wil weer vatplek kry, maar ek forseer my gedagtes in 'n ander rigting in. Probeer op die luuksheid en die wonderlike ervaring van om nóu hiér te wees te konsentreer. Kort voor lank loop my gedagtes met dieselfde paadjie terug soos na elke angsaanval. Gaan die vrae ooit ophou?

Angstigheid is 'n slinkse metgesel. Dis die onwelkome gas wat ongesiens by die deur van jou gedagtes insluip terwyl jou aandag êrens anders besig is.

Destyds, in die hospitaal terwyl ek besig was om vir my lewe te baklei, het die angstigheid stil-stil toegeslaan. Dit het mettertyd my selfvertroue geknak. En voor ek my oë uitvee het dit byna elke aspek van my lewe begin oorheers. Dit het my vrede kom steel.

Vanselfsprekend het ek 'n traumaberader gaan sien, en haar raad was goed en prakties. Maar dit is die toepassing daarvan wat moeilik is.

"Gee toe Suzaan, moenie daarteen baklei nie. En moenie jouself verwyt as dit gebeur nie. Onthou angstigheid voed van vrees af. En vrees groei omdat jy angstig is. Dis 'n duiwelse kringloop. Moenie dit rede gee en aanhou voer nie. Aanvaar dit, breek die kringloop en sonder kos sal dit mettertyd versmoor... En drink jou kalmeer pilletjies."

Die voorskrif vir die kalmeermiddel lê nog net so in my motor. Ek probeer die ding self oorwin, sonder medikasie.

Maar, tot dusver was ek nie baie suksesvol nie.

**

Oppad stoep toe, maak ek eers 'n vinnige draai by die ontvangsarea.

Lydia, die ontvangsdame, wag my in met dieselfde geoefende glimlag van vroeër.

"Waarmee kan ek help?"

Ek skuif die stukkie papier oor die toonbank.

"Hierdié nota was onder my kussing. Ek het net gewonder of jy dalk weet wié dit daar gelos het en hoekom?"

Lydia se oë flits vlugtig oor die woorde. 'n Diep frons vorm tussen haar wenkbroue.

"Onder die kussing...?" vra sy met bekommerde erns.

Sy kyk nie op nie maar bly staar na die woorde asof dit enige oomblik self 'n verduideliking gaan optower. Klaarblyklik werk dit, want die volgende oomblik verander die diep frons in 'n wye glimlag. Sy sit 'n hand oor haar bors, duidelik verlig.

"Eerstens vra ek groot verskoning hiervoór. Ek sal dit onmiddelik met die skoonmakers moet opneem. Dit moes per ongeluk tussen die nuwe skoon beddegoed beland en agtergebly het. U sien, voór u was daar 'n jong paartjie in dieselfde kamer. Die man het sy meisie gevra om verloof te raak deur orals leidrade vir haar te los. Dit was vreeslik romanties. Hiérdie moes een van daardie leidrade gewees het..."

Die woorde is by my mond uit voor ek kan keer. "Dit klink meer na 'n dreigement as 'n romanse."

Haar glimlag verdwyn en sy trippel ongemaklik rond.

"Ek kan mevrou verseker dat die hele vertrek van hoek tot kant skoongemaak word na elke gas se verblyf. Ek self doen... agterna... inspeksie... Ek weet nie... Ek..."

Sy sit haar hand voor haar mond. 'n Bekommerde gebaar. Miskien is sy bang ek noem dit aan Zac.

Ek voel onmiddelik skuldig.

"Toemaar... " paai ek want dit lyk asof sy wil begin huil.

"Daar is absoluut *niks* fout met die kamer nie. Dis skoon en netjies. Jý... julle doen 'n fantastiese werk! Dit was maar net vreemd om die nota onder my kussing te kry... Maar nou het ek mos 'n verklaring daarvoor. Dankie."

Lydia bly my nat-oog aanstaar.

"Regtig Lydia. Ek wens my huis was só skoon. Hier gooi jy

dit sommer weg."

Ek hou die nota na haar toe uit, maar toe sy dit by my wil vat trek ek my hand terug en frommel die stukkie papier tussen my vingers voor ek dit terug in my eie broeksak druk.

"Toemaar wat, ek doen dit sommer self."

Ek glimlag vriendelik en stap gou weg. Agter my kon Lydia net sowel hardop gepraat het. Ek kon aan haar reaksie sien sy dink dat ek na my soete komplimente tog nóg vir Ludwig iets oor die stukkie papier gaan sê. Maar sy is verkeerd.

Dit is vroeg skemer. Buitekant steek die laaste rooi-oranje sonstrale lui weg om plek te maak vir die nag. Die hond wat ons vroeër by die motor kom groet het kom met groot entoesiasme nader gedraf. Hy is gereed vir saam stap. Ek vryf oor sy kop en kies dan koers wingerde se kant toe. Die berg lê oop voor die ou here-huis, Tasha behoort my maklik raak te sien as sy wingerd se kant toe kyk.

Die hond draf oopbek en waaistert vooruit.

Die voetpaadjies tussen die wingerde is oneweredig. Ek stap swaar met die kierie. Maar tog, ten spyte hiervan voel my gemoed ligter. Dit is asof die stilte en rustigheid wat hier op die plaas lê, die warboel in my gedagtes tydelik stil maak. Dieie natuur wil dat jy haar raaksien en haar eiesinnige skoonheid waardeer, die res kan wag.

Ek blaas my asem stadig uit.

Êrens krys 'n Kaapse fisant. "*Kekkelek-kekkelek-kekkelek...*"

'n Waarskuwing aan ander om my teenwoordigheid aan te kondig.

"Ek wens jy kon dit sien Ludwig... Hierdié sonsondergang is net... Jy sou dit so waardeer het..." fluister ek sag.

Ek gaan staan stil, draai terug na die huis se kant. Die ou opstal is nou ver en lyk klein hier vanaf die heuwel af. Ek het verder gestap as wat ek besef het. Waar sou Tasha wees?

Ek vroetel ingedagte aan die opgefrommelde briefie in my sak. Hoekom het ek nie die ding weggooi na Lydia se verduideliking nie? Dit is asof ek my eie angstigheid willens en wetens daarmee wil voed.

Toe Tasha 10 minute later nog steeds nie haar verskyning gemaak het nie, besluit ek om eerder terug te draai. Die luggie word koeler en buitendien is ek nie lus vir sukkel met die kierie in die donker nie.

Halfpad teen die heuwel af hoor ek die hond êrens agter my blaf. "Jy kla verniet. Kom dit is tyd om terug te draai." roep ek sonder om terug te kyk. Maar dan verander die dier se geblaf meteens in 'n diep waarskuwende geknor. Ek kyk om, sien hoe die dier storm-blaf na iets en dan weer vinnig retireer. Die wingerdstokke staan oop en kaal. Ek sien niemand nie. Die hond doen dit weer, en weer.

My hartklop versnel effens.

"Hallo, is iemand daar?"

Niks.

Die hond storm nog 'n keer. Kwaai, beskermend.

Rondom my begin die donkerte toe sak en al kan ek nog so soort van sien, lyk alles meestal net na verskillende donker vorms.

Ek probeer vinniger aanstap, maar my been hou my terug.

Die vreedsaamheid wat ek 'n paar oomblikke gelede nog gevoel het sit om in paniek. Ek moes nie dié tyd van die aand op 'n vreemde plek alleen kom rondloop het nie. Wat het my besiel? Dit is mos moeilikheid soek.

Die volgende oomblik kom die hond haastig van agter af verby my gehardloop. 'n Paar meter vooruit verander die dier na net nog 'n donker buitelyn in die nag.

Ek wil nie alleen agterbly nie, probeer byhou maar ek struikel amper in die proses.

"Suzaan! Is dit jy?"

Voor my neem die donker vorm van die stem 'n herkenbare gestalte aan.

Zac Bosch leun skuins, sy een hand diep in sy broeksak

gesteek, dié ander besig om die hond oor die kop te vryf.

"Vrek Zac, hoe laat jy my nou skrik!"

Ek bly vir 'n oomblik staan, wag vir my hartklop om te bedaar en gebruik dan die res van die afstand tussen ons om myself reg te ruk.

Hy lag.

"Jou laat skrik? Hoe so? En vir wat loop jy so hinke-pink? Moenie vir my sê jy het hier tussen die wingerde neergeslaan nie? Het jy seer gekry?"

Die besef dat hy nie weet van alles wat met my gebeur het nie, vang my effens omkant. Maar dan weer, hoé sou hy weet? Dit is nie asof hy enigsins daarby betrokke was nie, al vermoed speurder Cronje so. En hy en Tasha was maande laas in kontak met mekaar.

"Vir wat bekruip jy my eers so van agter af Zac? Jy het selfs die arme hond die skrik op die lyf gejaag."

Ek sien nou die effense verwarring op sy gesig.

"Wat bedoel jy? Ek het nou eers hier aangestap gekom?"

Ek kyk terug oor my skouer, sien niemand anders nie.

"Wat het gebeur?" vra hy skielik effe bekommerd.

Ek is net op die punt om hom van die hond se geblaf te vertel toe ek besef dat hy na die kierie in my hand verwys.

"O dít... Dit is 'n lang storie." Antwoord ek en ons drukgroet.

"Nou vertel, hopelik verduidelik dit ook hoekom ek so lanklaas van Ludwig gehoor het. So terloops, waar is daai ou vriend van my? Ek hoor nou by Lydia net jy en Tasha hier is vir die wynproe geleentheid."

My maag trek onmiddelik op 'n knop. Hoe vertel ek die slegte nuus aan hom net 'n paar uur voor sy spog geleentheid?

Ek begin eers by Charles Barlow en die aaklige nag in die begraafplaas. Ek los die fynere besonderhede oor die verslae en die deel waar speurder Cronje hom as die hoofbrein agter sy eie kriminele netwerk verdink uit. Sover dit Zac aangaan was ek maar net die teiken van 'n wrede krimineel.

"Ek was vir meer as 'n week in 'n koma. En daarna het die dokters my vir nog 'n ruk lank onder sedasie gehou. Die pyn was net een te veel vir my."

Zac gee 'n fluit. "Jissim Suzaan, dit moes 'n helse tyd vir Ludwig en jou ma gewees het. En die kinders! Om jou so te moes sien..."

Teen dié tyd is ons terug by die ou huis. Onder die stoeplig, verkyk ek my aan Zac se aantreklike gesig. Die donker gelaat, die ernstige bruin oë, die kuiltjies. Niks aan sy houding is vals of arrogant nie. Hy was nog altyd 'n aangename en vriendelike mens, dít ten spyte van al sy selfgemaakte rykdom. Volgens my is daar geen manier dat hierdie man 'n krimineel kan wees nie...

"So, wàar is Ludwig? Wat is sy kamstige verskoning? Dit beter 'n baie goeie een wees..." hy vra dit speels, maar ek hoor tog die teleurstelling in sy stem.

Ek sug diep. Hy verdien beter. Om die nuus nóu eers na al die maande te hoor.

"Ludwig... is... is dood Zac. Hy was in 'n motorongeluk.

Zac Bosch bly na my staar. Dit is asof hy van my verwag om enige oomblik te begin lag en te erken dat ek net 'n grap gemaak het... 'n Aaklige onregverdige siek grap. Maar dit is nie 'n grap nie.

Ek sien hoe die werklikheid stadig maar seker insink. Sy gesigsuitdrukking verander van skok en ongeloof na daardie magtelose verpletterende besef van die finaliteit van die dood.

"Maar... is jy seker? Wanneer? Wanneer het dit gebeur?" Hy vra die vraag met 'n sekere outoriteit. Asof hy iets daar omtrent sal kan doen, asof hy Ludwig se dood kan herroep en verander. Hy kan nie.

"Sewe maande gelede..."

Ek staal my vir wat kom.

"Ss...sewe maande..." prewel hy saggies. Hy frons verward en dan slaan die woede deur.

"En jy sê my *NOU* eers daarvan!!"

Ek knik. Skuldig.

"Suzaan!! Ek kan nie glo jy!! Maar...? Sewe maande gelede!?"

Zac Bosch vleg albei hande se vingers agter sy kop in. Die emosies breek nou die een na die ander oor hom. Hy loop 'n paar tree van my af weg, draai om, stap terug, doen dit weer. "Hoekom het jy my nie laat weet nie!? Ek... ek was nie eers by sy begrafnis nie. Ek... jý, jý het my die kans ontneem om... om hom te groet!" skel hy, maar ek laat hom begaan.

Na 'n ruk gaan staan hy stil. Skud vir die soveelste keer sy kop.

"MAAR DIT KAN NIE WEES NIE!? Ek het dan..." hy laat die res van sy sin afsterf. Staar my met totale verslaenheid aan.

Ek probeer my eie trane keer.

"Ek... is só jammer Zac. Die begrafnisreëlings... Ek weet nou nog nie hoe ek daardeur is nie. Daar was skielik so baie wat gedoen moes word. Ek moes... ek het gedink dat jy weet... Ek moes jou... ek dag ek het... ek..."

Hy neem 'n vinnige tree nader. Omhels my.

"Shhh. Jammer, hier gaan ek aan oor myself en... Ek is net... Ek kan nie glo..."

Ek voel hoe sy lyf van die skok bewe.

"Ek is só jammer Suzaan." fluister hy en dan raak sy eie gesnik hard en onbeheers. Ons bly só staan vir wie weet hoe lank. Twee gebroke mense saam in verdriet gedompel oor die verlies van 'n geliefde.

11

"En waar is my drukkie?"

Zac neem 'n tree weg, sien dit is Tasha en trek haar ook nader.

"Ai Tasha. Ek het sopas van Ludwig gehoor."

Ons staan nog 'n paar oomblikke so, die drie van ons saam. Woordeloos, dan breek Zac weg, vee sy trane af en glimag vir Tasha. "Dankie dat julle gekom het."

Hy soengroet Tasha nou op die wang en loer dan na sy horlosie. Sug.

"Nou ja... Kyk net waar staan die tyd al. Ek moet nog 'n keer of wat deur my toespraak gaan en julle dames wil seker gaan *polish and paint* voor vanaand. Nié dat julle dit enigsins nodig het nie..." Sy kompliment 'n poging om die somber atmosfeer te lig.

Hy soen Tasha weer op die wang voor hy wegstap.

"*Charmer!*" roep Tasha speels agterna maar haar blik verklap nou haar besorgheid.

"Wat het hy alles gesê?" Haar oë nog steeds op die leë gang waar Zac oomblikke gelede afgestap het.

"Hy was geskok, kwaad... jammer, hartseer..."

Sy bly staar.

"En dit op so 'n belangrike aand Suz."

"Ek weet. Dit is aaklig."

**

Voor ek later by die kamer uitstap, bekyk ek myself vir oulaas in die spieël.

Die swart broek wat Tasha vir my by die winkel uit gekies het pas perfek. Die rooom kleurige hemp met die fyn kragie rond my uitrusting mooi af. Die langerige moue help ook om my kierie tot 'n mate te verbloem. Ek lyk vir myself mooi, tog, toe ek die kamerdeur agter my toetrek begin my selfvertroue kwyn.

Wat as ek vanaand voor Zac en al sy belangrike gaste 'n angsaanval kry?

Ek raak deesdae vinnig benoud as daar te veel mense om my is. Ek kyk af na die kierie in my hand. Daar gaan vrae wees. Daar is altyd vrae daaroor. En simpatieke kyke. Ek oorweeg dit om eerder in die kamer bly. Ek wil nie vanaand erkenning aan Charles Barlow se bestaan gee nie. En vir elke keer wat ek moet verduidelik hoekom ek met 'n kierie loop doen ek dit.

Saam met die skielike onsekerheid oor die aand, kom spook die woorde op die stukkie papier ook weer by my.

Bly maar oor jou skouer kyk.

My handpalms voel klammerig.

My hart hammer hard in my ore. Ek sak neer op die bed, oortuig dat dit beter vir almal is as ek eerder in die kamer bly.

Dan stap Tasha by my kamer in. "Woow! Jy lyk... PRAGTIG!"

Ek glimlag. As sy maar net weet hoe goed haar tydsberekening is.

"Dankie, jy ook Tash."

Tasha is uitgevat in 'n elegante rooi rok. Haar lang donker hare is los en hang glad gestryk oor haar skouers. Die fyn gesiggie is perfek gegrimmeer en die glimlag wat om haar mondhoeke krul laat jou verstaan dat sy presies weet hoe goed sy lyk.

Ons word tien minute later by die kelder – wat sowat 500 meter verder van die huis af is met 'n gholfkarretjie afgelaai.

Lydia wag ons in by die enorme baksteengebou se ingang. Haar glimlag nog altyd op sy plek.

"Mevrou Louw, mevrou Bruwer. Welkom."

Die koepel-houtdeure staan oop en sy beduie na binne.

"Stap gerus in. Ons wag net vir 'n laaste paar gaste."

Sy oorhandig aan ons elkeen 'n koevert. Ons name in 'n netjiese kartelskrif voorop geskryf. "Elke genooide gas kry een, binne is die proe-lys van die vier verskillende kultivar wat vanaand bekend gestel word. Ons vra dat u die wyne asseblief daarvolgens sal beoordeel. Geniet die aand."

Sy glimlag en fokus dan haar aandag op die paartjie wat agter ons aangestap kom, hul koeverte reeds gereed in haar hand.

Anders as die gerestoureerde huis met sy ou wêreldse gevoel lyk die kelder maar vaal van buite. Die plek staan so half eenkant, in die middel van nêrens, sonder 'n tuin of stoep. Niks aan die eksterieur lyk verwelkomend nie, en tog is dit hiér binne waar al die opwinding gebeur.

'n Binnemuur verdeel die kelder in twee. Naaste aan die ingang bedek 'n yslike persiese mat 'n gedeelte van die sementvloer. Lang rye tafels staan strategies geplaas. Pragtige staanlampe skep 'n rustige atmosfeer. Hierdié is die proe-lokaal. Dit is hiér waar daar vanaand aan Zac Bosch se nuutste kultivars geproe sal word. Hiér waar gelag en gesels sal word. Waar bepaal sal word of die vorige jaar se swoeg en sweet vrugte gaan afwerp.

Aan die anderkant van die binnemuur lê vanjaar se oes ook reeds in die enorme kuipe en gis. Eenkant loop 'n stel trappe op na waar loopplanke soos brûe oor die kuipe lê. Later vanaand sal die werkers vir die derde keer vandag oor hierdie loopplanke leun en met lang houtpale die harde druiwe doppe wat op die oppervlakte dryf weer afdruk en so die nodige fermentasie proses aanhelp.

Ek kyk om my rond. Van buite af mag dit dalk vaal lyk, maar hiér binne is daar vanaand óok geen sente omgedraai nie. Tientalle kelners beweeg tussen die gaste rond. Op hul borde word net die hoogste kwaliteit vinger-etes voorgehou. Op die tafels staan die nuwe kultivars uitgepak, langsaan rye peperduur *Zalto* wynglasse, spesiaal ingevoer en blink gevryf vir die okkasie.

"Impressive, wouldn't you say?"

Ek vermoed dat die vraag op Tasha gemik is. Vandat ons by die kelder ingestap het, is alle oë op haar. Dit pla my glad nie, dit is maar net hoe dit is.

Toe sy nie antwoord nie kyk ek om, ontdek dat sy intussen van my af weg beweeg het en nou 'n ent verder met iemand anders staan en gesels. Terselfdertyd sien ek ook nou die aantreklike jong man wat die vraag gevra het. Hy lyk verleë, onder die indruk dat ek hom ignoreer.

"O jammer, ek het gedag jy praat met my vriendin." Ek beduie na Tasha maar die man kyk nie eers om nie, sy grasgroen oë bly op my.

Dit laat my bietjie ongemaklik voel.

"Ja... ja dit is indrukwekkend. Zac en sy span weet verseker wat hulle doen..." Ek los dit daar, verskoon myself en probeer verby hom beweeg, maar voor ek kan wegkom, keer hy. Hy steek sy hand vinnig na my toe uit. "Jeff Morgan..."

Ek huiwer eers. Daar is iets aan die manier hoe hy na my staar. Maar dan kry hy weer dieselfde verleë uitdrukking van oomblikke gelede op sy gesig. Hy begin sy hand terugtrek. Dink seker ek is die ongeskikste mens wat hy al ooit ontmoet het.

Ek voel dadelik simpel. Neem sy hand vinnig. "Aangename kennis Jeff. Ek is Suzaan... Suzaan Louw."

Sy hand voel klam en klewerig.

Hy glimlag, hou my hand te lank vas, gee 'n tree nader. Té naby.

"Good evening Suzaan... Louw."

Ek voel onmiddelik 'n benoudheid in my keel opstoot, probeer my hand uit syne wikkel. Maar dan merk hy skynbaar my ongemak op.

"Sorry. It's just... I am new to all of this..." hy beduie om hom rond. *"I don't know anyone here and I saw you admiring everything. I didn't mean to make you feel uncomfortable, I just*

wanted to talk to someone and not stand out like a sore thumb..."

Hy lyk weereens verleë.

Ek besluit om my aanvanklike agterdog te laat vaar. Die arme man is duidelik net op sy senuwees. En van alle mense weet ek tog te goed hoe dít voel.

Ek glimlag. "Toemaar, dis niks. Ek is net nie daaraan gewoond dat wild vreemde mans met my gesels nie. Dit gebeur gewoonlik net met my vriendin."

Dié keer kyk hy terug na waar Tasha nog steeds met haar rug na ons toe staan. Hy trek sy skouers op, onbeïndruk deur wat hy sien.

"*So, you look like some or other wine connoisseur, I guess you attend these functions often?*" vra hy en lyk skielik meer op sy gemak.

Ek lag.

"O jinne nee!! Ek is net 'n gewone huisvrou van Somerset Wes. Hierdie is vir my ook 'n eerste maal."

Hy glimlag.

"*Do you at least know your Merlot from your Shiraz?*"

"Huh?"

Ons albei bars uit van die lag. Die ys is gebreek en ons begin albei die aand uiteindelik geniet.

Jeff Morgan is onlangs aangestel as die persoonlike assistent van 'n baie ryk sakeman.

"Ongelukkig kon meneer Neethling nie vanaand se geleentheid self bywoon nie, toe stuur hy vir *mwha* in sy plek. Ek is veronderstel om van vanaand se beste wyne vir sy reeds eksklusiewe versameling aan te koop. Die enigste probleem is dat ek geen kennis *whatsoever* van wyne het nie!"

"Wel, jy kan altyd al vier die kultivars aankoop. Sê dat elkeen vol punte gekry het. Op dié manier kan jy nie verkeerd gaan nie."

Hy glimlag breed.

"*In other words, fake it till you make it. I like the way you think Suzaan Louw*!"

Naderhand gesels ons soos ou kennise. Hy is 'n aangename mens, maklik om mee te praat en baie snaaks. Sy oë dwaal 'n paar keer af na die kierie in my hand, maar vra hy nie daaroor uit nie.

Op 'n stadium beken hy, net soos met sy onkunde oor die wyn, dar daar ook partykeer papierwerk op sy lessenaar beland, en dat hy geen benul het hoé dit daar gekom het of waarvoor dit is nie. "Dit gaan maar party dae rof. Om 'n *p.a.* te wees is nie vir sussies."

Ek lag.

"Toemaar dit gaan maar dieselfde in my huis ook. Net nou die dag het ek 'n vreemde sleutel bo in een van die kaste ontdek. Ek het geen benul waar dit vandaan gekom het of waar dit pas nie en ons woon al amper 14 jaar in daardie huis!"

Hy skud sy kop en vra dan spottend of ek darem die sleutel gehou of weggegooi het.

"Sê nou net dit pas êrens op 'n kluis waar miljoene rande gestoor is... Vir al wat jy weet is jy 'n multi-miljoener Suzaan!"

"En waaroor lag julle twee so lekker?" vra Tasha.

Nie ek of Jeff het haar sien langs ons kom staan nie.

"O, vriendin. Wag, ek stel julle gou aanmekaar voor. Jeff dit is Tasha Bruwer en Tash, dit is Jeff Morgan, *p.a.* en toekomstige ekspert wyn-proewer, of hoe Jeff?"

Hulle groet mekaar. Maar dit is asof beide eers verstar. Ek merk dit onmiddelik op dat iets nie pluis is nie.

"Ken julle mekaar?" vra ek, onseker oor hul vreemde optrede.

"Glad nie." antwoord hy. Tasha skud haar kop.

Hy vryf aan sy oor en nou sien ek vir die eerste keer dat hy 'n oorbel dra. 'n Klein blink silwer sterretjie.

"So, meneer... Morgan het jy gesê? Hoe is jy van plan om die wyne te beoordeel sonder jou lys?" Tasha vra dit terwyl sy haar eie koevert onder sy neus rondwaai.

Jeff ignoreer haar vraag, draai na my met 'n geforseerde

glimlag op sy gesig.

"Jy moet my verskoon Suzaan. Ek sal moet gaan, ek wil myself nog aan meneer Bosch gaan voorstel. Dankie vir jou geselskap."

Hy en Tasha deel 'n kyk en hy draai om en verdwyn tussen die ander gaste in.

"En dít?" vra ek oorbluf, maar Tasha haal net haar skouers op. "Vreemd. Ek het net gevra waar sy koevert was, dis al."

Sy probeer dit afmaak as niks, maar ek het die kyk in haar oë gesien. Sy en Jeff het mekaar verseker herken.

Toe ek Tasha destyds leer ken het was sy, ten spyte van haar skoonheid, 'n alleenloper. Sy het nie belang gestel in enige verhoudings nie en as enige iemand in daardie rigting gepraat het, was sy onmiddelik afsydig en vies. Ek het haar op 'n dag daaroor uitgevra. Sy het my verseker as sy eendag wil trou, dit nie vir liefde sal wees nie. Ondervinding het haar geleer dat liefde net eensaamheid en pyn voortbring. Dit was duidelik dat sy eens met oorgawe lief gehad het en baie seergekry het. Wié man was wat haar so seergemaak het, het sou nooit gesê nie. Maar tipies Tasha het sy ook by haar woord gehou. John, die man waarmee sy toe op die einde getrou het, is gaaf, maar nie haar sielsgenoot nie. Dat die twee gelukkig saam is, is glad nie te betwyfel nie. Tog kry ek soms die idee dat dit meer van 'n vriendskaplike vennootskap in plaas van 'n huwelik is. Hy is die ouer ryk man wat gesorg het dat sy vir eens en veraltyd haar van haar arm agtergrond kon losmaak, vir hom is sy die jonger, mooier trofee-vangs. Maar wie weet, dalk is ek verkeerd.

Sou Jeff Morgan die man wees wat Tasha se hart gebreek het? Daar was 'n oomblik tussen hulle, net voor hy weggestap het... En dit was baie intens.

Dit is net op die punt van my tong om Tasha te vra, maar dan besluit ek daarteen.

Hierdie is nie nou die tyd en plek om hartsake te bespreek nie.

’n Paar oomblikke later maak Zac Bosch sy verskyning. Van die gaste klop hom op die skouer, ander skud weer vurig blad. Voorspoed en gelukwense word deur almal beaam. Ek hou hom dop terwyl hy deur die vertrek beweeg. Daar is ’n gemaklikheid aan die manier hoe hy met die gaste gesels. Dit is asof hy hulle elkeen al jare lank persoonlik ken. Hy dwing respek af, maar sonder moeite. Elke glimlag en handdruk wat hy gee is opreg. Die man is sjarmant en duidelik geliefd onder mense.

Speurder Cronje kon nie meer verkeerd gewees het oor hom nie.

My oog val op Tasha wat ook Zac se elke beweging dophou, tog vermoed ek haar gedagtes is op hierdie einste oomblik eintlik by Jeff Morgan...

**

“...Nou ja, dis dan dit vir die verwelkomings. *Nou* is dit tyd vir ernstige sake.” terg Zac terwyl hy sy hande in afwagting saamvryf. Hy wag tot almal hulle plekke by die tafels inneem. Die wynproe kan nou amptelik begin.

“Mag elkeen van julle self in die nabye toekoms een van hierdie wyne bedien en verklaar dat dit een van dié beste Zac Bosch kultivars nog is.”

Hy skink eerste van die Cabernet Sauvignon in sy eie glas. Wag dan dat al sy gaste dieselfde doen.

“So...” vra Tasha saggies onderlangs terwyl Zac die inligting rondom die wyn gee. “Waaroor het jy en Jeff gesels?”

Sy naam rol van haar tong af asof sy dit al vele kere gesê het.

“Ag niks spesifieks nie... Ons het maar net gelag oor goed wat partykeer uit die bloute verskyn en dan het mens geen idee waar dit vandaan kom nie, soos die sleutel wat ek nou die aand bo-op die koffer by die huis ontdek het.”

Haar gesig verraai niks. Tog laat sy ook nie die gesprek net daar nie.

"En toe, het die sleutel iewers gepas?" Sy lig haar glas effens, bekyk die dieprooi vloeistof daarin en skryf die punt wat sy toeken in die *kwaliteit kleur blokkie* neer.

Ek skud my kop en draai my eie glas soos 'n wafferse kundige onder my neus rond. Voor, by sy eie tafel verduidelik Zac dat *"dié proses die tantinne in die wyn aan die lug blootstel en so die aromas in die wyn vrystel."*

"Nee, dit lê daar êrens in die huis rond. Ek wou nog vir Zelia gevra het of sy enige iets daarvan weet, maar ek het nooit daarby uitgekom nie."

Ek hou my stem neutral, maak asof ek nie weet in watter rigting sy die gesprek eintlik wil stuur nie.

"Maak seker die wyn beweeg ook oor die rand van die glas... En vir dié wat nog nie weet nie, neem jou tyd voor jy die wyn afsluk. Rol dit deur jou mond rond, trek vars lug deur jou neus in. Ruik en proe die vlugtige komponente... " elke woorde van Zac is gelaai met passie.

Die subtiele smaak van donker bessies en pruime gly oor my tong en talm aan my verhemelte. Ek is aangenaam verras. Ek was nog nooit 'n groot wynliefhebber nie maar bygesê het ek ook nog nooit sulke heerlike wyn geproe nie.

"Deksels, dis... *actually lekker?!*"

Tasha glimlag oor my verbasing.

"Dis die perfekte balans tussen vrug, tantin, suur en alkohol." verduidelik sy. Sy gee die kultivar vol punte en dan dwaal haar oë vir die soveelste keer tussen die gaste deur.

Haar gesoek laat my besluit om dit tóg te waag.

"Tasha. Jy en Jeff..." Maar ek kom nie verder as dit nie, want op daardie presiese oomblik vang my oog iets wat my nekhare laat rys.

Teen die muur in die een hoek van die kelder staan 'n rugsak. 'n Presiese weergawe soos dié wat die vreemdeling daardie aand by die supermark gehad het!

Dit is so goed asof Charles Barlow self in die kelder is!

Eers die nota onder my kussing, daarna die hond se vreemde reaksie in die wingerde en nou dit!!

Dis asof ek tonnelvisie kry. Die R600 se Zalto wynglas gly uit my hand en spat in skerwe oor die vloer.

"Suzaan, is jy okay? Wat is fout? Suzaan?"

Ek druk my hand oor my mond en sluk die gil wat wil uit, af. Tasha se blik volg myne na die ingang, maar sy sien nie die sak raak nie.

"Hier... uitkom... vars lug kry!" stamel ek terwyl ek my pad haastig tussen die lang tafels probeer deurvleg.

Ek voel ieder en elk se oë op my. Sien die vrae op hul gesigte geëts.

Ek kyk apologeties na Zac. Hy staan, van stryk af gebring, sy wynglas nog halfpad gelig. 'n Verwarde uitdrukking ook op sý gesig te lees.

Uiteindelik buitekant, leun ek teen die muur en trek die koue vars lug diep in my longe in.

Tasha wat kort op my hakke is, vra vir 'n verduideliking.

"Dieselfde rugsak... daàr in die hoek. Presies soos... by... supermark... En die nota en... iemand was in die wingerd... Dit is alles Charles Barlow se handewerk!!"

Dit neem haar 'n oomblik om sin te maak van dit wat ek sê.

"Jy bedoel jy het uitgestorm oor... oor 'n... rugsak?!"

Ek knik, snak steeds na my asem. Voel die benoudheid en angs wat gaan oorneem.

Tasha lê haar hande op my skouers.

Dis feitlik donker, buiten die bietjie maanlig bokant ons koppe, is die enigste ander lig die flou skynsel vanuit die kelder. Nietemin sien ek die erns in haar oë.

"Jy kan nie aanhou om dit aan jouself te doen nie Suz!!" Sy trek my in haar omhelsing in. Troosend.

"Toemaar ek wag hier saam met jou tot jy beter voel dan gaan ons weer in."

Skielik hoor ons voetstappe.

'n Donker figuur verskyn om die hoek van die kelder. Gebukkend, soos iemand wat nie gesien wil word nie.

Tasha reageer sonder enige vrees. Ek staan versteen.

"Hey! Jy! Wat soek jy daar!?" roep Tasha.

Die skadu figuur stop, draai om, bly staan, maar antwoord nie.

Die gespanne stilte tussen ons en die donker figuur word verbreek toe Zac van binne die kelder meteens weer met 'n klipharde stem sy voorlegging hervat.

Dan kom die figuur nader gestap.

Langs my voel ek hoe Tasha se liggaam nou effens verstyf. Haar reaksie laat 'n golf van vrees oor my spoel. My enigste gedagte is dat die persoon wat nader gestap kom deur Charles Barlow gestuur is om wraak te neem.

"Mevrou Bruwer, mevrou Louw? Dis net ek, Lydia."

Sy stap nou tot by ons.

"Jammer ek nie bedoel om julle skrik te maak nie. Ek is eintlik reeds van diens af. Ek was oppad huistoe, maar toe sien ek 'n rugsak langs die gholfkarretjie staan. Ek neem aan dit het agtergebly toe een van die gaste van die opstal na die kelder aangery is. Ek het sommer besluit om gou af te stap en dit self hier te kom los. Mens weet nooit of daar iets waardevol in is nie en netnou raak dit weg."

Tasha swets onderlangs voor sy na my toe draai.

"Jy sien! Jý en jou spoke het my nou ook amper op die hol gehad oor niks!" raas sy met my.

Lydia wat nie weet wat Tasha bedoel nie, frons voor sy groet en haar uit die voete maak.

"Hoe lank gaan jy dit nog aan jouself bly doen Suz? Kyk na jou! Jy is 'n bondel senuwees. Dis asof jy aan jou eie wonde bly karring tot die rofies afval en dan wonder hoekom dit weer bloei?! Jy, nee ons kan daàr binne wees en 'n heerlike aand geniet, maar instede laat jy toe dat dinge wat reeds verby is jou plesier bederf. Dit is net ’n rugsak Suzaan. Honderde mense daarbuite het rugsakke!”

Ek staan verstom oor haar harde woorde. Dis amper asof mý optrede haàr ’n verskoning gee om van haar eie emosies ontslae te raak. Ek het gesien hoe die teenwoordigheid van Jeff Morgan haar onstel het.

Sy skud haar kop, kyk weg.

“Ek… Ek kan nie vanaand hiermee… Ek, ek gaan weer in…”

Sy draai om, stap weg, steek eers weer vas. Toe sy weer praat is die frustrasie uit haar stem weg. “Geen man, lewend of dood, is al hierdie lyding waardeur jy jouself sit werd nie Suz. Op die ou end is hulle almal dieselfde. Gevoelloos en koud. Jammer oor my uitbarsting. Neem jou tyd, ek wag vir jou binne.”

Ek hou haar dop terwyl sy terug by die kelder instap. Sy loop by die lang tafels verby. Die wyn-proe het intussen tot ’n einde gekom, die gaste staan nou rond en gesels.

Sy verdwyn vir ’n oomblik uit my sig, dan sien ek haar weer. Eers lyk dit asof sy na die hoek beweeg waar ek die rugsak sien staan het, maar dan klim sy die trappe op na die kuipe in fermentasie-kelder. Agter Jeff Morgan aan.

Ek wonder wat hul vir mekaar sal sê na soveel jare.

Skaars is sy bo of Zac klim oomblikke later oók die trappe twee-twee agter hulle aan.

Ek bly staar tot aldrie onbewus van mekaar deur die donkerte aan die bo-punt van die trappe verdwyn.

My oë dwaal terug na die waar Lydia die rugsak teen die muur neergesit het. Dit is weg. ’n Deel van my wil glo dat die wettige eienaar die een was wat die sak gesien en teruggeneem het. Maar ek weet dat dit nie die geval is nie…

’n Koue rilling hardloop langs my ruggraat af. Ek gee nie om wat Tasha sê oor die spoke wat ek onnodig opjaag nie. Ek sê dit weer, ek wat Suzaan Louw is glo nie aan toeval nie…

12

Ek kyk nog 'n tyd lank na die geselligheid binne die kelder, dan draai ek terug na die opstal toe. Ek sien nie kans om my gesig weer daar binne te wys nie. Ek sal die angsaanvalle later aan Zac verduidelik, ek glo hy sal verstaan.

Voor my lê die donker grondpad, dis 'n entjie se stap en ek is stoksiel-alleen. Nietemin sien ek nou eerder kans vir die stilte van die nag as die vir gaste se nuuskierige oë op my.

In die verte brand die ou here-huis se stoepligte soos 'n baken.

Solank ek op die grondpad bly behoort ek oor 'n paar minute terug in my kamer te wees. Soos ek wegstap raak die gelag en gesels vanuit die kelder al hoe sagter tot dit naderhand heeltemal vervaag. Om my is die enigste klanke nou dié van die nag.

Die skielike gedagte dat daar dalk slange of wilde diere hier op vrye voet rondloop laat my nou in my spore vassteek. Ek kyk terug oor my skouer. Die kelder staan reeds soos 'n spookagtige gebou in die skadu van die maanlig.

Om nou weer terug te draai sal nie sin maak nie. Ek sal maar net my oë en ore moet oophou en versigtig wees.

Ek vee die sweterigheid van my hand af voor ek weer my vingers om die kierie vou.

Asof die noodlot my terg, bars die verdekselse plaashond 'n paar treë verder langs my onverwags uit die bosse uit!

Ek gil instinktief vir die donker skaduwee wat op my afstorm. Die arme dier gee 'n benoude tjank-blaffie en steek in sy eie vier spore vas. Dit neem ons albei 'n oomblik om oor ons verspottigheid te kom. Die hond herstel gouer as ek en draf vinnig verder weg. Hy lyk amper haastig, asof hy so gou moontlik van die gillende vrou met die kierie wil wegkom. Ek blameer hom nie.

"Suzaan."

Ek trek my asem vinnig in. Kyk in die donkerte om my rond. My senuwees nou verder op hol.

Ek stamp my kierie dieper in die los grond in, probeer só stewiger vastrap plek kry om vinniger te beweeg. Ek wil wegkom van die stem in die donkerte wat na my roep.

Fout.

Die onderpunt van die kierie kom te lande op 'n los klip, dit gly eensklaps onder my uit en voor ek kan keer slaan ek neer.

Ek weet dadelik dat die baie duur broek wat Tasha gekoop het daarmee heen is. Ek het met die valslag die skeurgeluid gehoor.

"Suzaan!" Meer dringend.

Ek voel-voel in die donkerte rond na my kierie wat geval het. Vermoed die ergste.

"GAAN WEG! LOS MY UIT! EK WEET DAT CHARLES BARLOW JOU GESTUUR HET. EK ... EK IS NIE BANG NIE!"

Ek lieg.

My lyf bewe. Trane van vrees rol oor my wange.

Ek kry die kierie beet, sukkel vinnig orent. 'n Pyn skiet deur my enkel. Ek moes dit verstuit het.

Dan sien ek die beweging voor my.

Sonder om te dink, lig ek die kierie, slaan blindelings.

Die hou is raak.

"EINA!! WAT DE HEL MAAK JY NOU?"

Ek mik, slaan weer, nog harder. Dié keer mis.

My kierie word met geweld uit my hand gepluk.

"NEE! GEE TERUG! IEMAND HELP!"

"IS JY VAN JOU KOP AF SUZAAN! HOU OP GIL, DIS EK... ZAC!!"

Êrens voor ons blaf die hond nou kwaai. Net soos vroeër vanmiddag in wingerd.

"ZAC?!!"

Ek gee vir die eerste keer regtig aandag aan wie die donker skaduwee behoort.

My asem jaag. Syne ook.

"JA! WIE DE HEL ANDERS?"

Ek voel hoe die vernedering in my opstoot. Ek het weereens toegelaat dat angstigheid die opperhand oor my kry.

"Ek... ek is sooo jammer! Ek het... ek het gedag jy..."

Hy val my genadeglik in die rede voor ek verder hoef te verduidelik.

"Blikkies, maar jy slaan 'n moewiese hou met dié ding."

Sy eerlike en effens komiese opmerking breek onmiddelik die spanning in die lug.

Ek sien in die donker hoe hy oor sy arm vryf. Alhoewel my intensie was om so hard as moontlik te slaan, hoop ek nóu dat die eerste kolskoot nie te seer was nie.

"Maar waar kom jy so skielik vandaan Zac? Ek dag jy is nog by die kelder?"

Hy antwoord my nie. Sê instede: "Vrek, ek dink my arm is af..."

Ek wens die aarde wil my insluk, maar gelukkig begin hý lag.

"Miskien moet ek 'n bordjie laat opsit wat vra dat alle gaste asseblief hulle kieries met aankoms by ontvangs sal inhandig. Die goed is gevaarlike wapens, veral in verskrikte vrouemense se hande..."

"Ek is so baie jammer Zac." Ek weet nie wat anders om te sê nie.

Die hond blaf nogsteeds.

"Toemaar, ek verdien dit seker."

"O, hoekom sê jy so?"

Hy gee my kierie terug. Stuur my aan die elmboog. "Kom stap saam met my asseblief, daar is iets wat ek jou moet vertel... Dit gaan oor Ludwig."

**

"Maar... ek... ek verstaan nie?! HOE? WANNEER? Hoekom weet ek nie NIKS hiervan nie?!"

Ons rolle is omgeruil. Waar hý die een was wat vroeër vandag met totale verslaentheid op Ludwig se dood reageer het, is dit nou my beurt.

Zac antwoord my nie dadelik nie. Ons is terug by die opstal, maar hy lei my agterom na 'n ander geboutjie. Ons loop af met die trappies tot onder in die vertrek. Die spasie hierbinne is klein, soos dié van 'n tronksel. Dit ruik klam en muwwerig. In die middel van die vertrek lê 'n watervoor. Die water word vanuit die dam net buitekant die gebou deur 'n tonnel in die muur aangelei. Van hier af vloei dit met die sloot langs tot aan die einde waar dit in 'n diep gat soos 'n tipe opgaardammetjie opgevang word.

"Die watervoor is destyds aangelê sodat die bediendes nie onnodige tyd gemors het om water van vêr af aan te dra nie. Hul kon dit wat hul nodig gehad het net hier kom skep." noem Zac terloops terwyl hy die swaar ou houtdeur agter ons toe trek.

"So ja, nou weet niemand waar ons is nie..."

Die manier hoe hy dit sê laat my ril. Nietemin staan ek vasgenael en luister terwyl hy my nou die hele storie van hom en Ludwig vertel.

'n Mediese navorsingsmaatskappy het vir hom wat Zac Bosch is sowat 'n jaar gelede gekontak.

"Na die laaste uitbreek van die Ebola-virus in 2014 het hulle baanbreker vordering gemaak op die gebied van navorsing oor, en teenkamping van hierdie dodelike virus. Hulle het in alle waarskynlikheid 'n inentingstof ontwikkel wat 100% doeltreffend gaan wees. Die fantastiese ding van hierdié entstof is dat daar nie eers moet gewag word vir die dodelike virus om weer toe te slaan vóór hul dit kan gebruik nie. Hulle sal net soos met die meeste ander vaksines dit reeds op 'n baie jong ouderdom kan toedien. Die mediese navorsingsmaatskappy het my gekontak omdat hulle nie genoeg bevondsing gehad het om die entstof bekend te stel nie.

Soos jy kan dink, moet hierdie navorsing en die eindproduk

hoogs geheim gehou word. Dit beteken nie net biljarde rande se wins vir die maatskappy wat dit op die einde bekend stel nie maar ook biljarde rande se verlies vir die ander maatskappy wat met hulle eie navorsing besig was. Ek het ingestem om hulle finansieel te steun maar op voorwaarde dat ek self eers die betroubaarheid van hul navorsing oor die entstof kon bevestig."

Hy skud sy kop.

"Jy sal nie glo hoeveel mense kom met een of ander snot-storie oor hoe hul net 'n finansiële hupstootjie nodig het om iets op die been te bring nie. Daar is soveel mense daarbuite wat sal lieg en bedrieg vir geld. Ek moet amper op 'n daaglikse basis een of ander skelm kansvatter wegwys. Van hulle was selfs goeie vriende, of so het ek gedink. In elk geval... Ek het Ludwig gekontak. Hy is, was... nie net 'n fantastiese forensiese ouditeur nie maar ook 'n vriend wat ek met al die inligting kon vertrou. Ons het saam besluit dat hy die ondersoek in die geheim sal doen. Ek wou nie hê daar moes enige verbintenis tussen ons twee of hom en die mediese navorsingsmaatskappy wees nie.

Jy moet verstaan Suzaan, al beteken hierdie entstof dat daar derduisende mense se lewens gered sal word, moes ek nog steeds uiters versigtig wees. Daar is mense daarbuite wat enige iets sal doen om my te sien faal. Daar is al selfs gerugte in die omloop dat ek een of ander kriminele netwerk bedryf! Kan jy die belaglikheid daarvan glo?! Dus, enige verbinding met 'n mediese maatskappy sou net olie op die vuur gooi. Iemand sal wel iewers 'n storie laat loop dat ek die maatskappy gebruik as dekmantel vir byvoorbeeld dwelmhandel. Kan jy jou die gevolge indink? Nie net sal dit my naam skade doen nie maar dit sal ook die navorsingsmaatskappy en al hulle goeie werk beswadder! Ek moes natuurlik ook ligloop vir industriële spioenasie, veral dié wat as vryskut agente werk. Daardie mense word astronomiese bedrae geld betaal en is bereid om enige iets te doen om die nodige verslae in die opposisie se hande te kry. Die mediese industrie is 'n *cut throat business* Suzaan. Dis *eat or get eaten*. Ek het al hierdie risikos aan Ludwig verduidelik, maar hy het, nes ek ook maar, gevoel dat dit op die einde al die risiko's werd was. As die entstof werk kon ons albei help om die wêreld 'n beter plek te maak. Lewens te red... Ons laaste reëling was dat hy my nét sou kontak nadat hy sy finale bevindings gemaak het..."

Hy bly 'n tydjie stil, vra dan waàr Ludwig se ongeluk plaasgevind het.

"Op Sir Lowry's, hy was oppad terug van Grabouw af... Hoekom?"

Zac laat sak sy kop soos 'n skuldige. Sug voor hy antwoord.

"Ek... ek het spesiaal vir hom 'n kantoor in Grabouw laat inrig. As ek hom nie gevra het om my te help nie, sou hy nooit daardie dag op die pad gewees het nie. Dis my skuld Suzaan. Ludwig se dood is my skuld..."

Ek bly na Zac staar. My gedagtes is 'n warboel van vrae en emosies.

Hoekom het Ludwig my niks hiervan vertel nie? Het hy my nie vertrou nie, of was dit werklik as gevolg van sy lojaliteit teenoor Zac en sy werk? Ek was tog sy vrou! Ons het alles met mekaar gedeel, dan nie?

Zelia se beskuldigende woorde van 'n tydjie gelede kom nou meteens by my op. Sý is die een wat genoem het van die ekstra werk wat Ludwig aangevat het. Ek het op daardie stadium nie geweet waarvan sy gepraat het nie, maar nou maak dit sin.

Maar hoe het sý daarvan geweet? Miskien per ongeluk 'n telefoongesprek tussen die twee gehoor?

"Suzaan, sê iets asseblief. Enige iets! Skop of slaan my as jy moet! Maar moenie my nie net so aankyk nie!!"

"Jy weet dus reeds van die gerugte rondom jou kriminele bedrywighede?" vra ek.

Hy frons effens verward.

"Ja, dis tog die minste? Maar Ludwig... dis my skuld..."

"Ek blameer jou nie Zac, hoe kan ek? "

Maar ek wil. Diep in my binneste wens ek, ek kon in hierdie

oomblik hom die seer aandoen wat my aangedoen is. Hoe kan hy enige idee hê van die verlies, die leemte wat my man se dood in my en die kinders se lewens agter gelaat het?

Ek sug en stoot die nuttelose beskuldigings en verwytende woede uit my gedagtes. Dit help tog nie.

"Dit was 'n ongeluk Zac. Nie jy of ek sou enige iets daaraan kon doen nie. Ludwig was op die verkeerde tyd op die verkeerde plek. En maak nie saak hoeveel jy jouself daaroor blameer nie, dit gaan nog steeds nie vir Ludwig terugbring nie. Ek... ek waardeer dat jy my alles vertel het..."

'n Gedagte kom skielik by my op.

"En die uitrol van die entstof? Gaan jy die geld gee? Het Ludwig die finale bevindings by jou uitgekry voor... jy weet... voor die ongeluk?"

Zac antwoord my nie dadelik nie. Maar ek sien die bekommernis in sy oë.

"Jy weet self dat ek eers vanmiddag uitgevind het van Ludwig se dood Suzaan. So nee... Ek het *geen idee* waar daardie verslae is nie..."

Ek knik. Na die moord op Stefan Swart en die Charles Barlow debakel was daar nét te veel onbeantwoorde vrae. Maar nóu, vir die eerste keer, begin dinge vir my effens sin maak. Die verslae wat Charles Barlow by my gesoek het...

"Zac. Daar is iets wat ek dink jy moet weet..."

Maar nog voor ek enige iets kan sê is daar 'n harde pluk aan die handvatsel van die deur.

"SUZAAN! ZAC! MAAK OOP!!"

Dis Tasha wat roep.

Ek stap nader en sluit die deur oop.

Tasha bars by die deur in. Sy lyk iets vreesliks. Die skouerpand van haar mooi rooi rok is geskeur, haar oë is bloedrooi en opgeswel soos iemand wat onlangs baie gehuil het. Haar gesig doodsbleek.

"JEFF MORGAN is dood!"

13

"Wat bedoel jy hy is dood?"

"Wie is Jeff Morgan?" wil Zac tussenin weet en dan is dit asof hy vir die eerste sien in watse toestand Tasha is.

"En wat het met jou gebeur?" voeg hy by.

Tasha vryf oor haar kaal bo-arms. Ek sien hoe haar hele lyf aan die bewe gaan.

Sy ly aan skok.

Eenkant in vertrek staan 'n stoel, ek trek dit nader en maak haar daarop sit.

"Zac trek uit jou hemp en vou dit om haar. Ons moet haar warm kry!"

Met sy blik nou vasgenael op Tasha maak hy soos ek sê.

"IEMAND MOET DIE POLISIE BEL!!" roep sy histeries en spring weer van die stoel af. "EK SAL DIT DOEN, MY SELFOON IS...? MY SELFOON IS IN MY KAMER EK SAL DIT GOU GAAN..."

Zac keer haar voor sy by die deur kan uit.

"Whouw whouw whouw Tash! Jy gaan niemand bel nie. Sit en vertel my eers wat aan die gang is. Wat het gebeur?"

Sy aarsel asof sy nie mooi verstaan wat hy gesê het nie. Hy beduie met gesag na die stoel. Dié keer luister sy. Sy gaan sit, vou Zac se hemp stywer om haar. En dan is dit asof sy uiteindelik effens tot bedaring kom.

"Een van die werkers het hom gekry. Sy liggaam dryf bo in een van die kuipe..."

Langs my voel ek hoe Zac verstar.

"Bedoel jy die man is Nóu, Hiér in Mý kelder dood?!"

Tasha knik. Sy wil nog iets sê maar Zac is reeds by die deur uit.

**

Teen die tyd wat ek en Tasha terug by die kelder kom drom die gaste groot-oë saam en luister terwyl Zac hulle toespreek.

"Vriende, dames en here. Soos u reeds verneem het was hier vanaand 'n tragiese ongeluk. Ek is verpletter dat só iets hiér op Zac Bosch wynlandgoed gebeur het. Op hierdie stadium weet ek nog nie hoe meneer Morgan in die kuip beland het of wat hy in die eerste plek in fermantasie kelder gaan soek het nie. Hoe dit ook al sy. Ons sal ongelukkig die res van die aand se verrigtinge moet staak. As u asseblief net vir 'n tydjie langer geduldig sal wees. Die gholfkarretjie behoort binnekort hier te wees en dan sal ons u almal weer terug na die Here-huis toe neem..."

Hy bly 'n oomblik stil. Oorweeg sy woorde deeglik voor hy verder praat.

"Mag ek u dringend vra dat u asseblief vanaand se gebeure nie op die sosiale netwerke deel of enige boodskappe na vriende of familie stuur nie. Enige negatiewe spekulasie kan Zac Bosch wynlandgoed se naam groot skade aanrig. Ek sal verkies om op die geskikte tyd persoonlik die korrekte feite weer te gee...... Sou enige een van u my versoek verontagsaam... Kom ons sê maar net dié wat my ken weet ek duld nie enige dislojaliteit nie. Dankie. En ek hou julle op hoogte."

Vir 'n oomblik is dit doodstil in die kelder. Hier en daar loer gaste onderlangs geskok na mekaar. Ander knik hul koppe met 'n sekerheid, dis asof hul weet waartoe Zac in staat is.

Sy dreigement vang my omkant. Die kilheid in sy stem, die erns in sy blik. Ek het dit nie verwag nie! 'n Man is dood en hy bekommer oor sy reputasie?

Dit laat my dadelik wonder oor Charles Barlow se destydse ontkenning. Dit was asof die man bevrees was vir sy eie misluke lewe nadat hy gevang is. Ek onthou hoe speurder Cronje genoem het dat dié wat vir Zac Bosch werk weet dat as hulle hom in die steek laat dit neusie verby is met hulle. Hy vat nie nonsens van enige iemand wat sy naam beswadder nie. Ek het destyds gedink speurder Cronje oordryf, maar hiér beleef ek dit vanaand eerstehands. Ten spyte van sy onskuldige sjarme, weet ek Zac het elke woord bedoel wat hy sopas gesê het.

Hy kom nader gestap.

"Wat de hel gaan ek maak julle? Ek dink nie die Jeff-ou het per ongeluk in die kuip geval nie. Daar sit een of ander wond aan die kant van sy kop. As die media van dit te hore moet kom, dit sal 'n *freaking media frenzy* wees. Ek kan dit nie bekostig nie! En mens kan deesdae nie die polisie-diens vertrou nie."

Ek weet nie wat my besiel nie, maar die woorde is by my mond uit nog voor ek myself kan keer.

"Ek weet van iemand wat kan help."

Tasha frons.

"Wie?"

Dan rek haar oë.

"Is jy van jou sinne beroof Suzaan!! Konstantyn Cronje is nie 'n speurder se gat nie!"

"Hy sal diskreet werk. En Zac kan hom vertrou."

"Nee hy kan nie en nee hy sal nie! En jy weet hoekom!"

"Komaan Tash. Hy is die een wat op die einde vir Barlow vasgetrek het."

Ek kan sien hoe die ratte in Zac se kop draai. Hy het iemand nodig wat Jeff se dood vinnig en effektief kan ondersoek en vir eers bepaal of dit 'n moord was al dan nie? Daarna kan hy verdere besluite neem.

"Vertrou jy die man Suzaan?"

"Beslis."

"Nou goed. Kry die man hier. Het jy sy nommer?"

Tasha gee my 'n vuil kyk. Skud haar kop.

Sy maak haar mond oop om Zac anders te oorreed, maar hy

maak haar stil. Hy het reeds sy besluit geneem, en duidelik is hy nie iemand wat maklik van plan verander nie.

**

Toe speurder Cronje uiteindelik opdaag is dit byna middernag. Al die gaste is reeds terug in hul kamers. Net ek en Tasha het saam met Zac by die kelder agter gebly.

Konstantyn steek sy hand na Zac toe uit.

"Meneer Bosch?" vra hy sonder dat sy gesig sy voorkennis verraai.

Tasha maak 'n snork geluid, asof sy nóu alles gesien het.

"Ah, mevrou Bruwer... Naand."

"Suzaan."

Ek knik en merk die twee verskillende kleure sokkies wat oudergewoonte dra. Om een of ander rede het sy teenwoordigheid 'n onmiddelike gerustellende effek op my.

Zac lig hom in oor dit wat ons weet.

"Een van my werkers het hom in die kuip gekry. Vanaand was veronderstel om 'n baie belangrike aand vir my te wees. Die ding kom op 'n slegte tyd. Daar moet nog bestellings geplaas word voor die gaste later vanoggend weer vertrek en ek sal iets aan die media moet sê voor iemand anders besluit om dit te doen..."

Cronje trek 'n reuse hand deur sy donker krulle.

"Ja nee kyk ons kan nie toelaat dat die dood van 'n ander met 'n man se besigheid inmeng nie of hoe?"

Die sarkastiese stelling gaan by Zac verby. Hy staar na die kuipe, duidelik nou diep ingedagte oor iets.

"Nou ja, laat ek gaan kyk..."

Konstantyn Cronje draf die trappe na die fermantasie kelder twee-twee uit. Mens misgis jou met sy ratsheid, die speurder lyk dalk groot en lomp maar hy is blitsvinnig. Iets wat ek uit eie ondervinding kan bevestig.

Zac skud meteens sy kop. Praat meer met homself as met

ons.

"Meeste van die gaste wat vanaand hier was ken ek persoonlik. Hier en daar was nuwe aankopers, nuwe name, maar dié Jeff Morgan... Ek kan die man se gesig nie plaas nie. Wie was hy?"

Ek onthou wat Jeff gesê het. Hoe hy namens sy werkgewer, 'n meneer Neethling die geleentheid moes kom bywoon het. Ek gee Tasha eerste kans om te praat, om te noem dat sy weet wie Jeff Morgan was. Maar sy klou net aan Zac se hemp vas, staar geskok voor haar uit. Na haar aanvanklike reaksie oor my voorstel dat ons vir Cronje inkry om die ondersoek te kom doen, het sy baie stil geraak, net elke nou en dan van voor af begin huil.

Nadat ek herhaal wat Jeff aan my vertel het, sien ek hoe Zac effens verstar. Hy swets en loop dan sonder 'n verdere woord by die kelder uit.

Tasha skeur nou haar blik van die trappe af weg, loop agter Zac aan. "Hier. Dankie." Sy hou Zac se hemp na hom toe uit. "Terwyl Cronje ons tyd mors gaan ek my gesig was en iets warmers aantrek."

"O nee! Niemand gaan êrens heen nie!" dreun Cronje se stem nou bo van die trapreëling af. "Daardie man is vermoor en hierdié het sopas 'n moordtoneel geword."

**

"Ek sal die forensiese span in kennis moet stel asook die lyks..."

Zac wil nog iets sê maar Cronje praat bo-oor hom.

"Ek sal diskreet werk meneer Bosch."

Hy knipoog in my rigting asof ek sopas vir Zac Bosch op 'n silwerbord aan hom uitgelewer het.

Ek voel onmiddelik skuldig. Ek was naief genoeg om te dink Cronje sou op die taak voor hande konsentreer en nié op Zac Bosch nie.

"Nou goed kom ons slaan sommer twee vlieë met een klap

dood. Alle gaste se selfone moet onmiddelik ingehandig word. As meneer Morgan se moord beplan was, is daar dalk 'n leidraad op die moordenaar se foon. En terselfdertyd verhoed ons sommer ook dat daar enige nuus op die sosiale netwerke versprei word. Van hierdie oomblik af word alle oproepe vanuit die kamers ook verbied. Ontkoppel die skakelbord, geen oproepe word gemaak sonder my goedkeuring nie. Dit tel vir julle drie ook."

Tasha en Zac kyk na mekaar. Nie een van die twee lyk beïndruk daarmee dat Cronje by wyse van spreke hul ook as moontlike moordverdagtes insluit nie. Ek aan die anderkant hét al hierdie paadjie gestap.

**

Sowat 45 minute later is die werknemer wat Jeff Morgan se lyk ontdek het en al die gaste, plus personeel klaar ondervra. Buiten die arme geskokte werkgewer het niemand anders iets gesien of gehoor nie. Na die ondervragings is al die gaste weereens terug na hul kamers gestuur met die versekering dat almal weer hul selfone die volgende oggend sou terugkry.

Terug in die kelder, lê 'n stuk of honderd selfone nou elk individueel gemerk op een van die lang tafels uitgepak. Net ek, Tasha en Zac is nog nie ondervra nie.

Cronje tel die eerste selfoon op en begin deur al die persoon se e-posse en ander boodskappe snuffel.

"Meneer Bosch, vertel my weer hoe jy van Jeff Morgan se dood uitgevind het." vra hy sonder om oogkontak te maak.

"Ek was saam met Suzaan, in die waterkamer bo by die opstal toe Tasha ons kom sê het." Hy skud sy kop. "Ek het die man nog nooit in my lewe gesien of 'n woord met hom gepraat nie." Duidelik pla dit hom.

Ek onthou skielik hoe Zac vroeër die aand agter Jeff en Tasha by die trappe op was. Ek verwag dat hy iets daaroor sal noem, maar hy doen nie.

Konstantyn knik, steeds doenig op die selfoon. "En jy mevrou Bruwer? As jy my weer kan vertel hoe het jy van sy dood te hore gekom het?"

"Ek was besig om vars lug te skep toe die werker by die agterdeur van die kelder uitgestorm gekom het. Die stomme man was buite homself van die skrik."

Ook sy sê niks van die feit dat sy, Zac en Jeff Morgan vroeër al drie op dieselfde tyd in die fermentatie kelder was nie.

"Het jy die oorledene geken mevrou Bruwer?"

Die vraag vang Tasha omkant, sy huiwer net daardie sekonde te lank.

"Nog nooit in my lewe gesien nie."

Konstantyn sit die selfoon neer. Beweeg aan na die volgende een. Hy lyk verveeld.

"Nou hoekom is jou oë bloedrooi gehuil?"

"Iemand het sy lewe verloor speurder Cronje. Mens noem dit empatie."

Toe hy nie reageer nie skud sy haar kop vies.

"Hoekom hom hierby insleep Suz? Jy weet net so goed soos ek hy het sy mes in vir Zac."

Zac frons verward.

"Ja hy was op 'n tyd besig met 'n ondersoek rakende al jou kamstige kriminele aktiwiteite. Hoe vorder jy daarmee Cronje? Al enige konkrete bewyse gekry?" vra sy sarkasties.

Zac gluur my geskok aan.

"Is dit waar Suzaan?"

Nog voor ek iets kan sê, sit Cronje die selfoon waarmee hy besig was neer en kom staan tussen ons. Sy groot liggaam 'n teenwoordigheid wat nie ignoreer kan word nie.

"Die feit bly staan dat hier vanaand 'n moord gepleeg is. Jý, meneer Bosch wil dit van die media af weghou en ek wil die moordenaar vasstrek. Suzaan het my laat kom omdat ek 'n dekselse goeie speurder is. Die res is nie nou ter sprake nie."

Zac kyk kwaad aan.

"So... Wil jy my hulp hê of nie meneer Bosch? Dis of ek óf die hele boksemdais. Die besluit is joune."

"Ek is nie 'n krimineel nie!"

"As jy so sê." Antwoord Cronje.

"Ek het jou vertrou Suzaan." sê Zac en ek weet dat hy na die mediese navorsing verwys.

"En jy kan nog steeds. Ek belowe."

Ek kan sien Cronje tel 'n onderliggende betekenis in die woorde tussen my en Zac op. Genadiglik maak hy nie meer daarvan nie.

Zac neem sy tyd om te besluit, maar uiteindelik stem hy in dat Cronje bly en die ondersoek afhandel.

"Jy maak 'n fout Zac..." keer Tasha en gryp Zac aan sy arm voor hy kan uitloop.

Zac krul onmiddelik van die pyn.

Die knopies-hemp wat hy vroeër vir Tasha geleen het, hang nog steeds oopgeknoop aan hom. In een vinnige beweging pluk Cronje die hemp van sy skouer af.

Die pers opgehewe haal is duidelik sigbaar oor sy voorarm.

"En watse besering het jy hier meneer Bosch?" vra Cronje.

Ek is die een wat dadelik antwoord.

"Dit was ek! Ek het... ummm..."

Ek huiwer, skielik bewus van hoe dit gaan klink.

"Suzaan het my met haar kierie bygedam. Dis niks, ek het vroeër vanaand onverwags op haar afgekom, sy het geskrik en net haarself probeer beskerm..." verduidelik Zac terwyl ek bloedrooi bloos.

Cronje bestudeer die kneusplek aandagtig.

"'n Kierie-hou sê jy?"

Zac trek sy hemp vinnig toe en begin die knope vasmaak.

"Ja. Sy kan 'n dwarshou slaan as sy wil."

Cronje laat los Zac se arm en gaan sit weer by die tafel, die volgende selfoon gereed in sy hand.

"Nou goed, julle kan maar gaan slaap. Ek sal hier wag vir

die lykswa en die forensiese span. Meneer Bosch, ek sal jou kom wakker maak as ek enige iets noemenswaardig intussen uitvind."

Ek is laaste om by die kelder uit te stap. Cronje roep my terug.

"Het jy Zac met die bo of die onderkant van jou kierie geslaan?"

"Ek kan nie onthou nie, dit was donker en ek het net voor dit het my kierie nog op die grond ook laat val. Hoekom vra jy?"

Hy gluur my nadenkend aan.

"Ek wonder maarnet oor die vorm van die kneusplek. Vir al wat ons weet het hy homself teen die verkoelingsplate wat langs die kuipe lê beseer toe hy vir Jeff ingestamp het. Die feit dat jy hom met die kierie bygekom het tel dalk in sy guns. Op die manier kan hy dit weg verduidelik."

"O..."

Ek oorweeg om te noem hoe ek vir Tasha en Zac by die trappe sien opgaan het. Maar besluit vir eers daarteen. Ek wil eers hoor hoekom hul niks daarvan aan Cronje genoem het nie. Ek skuld hulle dit, veral nou dat ek vir Cronje betrek het. En hulle is na alles tog my vriende.

Daarna sal ek vir Cronje daarvan moet sê.

**

Ek skrik êrens net na 7 uur die oggend wakker. My slaap was min, my gedagtes rusteloos oor die aand se gebeure. Genadiglik was daar geen nagmerries nie, net drome vol vrae...

Ek strek, swaai my bene van die bed af, leun vooroor om my kierie te kry.

Dieselfde rugsak wat Lydia die vorige aand by die kelder gaan los het, staan aan die voetenend van my bed!!

Ek sluk die paniek wat in my keel opstoot terug. Kyk rond. Die deur en al die vensters is toe. Alles in die kamer is presies soos ek dit gisteraand gelos het.

Ek gryp na my selfoon wat op my bedkassie moet wees. Maar natuurlik is dit nie daar nie. Cronje het dit nog.

Ek haal diep asem, staar na die rugsak terwyl 'n golf van angstigheid my oorval.

Die harde klop aan my deur laat my snak na my asem.

"Suz!? Is jy al wakker?!"

Dis Tasha.

"Ja... ja ek is!" My oë bly op die rugsak vasgenael. My handpalms klam gesweet.

"Is jy... okay?"

Die deur se handvatsel draai.

"Suz?"

Onder ander omstandighede sou ek die deur oopgemaak het, maar juis omdat sy so ontsteld was oor my reaksie op die rugsak gisteraand besluit ek daarteen.

Ek probeer die skrik uit my stemtoon hou.

"Ja, ja... ek is... ek is net nog effens deur die slaap. Ek kry jou netnou by die ontbyttafel. Ek wil net gou stort."

"Goed ek bestel solank vir ons koffie."

Ek luister hoe sy van die deur af wegdraai, haar voetstappe wegraak.

Ek bly na die rugsak staar. Probeer die tekens van 'n angsaanval afweer. Dan kniel ek langs die sak. Trek die ritssluiter stadig oop.

Dit is dolleeg.

'n Vreemde verligting spoel oor my. Ek vee die sweetdruppels van my voorkop af, begin vir myself lag. Ek weet nie wat ek verwag het om in die sak te kry nie...

Nou meer gerus bekyk ek die rugsak van nader, sien daar is nog 'n ritssluiter, 'n kleiner een, dieper in die binnekant van die sak. Ek trek dit ook oop.

Ook niks te vinde daarin nie.

Ek gaan sit op die vloer, tel die sak op my skoot.

Wat de josie is die doel hiérmee?! Vir wat 'n leë sak in my kamer kom los?! Dit is amper asof iemand 'n punt wou bewys. Kyk wat kan ek doen terwyl jy slaap Suzaan.

'n Vaagbekende woede pak my nou beet. Presies soos die dag toe Charles Barlow homself by Zelia en haar vriendekring ingewurm het en saam met haar by die huis aangekom het. Hy het daardie dag té ver gegaan, my grense oortree. En wié ook al die rugsak hier in my kamer kom los het, vir watter rede ook al, het sopas dieselfde gedoen. Ek gaan nie verder met my laat mors nie!

**

In die ontbytlokaal sit Zac en Tasha by die tafel, koppe bymekaar. Altwee lyk moeg en bekommerd. Terwyl ek nader stap hoor ek hoe Zac noem hoe hulle vir eers moet saamwerk.

Het sy opmerking iets met Jeff Morgan se moord te doen?

Hy sien my nader kom en hou op met praat.

Skaars het ek by hulle aangesluit of Cronje maak ook sy verskyning. Almal in die vertrek kyk met afwagting na hom en hy stel nie teleur nie.

"Môre. U selfone is by ontvangs. Daar is ook 'n lys wat u voor u vertrek moet voltooi. Ek benodig die inligting ingeval ek later met een van julle in kontak moet kom. Die vraag op almal se lippe is natuurlik of meneer Morgan vermoor is? Wel, die antwoord is... Ja."

Hy wag tot die geskokte opslae in die vertrek bedaar voor hy verder praat. "Ek stel voor u almal kry klaar met ontbyt, bestel julle dose wyn en maak dat julle wegkom voor een van julle dalk ook in 'n kuip beland."

Almal in die vertrek staar in afgryse na hom terwyl hy tot by ons tafel stap, oorleun 'n varkworsie uit Zac se bord optel en dit heel in sy mond druk.

Ek sien die rooi gloed in Zac se nek opkruip. Hoe Tasha walg oor sy slegte tafelmaniere.

Almal in die vertrek se oë is nou op Zac.

"Wat de hel doen jy Cronje? Die idee was om diskreet te wees!"

Hy stoot sy bord eenkant toe. Beduie na 'n persooneellid om vir hom 'n ander ontbytbord te bring.

"Is jy seker jy het nie daardie besering aan jou arm opgedoen toe jy Jeff Morgan in die kuip

Zac is soos blits uit sy stoel.

"Insinueer jy iets?"

Die atmosfeer in die vertrek is nou tasbaar gespanne. Die gaste is soos toeskouers, vasgenael voor die drama wat voor hulle afspeel.

Die volgende oomblik rig Zac sy woede op my.

"Tasha was reg! Hierdié man is net hier om my naam en reputasie skade te doen. Jy stel my teleur Suzaan, ek het meer van jou verwag. Ek het gedink jy dra my belange op die hart. Duidelik was ek verkeerd."

Cronje gee 'n snorklag.

Zac reageer met agressie. Gryp die speurder voor aan sy hemp.

"TRAP! VOOR EK JOU HIER WEGHELP CRONJE!" bulder hy woedend.

Cronje is die kalmte self.

"Maar as jy my nóu wegjaag gaan dit mos lyk asof jy iets probeer wegsteek... Bygesê kan ek dan ook nie waarborg dat die media nie hiervan sal hoor nie."

Zac se oë blits om ons rond. Van die gaste kyk vinnig weg, die meeste nie.

Hy laat sak sy vuis stadig. Gee 'n tree weg van die speurder af.

"EK SAL NIE SOOS 'N VERDAGTE OP MY PLAAS EN VOOR MY GASTE EN VRIENDE BEHANDEL WORD NIE! AS JY IETS HET OM TE SÊ, SÊ DIT REGUIT! EK HET NIKS OM WEG TE STEEK NIE!"

Hy sê dit met oortuiging, maar dis die blik in my rigting wat hom weggee. En Cronje sien dit raak.

Terwyl Zac woedend by die vertrek uitstorm, draai Tasha na my.

"Ek het jou gewaarsku Suzaan! Maar jy wou nie luister nie!" En met dit draf sy agter Zac aan.

**

Later, terwyl Lydia die gaste met groot takt groet, kom sit Cronje langs my buite op die stoep.

"Daardie ontvangsdame van Zac was maar redelik op haar senuwees tydens die ondervraging. Sy het ook nie 'n ooggetuie wat haar ten tye van die moord kon plaas nie. Blykbaar was sy alleen oppad terug huistoe tydens die voorval. Het ook nie 'n selfoon gehad om in te handig nie. Iets genoem van dis gesteel 'n week of so gelede... Alles baie verdag."

Ek sê niks, wag dat hy vra wat hy eintlik wil weet. Bekyk intussen die onpaar sokkies wat hy aanhet, een grys en die ander een groen met rooi kolle.

"Ek het gesien hoe Zac na jou kyk Suzaan."

"Kyk?"

"Wat steek die skuim weg?"

Ek vererg my.

"Zac is *nie* skuim *nie* Cronje! Daar steek meer goed in hom as in die meeste mense wat ek ken!"

Cronje frons.

"Ek verstaan jou nie. As hy dan so heilig is, hoekom het jy my laat kom vir die ondersoek? Ek dag jy het dit gesien as 'n geleentheid om my te help. Om hom uiteindelik vas te trek."

Ek skud my kop.

"Jy is verkeerd..."

Hy leun terug, sug.

"As jy iets weet en dit wegsteek..."

Ek bly stil, wonder hoe ek die ding oor die Ebola aan hom gaan verduidelik sonder om my belofte aan Zac te verbreek.

"Jy lyk goed." Sê hy met deernis en ek voel sy blik oor my gly.

Ek maak asof ek nie gehoor het nie.

Besef nou daar is geen manier rondom die waarheid nie. Zac gaan woedend wees maar ek sal vir Cronje alles *moet* vertel. Buiten die feit dat dit Cronje se siening oor Zac se kriminele netwerk sal verander, skyn dit dalk ook lig oor die eintlike rede hoekom Stefan Swart destyds vermoor is.

"Onthou jy die papiere wat Charles Barlow by my gesoek het? Wel... Jy was reg. Zac is daarby betrokke, maar nie soos wat jy dink nie Cronje. Hy..."

Ek vertel hom alles, ook van die vryskut-agente en hoe Zac gesê het hul is genadeloos en wreed. Hoe hul *enige iets* sal doen om hul geld te verdien.

"Ek glo Charles Barlow was 'n vryskut agent wat vir een van die opisissie maatskappye gewerk het. Hy was aangestel om die verslae te kry maar teen die tyd wat hy uitgevind het dat die mediese navorsingsmaatskappy Zac genader en die verslae in Ludwig se besit was, was Ludwig reeds oorlede. Dít sal verduidelik hoekom Charles Barlow my kort na Ludwig se dood begin agtervolg het. Hy het seker gedink dat Ludwig vir my gesê het waar hy die verslae gehou het. Maar hy het nie. Ek het nie eers geweet dat my éie man besig was om Zac te help nie. Hoekom hy vir Stefan Swart vermoor het weet ek nog nie. Dalk het Stefan Swart hom erken en toe skiet hy hom om sy eie identiteit te beskerm..."

Cronje sê eers niks. Ek sien hoe hy al die inligting inneem en eers deeglik deurdink. Na 'n hele ruk skud hy sy kop stadig heen en weer, asof hy moeilik sluk aan die waarheid. Miskien besef hy nóu hoe sy obsessie met Zac sy eie oordeel benewel het. Dat hý net soos Zac gesê het, deur kwaadstokers en hul kwaadwillige gerugte beinvloed en aan die neus rondgelei was.

"Goed. Maar dit beteken nie Zac het nie iets met Jeff Morgan se moord te doen gehad nie."

Ek skud my kop. "Komaan Konstantyn. Zac is..."

"Lydia het hom gisteraand by die trappe sien opgaan Suzaan. Agter Jeff Morgan aan. En dan is daar die kneusplek aan sy arm..."

"Dit was ék Cronje. Kry dit in jou kop! Sy armbesering is mý skuld!! En in elk geval, vir wat sal Zac op dieselfde aand as wat hy hordes gaste in die kelder het vir Jeff Morgan vermoor? Dit maak tog nie sin nie."

Konstantyn haal sy skouers op.

"Hoe dit ook al sy, Zac en Lydia is vir nóu my twee hoofverdagtes."

In my eie kop begin daar nou stadig maar seker 'n nuwe gedagte pos vat.

Konstantyn weet nie van die brief wat ek onder my kussing gekry het óf die rugsak in my kamer nie. En ek besluit om vir eers dit nog vir myself te hou. Maar ek is oortuig daarvan dít, asook Jeff Morgan se moord het alles iets te doen met die Ebola verslae. Ek onthou ook nou Zac se ontsteltenis toe ek genoem het Jeff Morgan werk vir 'n meneer Neethling. Ek wil uitvind hoekom.

Cronje hou my fyn dop.

"Wat gaan aan in daardie kop van jou Suzaan?"

"Ek het Zac belowe dat ek niks oor die Ebola entstof sou sê nie Cronje. En hy weet ook nie dat Charles Barlow agter my aan was oor die verslae nie. Nadat hy my van Ludwig en die navorsing vertel het, het ek twee en twee bymekaar gesit..."

"So?" Hy vra dit maar ek dink hy weet reeds wat ek gaan sê.

"Gee my kans om alles aan hom verduidelik. Soos dit is blameer hy homself alreeds vir Ludwig se dood, nou moet hy nog boonop uitvind die verslae is die rede hoekom Stefan Swart vermoor en ek amper vir dood agter gelaat was... En om te dink hy het by die mediese navorsingsmaatskappy betrokke geraak omdat hy geglo het dit sou 'n positiewe verandering te mee bring.

Maar sover saai dit net verwoesting."

"Weet hy waar Ludwig die verslae gehou het?"

Ek skud my kop.

Lydia kom intussen nader gestap. Sy groet en druk dan 'n bladsy onder Cronje se neus in.

"Hier is gisteraand se gastelys waarvoor jy gevra het."

Hy neem die vel papier by haar, laat sy oë oor die name gly. Kyk op na haar.

"Mmm. Jeff Morgan se naam is nie op die lys nie."

Lydia bloos bloedrooi.

"Was jý nie die een wat gisteraand al die gaste verwelkom het nie Lydia? Hoe het meneer Morgan toegang gekry as sy naam nie hiérop was nie?" vra hy.

Lydia sê nie 'n woord nie, loer onseker onderlangs na my.

Ek besluit dat dit 'n goeie tyd is om my uit die voete te maak. Die feit dat Jeff Morgan se naam nie op die lys was nie versterk nou net my vermoedens dat sy teenwoordigheid hier gisteraand iets met die verslae te doen het. En iets omtrent die gastelys krap nou aan my onderbewuste. As ek net my vinger daarop kan sit...

14

Ek kry Zac waar hy in sy kantoor voor die venster diep ingedagte staan en uitstaar.

"Zac?"

Toe hy sien dit is ek, draai hy terug na die venster toe.

"Ek is jammer Zac... Cronje, die manier hoe hy te werk gaan... Ek prys dit nie aan nie, maar..."

"Jy het geweet hy het sy mes in vir my Suzaan!"

Hy draai nou om, sy blik vol woede.

"Hy was op 'n dwaalspoor gelei Zac! En buitendien het ek nog nooit 'n woord van sy aantuigings geglo nie. Gee hom kans, hy sal by die waarheid uitkom..."

Hy gee 'n snorklag.

"Ek het nie veel van 'n keuse nie né. Ek kan maar net hoop jou *vriend* hou by sy woord en konsentreer op Jeff Morgan se moord."

"Gepraat van Jeff Morgan... Ek neem aan meneer Neethling is een van die groot koppe by die mediese navorsingsmaatskappy en dat Jeff Morgan nie hier was vir die wynproe nie, maar eintlik gestuur is om uit te vind of jy al die verslae deurgewerk en tot 'n besluit gekom het oor die befondsing?"

Hy knik. Sak uitgeput op die stoel agter sy lessenaar neer.

"En toe gaan staan en vermoor iemand hom Suz. VERMOOR! Vir wat? Die man was heeltemal onskuldig."

Ek probeer om nie beskuldigend te klink nie.

"Ek het gesien hoe jy, hy en Tasha gisteraand by die trappe op na die kuipe gegaan het Zac..."

Hy skud sy kop, sê met oortuiging sonder dat sy gesig iets

verder verklap.

"Nee. Jeff was nie daar nie, net Tasha."

Hoekom lieg hy?

Tensy hy natuurlik régtig nie vir Jeff Morgan gesien het nie? Die fermentasie kelder is een massiewe oop vertrek. Tog is daar nie wegkruipplek nie. Dit is net die loopplanke wat oor die kuipe lê én dit was donker. Miskien het Jeff Morgan teen daardie tyd reeds in die kuip geval?

"Ek is agter haar aan omdat ek wou uitvind hoekom jy so skielik by die kelder uitgestorm het. Ek wou by haar hoor of jy okay was."

"Weet jy wat Tasha daar bo gaan soek het Zac?"

Hy frons.

"Ek het aan die gaste genoem dat enige belangstellendes welkom is om te gaan kyk hoe dit in die fermentasie kelder lyk. Ek het aangeneem dit is hoekom sy daar op is. Hoekom al die vrae Suzaan?"

Ek verduidelik hoe ek die kloutjie by die oor gebring het. Hoe ek nou oortuig is die opposisie weet van die Ebola verslae en die moontlikheid van 'n entstof. Hierdie keer sê ek niks oor Stefan Swart of Charles Barlow nie. Ek noem wél die nota onder my kussing, en die rugsak in my kamer.

"Swart het met sy lewe geboet. Ek amper ook! As dit nie vir Cronje was nie... Iemand is in Charles Barlow se plek gestuur om die verslae op te spoor. En hierdie keer was Jeff Morgan in die pad... Jy sal die mediese navorsingsmaatskappy moét kontak Zac. Jy sal moét verduidelik dat Ludwig oorlede is, en dat jy nie weet waar die verslae is nie... Jy moet hierdie ding keer voor nog iemand seerkry."

Zac se reaksie is nie wat ek verwag het nie. Hy storm op my af, briesend.

"En ek? Wat word van *my* Suzaan!? *Ek* is die een wat in die slag gaan bly as hul uitvind dat jare se navorsing daarmee heen is! Hierdie mense is *genadeloos!!* Wat as hulle dink ek lieg, dat ek die verslae het en van plan is om dit vir die regte prys aan een van die oposissie te verkoop?"

Ek antwoord hom nie, maar wonder meteens of dit nie regtig sy plan is nie? Het Jeff Morgan dit dalk uitgevind en toe vermoor Zac hom?

Zac se blik deurboor my, dit is asof hy my gedagtes lees.

"Verdomp Suzaan!! Jy dink tog nie ek sou so iets doen nie!!?"

Hy draai van my af weg, verslae en oorbluf dat ek selfs die moontlikheid oorweeg.

"Wat nou? Zac, Suzaan?" vra Tasha toe sy by die kantoor instap.

Zac bulder alles oor die Ebola entstof en die verslae uit. Beduie beskuldigend in my rigting.

"En *sy* dink ek het iets daarmee te doen! Dat ek 'n gewetenlose vark is wat my hande voel bloed sal kry en dit vir geld! Kyk om jou rond Suzaan! Lyk dit vir jou of ek geld nodig het!?"

"Dit is Cronje, né Suzaan? Watse snert praat die man alles in jou kop in? Dit is asof hy een of ander onverklaarbare houvas op jou het!"

Ek kyk na haar. Skielik besef ek wat nog die heeltyd in my onderbewuste pla.

"Wag so bietjie! Jy het geweet wie Jeff was én hoekom hy gisteraand hier opgedaag het Tasha. Jý het geweet sy naam was nie op die gastelys nie. Jy het hom nog daarop attent gemaak toe jy gevra het waar sy koevert was... En ek het gesien hoe jy oomblikke na hom op na die kuipe toe is... Julle twee het mekaar herken. Dit was so duidelik soos daglig..."

"Het jy dan van die Ebola entstof geweet Tasha?" vra Zac uit die veld geslaan. "Maar hoé?"

Dit lyk asof sy wil huil. Kyk my met volslae teleurstellling aan.

"Nee. Nee ek het niks van die Ebola entstof óf die verlore verslae geweet tot nou nie! En die enigste rede hoekom jy 'n iets tussen my en Jeff opgetel het Suzaan, was omdat ek gesien het hoe hy vir Lydia omkoop om toegang tot die wynproe-lokaal te kry!"

Sy draai na Zac toe. "Ek wou jou nog daarvan vertel het gisteraand maar toe vlug Suzaan buitekant om die angsaanval te probeer afweer. Later toe ek Jeff by die trappe sien oploop, wou ek gaan uitvind wat sy storie is. Maar toe ek bo kom was hy reeds op een van die loopplanke na die agterste kuipe toe. En my moed het my begewe. Ek wou nie op my hoë hakke dit oor daai loopplanke en in die half donkerte waag nie. As ek het maar het, dan het hy dalk nog geleef..."

Ek voel soos 'n totale idioot!

"Jammer Tasha... ek... ek..."

Sy waai my verskoning weg, kyk eenkant toe. Vernederd.

Zac trek haar in sy omhelsing in. Hy gluur my aan. Die kyk in sy oë iets wat ek nie kan peil nie. Die volgende oomblik glimlag hy. Heeltemal onvanpas. Ek voel die yskoue rilling langs my ruggraat af hardloop.

Zac Bosch...

Die man met sy eerlike gesig en sjarme. Zac met sy dreigende woorde teenoor die gaste. Zac met sy teenstrydige reputasies. Aan die eenkant die man wat deur eerlike harde werk vir homself 'n naam gemaak het. Aan die anderkant, die stories van 'n kriminele baasbrein. Zac wat telke male sy opwagting gemaak het wanneer ek alleen was. Wat geweet het in watter kamer ek oorbly. Wat die wêreldse geld besit en honderde mense onder sy invloed het.

Die ondenkbare staar my skielik in die gesig.

Wat as Ludwig se ongeluk nie 'n ongeluk was nie?

Wat as Zac vir Ludwig onder die dekmantel van hul vriendskap onbewus by sy skelm planne ingetrek het? Dit sou maklik genoeg wees. Ludwig het nog al die jare die wêreld se respek vir Zac gehad. Ludwig moes net bevestig of die entstof wél sou werk. Daarna sou hy wat Zac is die nuus laat uitlek, daarna terugsit en wag om te sien wie die hoogste prys vir die entstof aanbied. Miskien het Ludwig per ongeluk van Zac se planne uitgevind. Geweier om hom verder te help en daarvoor die hoogste prys betaal.

Dit voel of 'n onsigbare hand my nou aan die keel begin wurg. Die wêreld begin om my draai. Ek sukkel meteens om asem te kry.

Zac sê iets maar sy stem klink dof en veraf.

Ek storm by die kantoor uit, stamp vir Lydia wat net buitekant die deur gestaan het byna onderstebo.

Ek maak die kamer net betyds. Sluit die deur agter my, laat val die kierie in die proses op die vloer. Struikel. Val. Bly net daar sit. Verpletterd.

Die angsaanval slaan kort daarna toe, intens en soos altyd sonder enige genade. Maar 15 minute later, nadat ek van die vloer af opstaan en myself op die bed gaan opkrul weet ek een ding verseker. Ek gaan die sluier oor die waarheid rondom Ludwig se dood en sy sogenaamde vriend lig. Al is dit die laaste ding wat ek ooit doen.

**

Konstantyn Cronje is die een wat homself deur die klein opening van die badkamer venster forseer en my wakker skud.

"Lydia sê jy het by die kantoor uitgestorm soos iemand wat 'n doodsberig ontvang het. Sy het by die deur kom klop en toe jy nie oopmaak nie, het sy my laat roep."

Hy wag geduldig dat ek eers my gesig in die badkamer gaan afspoel. Daarna gaan stap ons buite. Ek kies met opset koers in die wingerde se rigting. Dít wat ek vir Cronje wil vertel moet liefs nie deur ander gehoor word nie.

Ons loop die heuwel eers in stilte uit. Ek gewaar die onpaar gekleurde sokkies. Voel weer dieselfde rustigheid oor my spoel. Ek voel Cronje se blik op my, sy liggaams-hitte. Die vlietende aanraking van ons hande omdat hy te naby aan my loop.

"Ek dink Zac het my man vermoor."

Cronje steek vas in sy spore. 'n Diep frons tussen sy wenkbroue.

"Het jy gehoor wat ek sê Cronje?! Zac is 'n moorden..."

Hy maak my stil.

"Ja. Ek sukkel net om die sprong vanaf *"Zac het meer goed in hom as die meeste mense wat ek ken..."* na *"...hy het my man vermoor ..."* te maak. Vanoggend nog het jy gedink die son skyn uit sy agterent uit en nou dít? Wat het jou oortuig?"

"Ek het jou nie vertel nie maar ek het gisteraand gesien hoe Zac kort na Jeff Morgan by die trappe op gegaan het. Jeff Morgan was nie 'n gas nie Cronje. Hy is deur sy werkgewer meneer Neethling, wat een van die mediese navorsingsmaatskappy se groot-koppe is, hierheen gestuur om uit te vind wat aan die gang is met die verslae en Zac se beloftes van die befondsing..."

Cronje sê "Alweer die verslae..."

Ek knik.

"Zac was nooit van plan om die mediese navorsingsmaatskappy te ondersteun nie. Hy is 'n konkelaar! Hy wou vir Ludwig gebruik om seker te maak dat die Ebola entstof die ware Jakob is voor hy dit teen die hoogste prys aan een van die opisissie maatskappye verkoop..."

"En jy weet dit hoé?" vra Cronje aandagtig.

"Hy het die hele ding daar in sy kantoor *so goed soos* self erken! Tasha was daar, sy het dit ook gehoor! Ek vermoed Ludwig het uitgevind en wou seker nie deel in sy geldgierigheid nie toe raak Zac van hom ontslae... En daar is nog 'n paar dinge. Kyk hierna. Iemand het hiérdie onder my kussing gelos..."

Ek haal die stukkie opgefrommelde papier uit en prop dit in sy hand.

Hy lees dit. Kyk weer na my maar sê niks.

"En onthou jy die rugsak? Die een van die vreemdeling wat ek daardie tyd by die supermark onderstebo geloop het? Wel, presies netsó een staan nou in my kamer. Iemand het gisteraand terwyl ek gelê en slaap het op 'n manier toegang tot my kamer gekry en dit daar kom neersit.

Ek sien bekommernis vir 'n oomblik in sy oë.

"Het jy binne-in gekyk?"

"Ja."

"Wat was daarin?"

"NIKS Cronje NIKS! En dit is die ding wat ek nie kan uitwerk nie! Watse speletjie is Zac besig om te speel? Eers maak hy asof hy niks van Ludwig se dood weet nie maar tussendeur plant hy dié goed in my kamer! Die enigste gevolgtrekking wat ek kan maak is dat Ludwig hom om die bos gelei het. Miskien het hy sy eie vermoedens oor Zac se ware rede agter sy betrokkenheid begin kry en toe besluit om die verslae elders anders weg te steek. Zac beplan Ludwig se dood om soos 'n motorongeluk te lyk maar dan vind hy te laat uit dat Ludwig die verslae weggesteek het. Zac moet dink ek het die verslae in my besit, presies net soos Charles Barlow daardie tyd? Want hoekom anders hierdie speletjie speel?"

Cronje haal sy notaboekie uit sy sak. Skribbel eers iets neer voor hy my ernstig tug.

"Jy moes my vroeër van die sak en die nota vertel het Suzaan! Ek is die speurder, nie jy nie en hierdie is belangrike inligting."

Ek vra om verskoning maar hy hoor my nie. Sy gedagtes by die ondersoek.

"Tasha het die waarheid gepraat. Lydia hét erken dat Jeff Morgan haar gisteraand omgekoop het om toegang tot die wynproe geleentheid te kry. Dis hoekom sy vroeër so skuldig gelyk het. Sy het ook erken dat daar 'n naamlose brief by ontvangs gelos is waarin gevra is dat sy die rugsak by die kelder sal gaan los."

"Vir my en Tasha het sy gesê die rugsak het by die gholfkarretjie agtergebly."

"Sy het gelieg. Dit was al verskoning wat sy vinnig genoeg

kon uitdink. Maar daar gelaat... Saam met die sak was daar weereens vir haar 'n koevert met 'n fooitjie ingesluit. Sy het aangeneem dat dit oók Jeff Morgan se handewerk was, maar..."

Hy staar uit oor die wingerde.

"Ek dink nie dit was meneer Morgan nie."

"So jy dink ook die nota en rugsak is Zac se handewerk?"

Hy kyk my deurdenkend aan, neem 'n tree nader aan my.

"Ek is jammer dat jy op die manier die waarheid oor Zac Bosch moes uitvind Suzaan. Jou lojaliteit is bewonderenswaardig. Jy is ...'n besonderse mens..."

Ek voel asof ek alles in daardie oomblik wil indrink. Sy opregte berou en belangstellling in my welstand. Die manier hoe hy na my kyk asof ek die mooiste vrou is wat hy al ooit gesien het.

Die skielike *klak-klak* van 'n trekker wat êrens aangeskakel word verbreek die oomblik tussen ons.

Hy tree weg, glimlag verleë. Maak sy keel skoon. Raak ernstig.

"Dit is van uiterste belang om hierdie Ebola verslae so gou moontlik op te spoor. Maar ek wil eers by die rugsak begin. Jy sê dit staan nog in jou kamer?"

Ek knik maar dink nou vir die eerste keer aan my ma en die kinders wat weerloos en alleen by die huis is. Zac het miskien destyds vir Charles Barlow aangesê om oor hul ontvoering te lieg. Maar dié keer sal hy dit regtig deurvoer. Veral nou dat die waarheid uit is. Hy is desperaat om sy hande op daardie verslae te kry, en as hy steeds glo dit is in my besit...

Dit is asof Cronje my gedagtes lees. Hy haal sy selfoon uit sy sak, skakel die polisiestasie en maak die nodige reëlings om oë op die huis en my gesin te hou.

"Julle hou 'n afstand, maar ek wil weet van elke beweging. Verstaan ons mekaar?"

**

Tasha wag ons voor my kamerdeur in, arms voor haar bors gevou.

"Voel jy beter?" vra sy.

"Ja, dankie."

Sy stap agter my en Cronje by die deur in, stoot dit toe, ignoreer Cronje.

"Zac is nie 'n konkelaar nie. Hierdie Ebola entstof is sy kans om die wêreld vir eens en veraltyd te wys dat hy 'n goeie hart het, om al die ou skinderbekke se monde te smoel."

"Ék is nie die een wat gesê het dat hy die verslae gaan verkoop nie Tash, hý het dit self gesê, hý het sy eie afleidings gemaak oor wat ek daarvan gedink het..."

"Dis my punt Suzaan! Jý het dit nogtans gedink. Hóm verdink! En toe word ek ook sommer by dit alles ingesleep. Dit is asof ek jou nie meer ken nie...En hý is die rede daarvoor."

Sy bevestig vir die eerste keer Cronje se teenwoordigheid.

"Moenie dink ek sien nie wat tussen julle twee aan die gang is nie."

"Mevrou Bruwer..."

"Nee Cronje! Jy veroorsaak twis en saai moeilikheid tussen ons. Ek weet nie watse plesier jy daaruit put nie, maar ek blameer jou vir alles!"

Hy haal sy skouers op, asof haar kras woorde geen invloed op hom het nie.

"En ek soek my selfoon terug Cronje! Soos in NOU DADELIK! Dit is tyd dat ons 'n regte speurder hier kry. Iemand wat die ondersoek ordentlik sal hanteer en nie alternatiewe motiewe het nie. En nog 'n ding..."

Sy sien die rugsak raak. Frons.

"Wag, is dit nie dieselfde rugsak wat..."

"Iemand het dit gisteraand hier in my kamer kom neersit." Verduidelik ek.

Haar hele houding verander eensklaps. Haar aanvanklike woede teenoor Cronje slaan oor in verwarring en kommer. "Regtig? Wie?"

"Ek weet nie, ek het geslaap?"

"Aggenee Suz..."

Sy staar oorbluf daarna. Neem my hand in hare toe Cronje die rugsak optel en deursoek.

Hy ontdek die klein reghoekige metaal skyfie in die binnekantse sakkie. Ek moes dit die eerste keer mis gekyk het.

"Wat is dit?" vra Tasha omgekrap.

Cronje hou sy hand na my toe uit. Die metaal skyfie wat nou nóg kleiner in sy reuse handpalm lyk.

"Ek weet nie." sê hy.

Ek neem dit by hom, bekyk dit van nader.

"Kyk, hier is een of ander nommer op gegraveer... 2...4...5."

Ek kyk hoopvol na Cronje, maar hy haal net sy skouers op. Die syfers beteken vir hom ook niks. Agter ons prewel Tasha die getalle oor en oor asof sy daardeur iets uit haar geheue sal optower. Maar toe ek in haar rigting kyk skud sy ook net haar kop.

"Wat doen ons nou?"

Cronje antwoord my nie. Hy neem die klein metaalskyfie by my af en bekyk dit weer.

Hy spreek Tasha in alle erns aan.

"Net ons drie weet hiérvan. As ek enige iemand iets hieroor hoor sê gaan ek weet dat jý dit uitgeblaker het... Verstaan jy mevrou Bruwer?! Niemand! Nie eers Zac mag hiervan uitvind nie."

"Hier gaan ons alweer! Hoekom kan Zac nie weet nie?!"

"Ek waarsku jou mevrou Bruwer. Ek sluit jou toe vir dwarsboming van die gereg! Jy kan my ondersoek sleg belemmer."

"Asseblief Tash." Paai ek van die kantlyn af.

"Hoé het daai dingetjie enigsins iets met Jeff Morgan se moord te doen?" vra sy opgeruk.

Daar is 'n vonkel in Cronje se oë.

"Ek dink ek weet presies..."

15

’n Rukkie later sit ek, Tasha, Lydia en Zac om ’n tafel. Cronje het ons bymekaar geroep met die belofte van ’n deurbraak in die ondersoek. Ek staar ’n oomblik na die aantreklike man wat homself Ludwig se vriend genoem het.

Moordenaar.

Zac sien hoe ek na hom kyk en hy skud sy kop asof hy my gedagtes lees.

Cronje maak sy verskyning en verduidelik dat hy nog ’n paar vrae het.

“Vra jou vrae en kry klaar Cronje…” beveel Zac met outoriteit. Hy gluur my aan. “En as jy wil weet of die storie wat Suzaan aangedra het waar is, is my antwoord NEE! NEE, ek was nie van plan om die verslae aan ’n oposissie maatskappy te verkoop nie en NEE ek het nie vir Jeff Morgan daaroor vermoor nie. Ek het bloot bespiegel oor die hele gemorsspul.”

Cronje vou sy arms voor sy bors.

“Met ander woorde jy het nie vir Jeff Morgan gevra om jou in die fermentasie kelder te ontmoet nie?

“NEE. NEE. NEE. Soos ek alreeds gesê het, het ek eers na sy dood uitgevind wié hy was en dat Neethling hom hierheen gestuur het.”

Hy draai na Tasha.

“En jý gesien hoe Jeff Morgan vir Lydia omgekoop het om toegang tot die perseel te verkry, is dit reg?”

“Ja.”

“Dus het jý ook geen idee wat Jeff Morgan in die fermentasie kelder gaan soek het nie?"

"Zac het na die wynproe genoem dat dié wat wou na die fermentasie kelder kon gaan kyk. Miskien is dit wat hy van plan was om te doen?" sê-vra Tasha.

Cronje verskuif sy aandag.

"Lydia, enige idees? Het jy hom nie gevra hoekom hy so graag toegang tot die kelder wou hê nie..."

Arme Lydia lyk heeltemal oorweldig. Behalwe dat sy moontlik haar werk kwyt gaan wees, het sy nooit geraai dat deur vir Jeff Morgan toegang tot die wynproe te gee, dit sy dood sou veroorsaak nie.

"Nee meneer, jammer." sê sy en vee 'n traan van haar wang af.

Vir 'n tyd lank loop Cronje heen en weer voor die tafel verby.

"Nou goed dan." sê hy uiteindelik. "Hier is wat ek dink. Jeff Morgan moes iemand by die kuipe gaan ontmoet... Ek vermoed dat hy vir Tasha agter hom sien aankom het, benoud geraak het en besluit het om homself eerder uit die voete te maak. Die nadoodse ondersoek wat ek aangevra het, bevestig dat die wond aan meneer Morgan se kop *nie* die oorsaak van sy dood was *nie*. En hiér is waar dinge interessant raak... Ek vermoed dat tussen die tyd wat jý Tasha hom oor die loopplanke sien stap het en Zac jou bo by die trappe gekry het, het Jeff geval en sy kop teen een van die verkoelingsplate gestamp. Wat ek nie kan kleinkry nie is dit... Selfs as hy per ongeluk binne-in een van die kuipe met die valslag beland het, of as die moordenaar die geleentheid gebruik het om hom daarin te stamp, hoekom het hy nie net weer na die tyd uitgeklim nie? Sy kopwond was baie oppervlakkig, dit was net een helse harde kophou, niks meer nie. Wat het sy dood veroorsaak? Hy het nie verdrink nie, so hoé het die moordenaar hom vermoor?"

"Jeff Morgan het nie 'n kat se kans gestaan nie Cronje. Hy was dood die oomblik toe hy in daardie kuip geval het." snork Zac geirreteerd.

Cronje lig 'n wenkbrou.

"O? Hoe so?"

"Daar is geen stuurstof binne in daardie kuipe nie. Tydens die gis proses word koolstofdioksied vrygestel en daardie gasse is dodelik. Hy sou nie eers geweet het wat hom tref nie, dit sou hom op slag dood gemaak het."

"Ek sien..." sê Cronje en glimlag selfingenome.

Zac is nou so vasgevang in sy verduideliking dat hy nie Cronje se reaksie optel nie.

"Ja. Wetgewing vereis dat wynmakers in oorsese lande se werkers harnasse vir veiligheid dra. Toue wat vanaf die balke in die dak hang, word aan hierdie harnasse vasgebind. So verhoed hulle dat iemand inval... Maar hier in Suid-Afrika... wel, kom ons sê maarnet ons doen dinge nog op die ou *cowboy* manier. Jy hoor maar gereeld van werkers wat met parstyd ingeval het. Dis 'n gevaarlike werk."

"En dit is hoekom jý vir Jeff Morgan gevra het om jou by die fermantasie kelder te ontmoet. Jy het die kennis gehad, geweet wat met hom sou gebeur as jy hom instamp, né meneer Bosch?"

Zac skud sy kop, asof hy nie kan glo dat hy homself teen 'n idioot moet verdedig nie.

"MAAR EK HET DAN GES..."

Cronje onderbreek hom.

"Daardie kneusplek aan jou arm... Het Jeff probeer terugbaklei?"

"MY MAGTIG MAN! Suzaan het self erken dit is waar sy my met die kierie gedonder het. En ek was saam met haar 500 meter weg in die waterkamer toe Jeff vermoor is. Sý is my getuie."

Ek probeer terugdink, onthou hoeveel tyd verloop het tussen toe ek hul by die trappe sien opgaan het en voor Zac my later langs die pad verras en ek hom met die kierie bygekom het.

Hy het meer as genoeg tyd gehad...

Cronje draai weer na Lydia, dié keer buig hy vooroor. Sy gesig intimideerend naby aan haar.

"Ek vra weer. Het meneer Morgan nie gesê hoekom hy so graag by die kelder wou ingaan nie? Komaan Lydia. Was jy nie nuuskierig om te weet wat hy hier kom soek het nie?"

Sy loer vinnig in my rigting, bly nog eers 'n rukkie stil en fluister saggies.

"Hy... hy het gesê hy wou graag met mevrou Louw gesels..."

Almal behalwe Cronje se oë is nou op my.

"Wat was sy presiese woorde Lydia? Kan jy onthou?"

Sy sluk, vee eers weer 'n traan af voor sy praat.

"Hy het gesê... *Ek gee jou R1000 blare as jy my laat ingaan. Ek sal nie 'n scene maak of jou in die moeilikheid kry nie. Ek wil net bietjie met mevrou Louw gaan gesels.*"

"Moes jy 'n beskrywing van mevrou Louw aan hom gee of..."

"Nee, hy het presies geweet hoe sy lyk. Hy het reguit na haar gewys."

Ek voel verslae.

Net soos met Charles Barlow, het Jeff Morgan presies geweet wie ek was, maar so ook verkeerdelik geglo dat ek die Ebola verslae in my besit gehad het.

"Waaroor het julle alles gesels Suzaan?" vra Cronje nou.

Ek maak my oë toe probeer ons gesprek herroep.

"Niks belangriks nie. Oor sy *kamstige* werk. Wyn... Ek het op daardie stadium gedink hy was heel aangenaam. Vriendelik..."

Cronje klap sy hande tesaam.

"Dit sal al wees... Meneer Bosch, as ek jou alleen kan spreek."

"En wat van ons?" vra Tasha.

"Jy is vry om te gaan mevrou Bruwer. En jy Suzaan. As ek reg verstaan het jul saam hierheen gery?"

"En Zac hier alleen saam met jou los!? Dit sal die dag wees!"

Cronje glimlag, beduie in die gang af.

"Lydia as jy nie sal omgee om my kamer te gaan oopsluit nie, mevrou Bruwer en Suzaan se selfone lê op die bedkassie."

Terwyl ons Lydia by die deur uitvolg hoor ek hoe Zac, Cronje dreig.

"Hierdie was jou laaste Cronje, as jy nie binnekort 'n arrestasie maak nie, sal ek sorg dat jy die res van jou lewe sonder werk sit. Verstaan ons mekaar?"

Uit die hoek van my oog sien ek hoe Cronje breed glimlag. "Jammer as ek jou teleurtestel meneer Bosch, maar dreigemente werk nie op my nie. Kom, kom ons gaan maak hierdie ding in die privaatheid van jou kantoor klaar."

Zac volg hom soos 'n lam na die slagpaal. 'n Gevoel van beide verligting en teleurstelling oorval my. Zac het soveel verwoesting gesaai, Ludwig se dood veroorsaak. Ek het gehoop om by te wees as Cronje die boeie aan hom sit.

Ek strek na Tasha, neem haar hand in myne. Zac se arrestasie gaan ons vriendskap onder geweldige druk plaas. En tog soos die onvoorwaardelike waarheid op die lappe kom gaan sy verpletterd wees. Nie net gaan dit die einde van Zac en Tasha se jarelange vriendskap beteken nie. Maar dit gaan ook die spore van Ludwig se bestaan wat soos fyn draadwerk tussen in geweef was wegvee.

16

Tasha is eerste om haar selfoon aan te skakel. Die boodskappe kom die een na die ander deur. Sy sug en stap met haar selfoon teen die oor by die kamer uit.

Ek bel ook huistoe. Zelia tel op. Ek vra uit oor haar dag en tipies tiener bly haar antwoorde maar vaag. Dít en die wete dat Cronje se mense 'n oog oor hulle en die huis hou laat my gerus voel. Ek besluit om niks oor die gebeure op die wynplaas te noem nie, maar daar is iets wat ek wél wil uitvind. Ek stuur ons gesprek versigtig in die rigting in.

"Hoe het jy destyds geweet dat pappa ekstra werk aangevat het Z?"

Sy bly eers stil. Enige gesprek oor Ludwig is nog moeilik vir haar.

"Ek... ek het toevallig gehoor toe pappa op sy selfoon was. Hy het aan die persoon aan die anderkant gesê dat hy lank daaroor na gedink het en besluit het om die werk aan te vat... Hoekom?" vra sy met agterdog.

"Ag ek dink sommer vandag baie aan hom... en ek kon nie onthou hoe jy daarvan geweet het nie, dis al."

"O..." sê sy kortaf en verander vinnig die onderwerp.

"Net so *by the way*... Daardie sleuteltjie wat ma op die bedkassie gelos het voor ma hier weg is? Benjamin het dit vanoggend amper ingesluk! As ek nie gesien het hoe hy die ding in sy mond druk nie was dit nou in sy maag!"

Die feit dat sy die vreemde sleuteltjie noem, herinner my weer skielik aan my en Jeff se gesprek van die vorige aand. En nou is hy dood, deur Zac vermoor. Hoe verskriklik.

"Watse sleuteltjie is dit *anyway?*" vra Zelia nou.

"Nee my skat, dit is eintlik hoekom ek dit daar gelos het, ek het gehoop jy sal dalk weet."

**

Teen 6 uur kom klop Tasha aan my deur.

"Kan ons 'n entjie gaan stap?"

Omdat dit binnekort gaan donker wees stel ek voor dat ons eerder net deur die tuine rondom die ou here-huis stap. Die wind is reeds koud en buitendien is ek nie weer lus vir sukkel met die kierie op die grondpad by die wingerde op en af nie. Tasha knik, beduie oppad uit na Zac en Cronje wat steeds in sy kantoor besig is.

Skaars buitekant, *biep* haar selfoon. Sy haal dit uit, lees die boodskap, bêre dit weer. Gee 'n diep sug. Loer vinnig na haar horlosie. Sy sien my kyk. Glimlag verskonend.

"Hoe gaan dit by die huis? Nou dat jy nie daar is nie rook ouma May seker die plek blou..."

Nog voor ek iets kan antwoord, raak haar gesigsuitdrukking meteens baie ernstig.

"Daar is iets wat ek jou wil vertel Suz... maar jy moet geduldig wees... asseblief. Ek... ek... het nog nooit met enige iemand hieroor gepraat nie..."

"Goed. Ek luister..."

Haar stemtoon is sonder verwyt of woede, maar sy praat stadig en sag. Asof sy elke woord eers meet voor sy kan waag om dit hardop te sê. Tussendeur neem sy diep asemteue asof sy ekstra moed probeer inasem.

"Ek... ek was seker so 5 jaar oud toe ek en Zac mekaar vir die eerste keer ontmoet het. My pa, net soos syne, was maar té lief vir die bottel en daardie spesifieke aand was my pa weer goed gesuip. Hy het my en my ma uit die huis gejaag, bottel in die een hand, belt in die ander. My ma het geval. Ek wou haar ophelp maar toe ek weer sien toe staan my pa met die belt omhoog... Suz... as jy nie so groot geword het nie... As jy nie weet hoe dit voel om nooit ooit veilig te voel nie, om bang te wees vir jou eie pa..."

Sy is reg. Dit is iets wat ek my nie kan indink nie. My eie ma se streke was onskuldig en my alewige klagtes oor haar lyk nou meteens nietig en onbelangrik in vergelyking met Tasha se geskiedenis.

"Ek weet nie wat sou gebeur het as Zac nie opgedaag het nie. Dit was asof die duiwel daardie aand in my pa ingevaar het, hy was erger as gewoonlik. Daar was 'n wrede woede in hom... Zac was maar self nog 'n kind, net 12 jaar oud. Hy het toevallig daardie aand in die straat verbygeloop en gesien wat besig was om te gebeur. Hy was soos blits oor die muur en toe kom staan hy voor my pa en waarsku hom om my en my ma uit te los... Ek sal nooit sy woorde vergeet nie Suz. Hy het gesê. *Laat sak daai belt en as ek ooit hoor dat jy een van hulle seergemaak het sal ek jou kom soek. Jy mag dalk dink dat ek net 'n bogsnuiter is maar onthou net een ding. Een of andertyd gaan ek groter en sterker wees as jy en dan gaan jy swaar betaal, dit belowe ek nou hier vanaand vir jou."*

Sy gaan staan stil, teruggeroep in die herinnering. Vir 'n tyd weer vasgevang in die oomblik van toé.

"My pa het nooit ophou drink nie, maar dinge het daardie aand verander. Dis asof my pa bang was, regtig geglo het dat Zac hom eendag sou kom leed aandoen... En weet jy wat Suz. My pa was reg. Daar was iéts daardie aand in Zac se stem, in sy oë, ek het dit ook gesien. 'n Kille gevoelloosheid. 'n Sekere vertroue in homself en die wete waartoe hy in staat is."

Sy stap weer aan.

"Het jy geweet dat Zac se ma vermoor was?"

Ek onthou dat Cronje dit genoem het.

Sy laat die vraag in die lug hang sodat ek my eie gevolgtrekking kan maak.

"Vir jou en die mense daarbuite mag dit dalk lyk asof ek Zac ondersteun, en julle is reg, maar julle verstaan nie my redes nie..."

Sy draai dra my toe, haar gesig nou moeilik leesbaar in die skemer.

"Ek is... bang... Suzaan... Ek is bang vir Zac. Dit is asof daar twee kante aan hom is. Hy kan ongelooflik sjarmant en liefdevol wees maar dan kan hy netso omswaai en wreedaardig raak. En as Zac eers só is... Hy voer sy dreigemente uit."

Soos toe hy sy gaste gedreig het.

"Ek en hy het jare gelede stry gekry oor iets onbenullig, maar die volgende oomblik het hy opgespring en my aan die keel gegryp. Hy het oor en oor bly skree... *Onthou net bietjie alles wat ek al vir jou gedoen het!* Dit was asof sy kop in daardie oomblik heeltemal uitgehaak het.

Ek was lam van vrees. Daar was gelukkig mense in die omtrek. As hulle nie daar was nie weet ek nie of... In elk geval... Na die tyd het hy omverskoning gevra. Hy kon nie sy optrede regverdig nie, net gesê hy sien iemand om hom met sy humeurigheid te help."

Sy skud haar kop.

"Hy is altyd kamstig so bekommerd oor sy naam en reputasie... En dis asof hy lojaliteit van my vereis omdat hy daardie tyd my en my ma gehelp het. Ek het soveel selfverwyt Suz!"

"Ek verstaan nie, waaroor?"

"Die aantuigings teen hom. Sy verbintenis oor onder andere industriële spioenasie en wapen smokkel. Ek wou dit nie glo nie. Ek het verkies om my eerder blind te staar teen die goeie Zac, die een wat 'n 5 jarige en haar ma van hul suiplap pa beskerm het. Maar ek het net myself bedrieg en in die proses het mense in die slag gebly."

Haar stem begin bewe. Sy sluk haar trane weg.

"Ek moet sterk wees, soos jý wees Suzaan... Jy sien..."

Sy praat nou vinniger, asof sy bang is haar moed gaan haar begewe.

"Zac het vir Jeff Morgan vermoor en ek kan dit bewys. Gisteraand toe ek Zac se hemp geleen het, het dít per ongeluk uit die bo-sak van sy hemp geval."

Sy sit iets in my hand.

"Ek het eers niks daarvan gemaak nie maar netnou toe Cronje hom uitgevra het oor die kneusplek aan sy arm het ek skielik onthou dat Jeff Morgan gisteraand presies netsó 'n oorbel in sy een oor gedra het. Dit moes met hul gestoeiery afgeval en per ongeluk in sy hemp se sak beland het."

Ek staar na die blink weerskaatsing van die oorbel in my hand. Ek weet ek moet iets sê. Ek kan die afwagting in Tasha aanvoel. Dit moes vir haar bitterlik moeilik gewees het om na soveel jare se stilswye uiteindelik uiting aan haar vrees te gee. Om te erken dat haar jarelange vriend toe wél 'n gevoellose moordenaar is.

Ek trek haar nader, druk haar styf teen my vas. Haar liggaam is so styf soos 'n snaar gespan. Uiteindelik gee sy toe aan die trane. Ek wag tot sy klaar gehuil het voor ek praat.

"Kom, ons moet die oorbel nou dadelik vir Cronje gaan gee. Daar is geen manier hoe Zac hom uit die een sal kan praat nie."

Ek draai in my spore terug, maar Tasha keer.

"Nee, as ons nou daar instorm met die oorbel. Hy sal wraak neem Suz, hy ken mense. Dink aan jou kinders, ouma May... Nee ons moet dit 'n ander plan maak. Dit êrens sit waar Cronje dit kan kry of..."

Ons wandel ingedagte by die waterkamer waarin ek en Zac gisteraand was toe sy ingestorm het met die nuus van Jeff.

Ek gaan sit op die stoel om my been te rus. Tasha lyk by die minuut meer op haar senuwees. Die wete van waartoe hy in staat is, sou hy uitvind dit was sy wat hom verraai het, is besig om haar te oorweldig.

"Ons kan nie die bewyse plant nie Tasha. Jy weet tog self dit gaan nie werk nie. Eerstens is dit onwettig en wat as Zac dit kan bewys. Nee! Ek gaan nie enige kanse waag nie. Zac gaan sit vir wat hy aan Ludwig gedoen het. Daarvan gaan ek seker maak!"

"Wat bedoel jy met *wat hy aan Ludwig...*" Sy maak nie haar sin klaar nie, die besef kom meteens. Sy steier agteruit van skok. Keer my nogtans voor ek met die oorbel by die deur kan uitloop.

"NEE WAG ASSEBLIEF SUZAAN!" Haar woorde nou 'n pleidooi van spyt. "As hy... as hy sover gegaan het om vir Ludwig te laat... Ek is bang Suz."

My geduld en begrip met haar is eensklaps op.

Hoeveel maande se daaglikse angsaanvalle moes ek nie al deur worstel nie? En wat van die innerlike stryd van aanvaarding elke oggend wanneer ek die laken van my afgooi en in my mank been moet vaskyk.

"Kyk na my Tasha! Kyk wat het Zac Bosch aan my gedoen! Aan Stefan Swart, Jeff Morgan... Ludwig! As jy nou kop uit trek is jy net so skuldig aan alles soos Zac! En dan wen hy weer! Ons moet die regte ding hier doen, of dit jou nou bang maak of nie."

Sy kom staan voor my in die deur. Vee die trane van haar gesig af.

"Ek weet. Jy is reg."

Sy hou haar hand uit. Ek gee die oorbel terug maar sy beweeg nie. Sy bly net daarna staar asof sy vir oulaas met haar gewete redeneer.

"Suz..."

Sy vou die vingers toe, knyp haar oë 'n oomblik styf toe.

"Wat is dit Tasha?"

Voor ek weet wat gebeur, stoot sy my terug in die vertrek in en trek die deur agter haar toe.

"Tasha? Wat maak jy nou. Wag, maak oop. Ek kom saam met jou!"

Ek trek aan die handvatsel maar die ou houtdeur is swaar. Ek hoor hoe sy die sleutel in die slot draai.

"TASHA! WAT OP AARDE!?"

Vanaf die anderkant van die deur is haar stem dof, haar verduideliking kortaf, haastig. Vol trane.

"Zac sàl wraak neem! Hy sal sorg dat ek hiervoor betaal. Dalk nie nou nie, maar hy sal... en ek gaan nie dat jy weér seerkry nie Suz! Hoe verder jy weg is wanneer ek die oorbel vir Cronje gee, hoe beter."

"Maar hy weet tog klaar dat ek iets vermoed Tasha! Maak oop die deur asseblief. Jy hoef nie dié ding alleen te doen nie."

Sy is reeds weg.

Ek slaan weer teen die deur. Maar my geroep en geklop is verniet. Niemand gaan kom oopmaak nie.

Nadat die gaste almal vanoggend vertrek het, het Cronje ook die res van die personeel beveel om huistoe te gaan. Lydia was die enigste een wat agtergebly het. Sover ek weet is sy nou in die kombuis besig met aandete. En die werkers wat die druiwe in die kuipe moet bewerk kom eers later.

Vir 'n oomblik weet ek nie wat om te doen nie. Dan onthou ek van my selfoon. Ek vroetel in my sak, kry dit en skakel onmiddelik Cronje se nommer. Maar daar is geen luitoon nie.

Ek staar na die helder lig van my selfoonskerm en swets. Daar is geen selfoonsein hiéronder agter die dik mure nie. Ek is nog besig om my selfoon terug in my sak te druk toe die eerste skoot klap.

Vir 'n oomblik is ek nie seker of ek dalk verkeerd gehoor het nie. Selfs nadat die tweede skoot knal staan ek steeds in ongeloof.

Kort daarna klink 'n mansstem êrens buitekant. Die skreeuende woorde te ver af en dof om sin te maak. Nietemin hoor ek die vrees daarin.

Die klank van die derde skoot weerklink en ruk my uiteindelik tot realiteit.

Ek slaan met geweld teen die deur, gil oor en oor vir iemand om oop te maak.

Iemand roep weer uit.

Die volgende skote klink anders. Korter en vinniger op

mekaar...

"TASHA! KONSTANTYN! IEMAND!"

Nog 'n skoot! Iemand buitekant hardloop naby verby.

Ek herken onmiddelik Lydia se stem.

"IEMAND HELP ONS! HELP! HELP!"

Ek slaan weer teen die deur. Roep vir haar om oop te maak.

Haar beangste snikke iets aakligs om aan te hoor.

"LYDIA! LYDIA!"

Die volgende skoot stuur haar nog verder in histerie in. Ek hoor hoe haar voeteval haastig van die deur af weg beweeg.

"NEE WAG! KOM TERUG, MAAK OOP!"

Sy hoor my nie.

'n Skoot knal so naby dat ek van die binnekant af hoor hoe dit iets tref. Lydia gee 'n verbysterende gil en dan daal daar stilte neer.

"LYDIA!!? LYDIA!?"

Die skielike doodse stilte ontsenu my.

'n Aaklige beeld van wat daar buite gebeur het flits deur my gedagtes en vir 'n vlugtige oomblik pleit my onderbewuste by my om rasioneel te dink. As daar skote gevuur word is ek tans op die veiligste plek. En dit is waar ek moet bly. Maar wat van Tasha en Lydia... Cronje?

Ek moet hier uit, maar hoe?

Ek loop op en af, heen en weer. Onthou meteens van die watervoor hier êrens voor my in die donker. En ek uiteindelik het ek 'n plan.

17

Ek volg die watersloot tot teenaan die muur, druk dan my hand deur die tonnel om vas te stel of die spasie groot genoeg is. Dit is.

My plan kan werk, mits iemand binnekort opdaag. En daarin lê die dilemma.

Ek weet nie hoe ver die skote gehoor is nie, wat beteken ek weet nie vir hoe lank ek sal moet wag voor hulp opdaag of iemand my hier binne kry nie. Intussen kan Lydia, Tasha of Cronje daar buite gewond lê, of veel erger...

Ek spits weer my ore in die hoop. Maar daar is niks, net die onheilspellende stilte wat soos 'n voorbode in die lug hang...

Ek kyk na die klere wat ek aanhet. Lang broek, warm wintershemp, warm baadjie, serp. Ek sal moet mooi kies... Sou ek dalk die nag hier binne moet deurbring, sal ek myself so warm moontlik moet hou. Die vertrek met sy klipvloer kan vanaand nog ysig raak.

Ek kies die serp en druk dit so ver moontlik by die tonnel in na die buitekant toe, hopelik dryf dit 'n entjie met die buitekantste watervoor langs voor dit sink. As my plan werk, sal iemand die serp raaksien, wonder hoe dit daar beland het en kom ondersoek instel. Ek besef dit is al donker buitekant, dit was reeds sterk skemer toe Tasha meer as 'n halfuur gelede my hierbinne toegesluit het. Die kans dat iemand die donker-rooi serp in die naglig gaan raaksien is min, maar dit is al hoop wat ek nou het.

18

Ek kyk weer na die tyd op my selfoon.

Nog 'n halfuur is verby. Het niemand anders dan die skote gehoor nie?

Ek gaan staan weer by die deur. Slaan vir die soveelste keer met die agterkant van my kierie hard en aanhoudend daarop.

"HALLO!? IEMAND! CRONJE IS JY DAAR?! TASHA!? LYDIA!! IEMAND ANTWOORD MY!"

Stilte.

Moedeloos gaan sit ek met my rug teen die deur. Die emosies van die afgelope paar uur dam op en oorweldig my.

Eers is daar die woede teenoor Zac. Hoe kan een mens soveel verwoesting saai?

My woede loop oor in hartseer, empatie, frustrasie, verwyte. Ek loop terug op my spore, terug na waar alles daardie aan by die supermark begin het. Ek probeer sin maak van alles. Ek bly wonder hoe die rugsak met die metaalskyfie by die hele gemors inpas en of ek ooit sal uitvind? Cronje was die een met al die antwoorde. En vir al wat ek weet lê hy daarbuite êrens dood. Die gedagte daaraan ontstel my so dat ek opspring, weer tot by die tonnel in die muur gaan kniel en probeer uitloer. Maar ek sien niks. Teen dié tyd dryf my rooi serp ook seker op die bodem van die watervoor rond.

Ek blaas my asem uit, besef meteens hoe die temperatuur reeds geval het. Ek kry koud. Yskoud!

My oog val op die silwer gekartel aan my kierie. Die effense lig wat deur die tonnel skyn maak dat dié draadwerk weerkaats. Dit behoort iemand se aandag te trek!

Ek huiwer 'n oomblik. Sonder my kierie kan ek nie behoorlik rondbeweeg nie en die gehammer van die kierie teen die ou houtdeur is harder en duideliker as my stem wat nou reeds hees geskree is.

Nietemin het ek geen ander keuse nie. Ek stoot die kierie met soveel momentum as wat die spasie my toelaat. Dit skiet deur die opening, uit by die watervoor uit... Ek leun agterna. Kyk, sien hoe dit dryf en die weerkaatsing van die silwer blink in die water.

Dis beter!

**

Toe iemand 'n tyd later aan die handvatsel trek, hoor ek dit amper nie. Ek sit opgekrul, probeer die snerpende koue onsuksevol afweer. Ek is fisies en psigies uitgeput. Met moeite kon ek sover die angsaanvalle nog besweer.

Ek staan op, sukkel tot by die deur.

Daar is weer 'n gekarring aan die slot.

"Hallo?" roep ek hees.

Oomblikke later volg daar 'n donderende hou en die deur bars oop.

19

Vir lank na Ludwig se dood het ek elke aand oor hom gedroom. Ons sou saam met die kinders by die kombuistafel sit en gesels of hy sou soos toe hy nog gelewe het, na werk by die deur instap, sy aktetas neersit en my kom groet. "*Suza...*" sou hy dan altyd sê wanneer hy my in een van die vertrekke gevind het. Presies soos hy nou doen.

Hy is maerder...

Dit is die eerste gedagte wat deur my kop gaan. Ek sou agterna dink dat dié onbelangrike waarneming bes moontlik net my brein se manier was om die algehele skok wat sou volg te versag. 'n Tipe buffer om my geleidelik tot die waarheid te bring.

"SUZA! DANKIE TOG JY IS OKAY!"

My oorlede man, die persoon waaroor ek die afgelope nege maande elke dag getreur het neem nou 'n vinnig tree nader.

Ek beweeg nie. Ek het verstar.

Dit moet 'n illusie wees. Ja! Dit is wat dit is! Dis die naglig wat nou deur die gebreekte deur instroom wat hierdié bedrieglike beeld skep, wat 'n skaduwee van misleiding voor my voete kom gooi.

Sy arms is oopgestrek, gereed om my te omhels. Hy doen dit als so van nature, asof hy nooit weg was nie...

Ek deins terug.

"Nee... dit... dit... kan nie wees nie?!" My eie stem klink vreemd in my ore. 'n Fluistering van ongeloof en skok.

Hy besef onmiddelik sy fout. Laat sak sy arms, staan roerloos, en gee my eers kans om tot verhaal te kom.

Hoe verduidelik 'n mens dít wat deur jou kop gaan? Wanneer

die onmoontlike moontlik word? Wanneer jou geliefde wat op 'n dag van jou af weg gevat was, net so, sonder waarskuwing weer aan jou terug gegee word? Wanneer jy meteens besef dat hy... nooit werklik... weg was nie?!

"Ek weet dit is 'n skok Suza, maar ek sal *alles* verduidelik, *alles...*"

Sy gesigsuitdrukking is nou 'n mengelmoes van verligting en 'n her-gevonde geluk.

Hy hou my kierie na my toe uit.

"Ek het die skote gehoor en kom ondersoek instel. Wat het gebeur? Waar is die ander? Ek wou net begin benoud word, maar toe sien ek dít in die watervoor dryf... Jy was nog altyd een wat 'n plan kon maak."

Ek probeer fokus op wat hy sê, maar dit is verniet.

Niks maak op hierdie oomblik sin nie!

"Ludwig...?"

Hy waag weer 'n tree nader. Wag weer.

Ek lig my hand stadig asof ek bang is die beweging daarvan sal sy *spookbeeld* verjaag.

Hy neem my hand in syne, bring dit tot teenaan sy gesig. Wag.

Ek streel met bewende vingers stadig oor die kant van sy gesig, voel sy stoppelbaard onder my aanraking, voel sy glimlag onder my vingers vorm. Hy neem my hand weer, druk dit styf teen sy borskas. Ek begin huil.

Spookbeelde het nie 'n hartklop nie.

"Jy... jy... is lewendig..."

Hy knik en trek my in sy arms in. Sy lyf ruk. Ek hoor hoe die snikke diep binne hom los skeur...

"Nóu ja... Nóu vir die eerste keer in maande voel ek weer lewendig..."

20

"Maar... Waar... Hoe??"

My reaksie is 'n oomblik van blinde euforiese geluk. Wat ook al vooraf gebeur het, die skote daarbuite, Jeff Morgan se dood... *Alles* is nog steeds vergete... Al wat ek weet is dat ek my man teruggekry het...

Ludwig gee 'n vinnige kyk terug na die oop deur se kant toe.

"Later. Ek sal alles later verduidelik. Maar nou moet ons eers hier uitkom..."

Ek raak net vaagweg bewus van die dringendheid in sy stem.

Hy vou my hand in syne toe, staar vir 'n oomblik na ons saam-gevlegde vingers asof hy self nooit gedink het ons sal ooit weer hande vashou nie.

"Kom." sê hy en trek my na die deur toe. Hy pluk my per ongeluk van balans af. Gee my nie genoegsame tyd om eers op my kierie te leun en met my sterk been vorentoe toe te beweeg nie. Ek struikel en val.

"SUZA! JAMMER EK... EK HET VERGEET!" Hy leun haastig vooroor, tel my kierie op, gee dit vir my aan en probeer my terselfdertyd ophelp. Dit werk nie.

"Wag ek sal self!" Ek stoot sy hand weg, voel die vernedering in my opstoot. Sukkel om my verdekselse been gebuig te kry.

In 'n oogwink terug na die koue werklikheid.

"Ek is jammer..." sê hy weer. Ek kyk op, sien in die naglug hoe hy sy kop selfverwytend skud.

"Toemaar Ludwig, dit is nie so erg..." probeer ek paai, maar hy sny my af.

"NEE SUZAAN! JY VERSTAAN NIE! Ek moes geraai het

dat jy daardie aand in Charles Barlow se kattebak sou gaan wegkruip. *EK* moes jou gekeer het..."

Dit vat my 'n paar sekondes om te begryp wat hy besig is om aan my te erken.

Ludwig was daardie aand in die begraafplaas! Die aand toe Charles Barlow my geskiet het!!

Ek bly op die koue vloer sit, die wind vir eers uit my seile geneem.

"En ek moes Jeff Mogan se moord sien kom het... toe hy gisteraand hier opgedaag het moes ek hom gewaarsku het..."

Ek staar verslae op na hom.

Hoe weet hy van Jeff Morgan? Beteken dit dat hy nog die hele tyd hiér op die plaas was?

Ek onthou meteens weer die hond se geblaf.

'n Naakte waarheid tref my gaandeweg.

Zac het dus nie vir Ludwig laat doodmaak nie! En ek is deur my eie man mislei...

Hy kom staan voor my, steek sy hand na my toe uit.

"Komaan... Laat ek jou ophelp asseblief..."

Ek ignoreer hom, beur op my eie weer regop. Voel hoe my aanvanklike euforie vervaag en plek maak vir woede en agterdogtig.

Wie is hierdie man waarmee ek getrou het, waaroor ek so lank getreur het? Hoekom het hy my nie daardie aand in die begraafplaas kom help nie?! Waar was hy toe Charles Barlow ons gedreig het?! Toe ek in die hospitaal vir my lewe moes baklei? Hoekom ons los om te dink hy is dood?

Ek is meteens briesend kwaad.

"Waar was jy al hierdie tyd? Hoe kon jy ons net so in rou gedompel het? Weet jy hoeveel die kinders na jou verlang? En ek! Het jy enige idee waardeur ons die afgelope paar maande is... Ek neem aan dat jou skielike *afsterwe* iets met die Ebola-verslae te doen het. Is ek reg? Hoekom tot sulke uiterstes toe oorgaan Ludwig... Wat kon tog van meer belang wees dat jy jou skyndood vir my, jou vrou, moes geheim hou!?"

Hy is onmiddelik verdedigend.

"Jul veiligheid Suzaan... Jou en die kinders se veiligheid was vir my belangriker!! Jy is reg, dit het *alles* uit te waai met daardie verdekselse verslae. Toe ek destyds besluit het om die werk aan te vat het Zac my teen al die risiko's gewaarsku. Maar niks kon my voorberei op wat gevolg het nie Suza... *Niks!* Die kompetisie onder hierdie mediese maatskappy is skrikwekkend, en van die gehuurde vryskut agente is ... is gewentenlose moordenaars! Die eerste dreigemente het skaars 'n maand na my ondersoek begin. Charles Barlow was die eerste een wat bloed geruik het... Ek weet nie hoé hy uitgevind het dat die verslae in my besit was nie, maar kort voor lank het die oproepe begin. Hy het my gewaarsku dat my betrokkenheid my duur te staan sou kom... Dat die verslae eintlik vanuit sý maatskappy gesteel was, dat die navorsing aan hulle behoort het en dat ek vir my eie beswil eerder die verslae moes oorhandig... Ek het my natuurlik nie daaraan gesteur nie. Maar toe begin die sms'se. Fotos van ons. Van jou en die kinders. Van ouma May. Elke tweede dag was daar 'n epos wat ons daaglikse roetine van daardie gegewe dag tot in die fynste besonderhede beskryf het... Jy moet verstaan Suza... as jou man, en 'n pa het dít my amper van my trollie af gemaak! Hier was hierdie gesiglose naamlose vreemdeling wat allés van ons af geweet het en ek was hulpeloos om ons teen hom te beskerm. Ek kon seker die verslae vir Zac terug gegee het en gesê het ek stel nie meer belang om hom te help nie... maar dit sou beteken dat daar derduisende mense met die volgende Ebola uitbreking *weer* sou sterf, en dit net omdat ek 'n papbroek was. Sonder my versekering oor die akkuraatheid van die navorsings verslae sou Zac nooit die befondsing toestaan nie, wat beteken dat die Ebola entstof nooit die lig sou sien nie. Die wete hiervan het net té swaar op my gewete gelê..."

Hy loop na die deur toe, kyk bekommerd buitekant rond.

"Ek het geweet ek moes 'n plan maak en vinnig ook. Charles

Barlow se dreigemente het telkens meer ernstig geraak. En toe eendag, toe tref dit my... Hoekom nie net die tafels draai nie? Hoekom nie uitvind wié hierdie man was wat my en my familie dreig nie. Ek wou wraak neem. Sý lewe hel maak. Hom van sy eie medisyne teruggee. Wanneer ek nie besig was met die verslae nie het ek werk daarvan gemaak om hom op te spoor. Dit was moeilik, hierdie mense weet hoe om hulle spore toe te vee, maar ek het hom gekry... Ongelukkig het ek rondom dieselfde tyd ook 'n fout in die verslae opgetel. Een van die formules was verkeerd bereken... Dit was 'n simpel syferfout, maar dit het beteken dat die entstof nooit sou werk nie. Jare se navorsing en miljoene rande was by die drein af! Dieselfde oggend wat ek vir Zac van die fout wou laat weet het, het Charles Barlow by ons huis opgedaag. Jy en die kinders het nog geslaap. Die vent het in die oprit vir my gewag. "*Mooi huis meneer Louw* het hy gesê. *Maar ek sien die knip van die venster daar in jou hoofslaapkamer maak nie behoorlik toe nie... Jy moet dalk daarna laat kyk. Mens weet nooit wie in die middel van die nag dalk daar gaan insluip terwyl jy en daai mooi vrou van jou lê en slaap nie...*" Ek wou hom met my kaal hande wurg!! Ek het verduidelik dat daar 'n fout was, dat hy moes trap want die bevindings was in elk geval foutief, die entstof sou nooit werk nie. Maar hy het my nie geglo nie. Hy het gesê ek probeer net van hom ontslae raak en dat hy nie sal weggaan voor die verslae in sy hande was nie... Dit was op daardié oomblik wat ek besluit het om my skyndood te beplan. Ek het gedink dit was die enigste uitweg, dat as ek *dood* was hy vir jou en die kinders ten minste sou uitlos... maar..."

Hy kyk af na my kierie en ek sien die nat glinstering in sy oë.

"... Ek was verkeerd... Ek het 'n oog oor julle probeer hou. Waar ek kon het ek julle agtervolg. Per voet, per fiets... Party aande het ek in die tuin kom slaap. Ek het so verlang... Ek het gedag Charles Barlow was uiteindelik weg, maar toe maak hy weer sy opwagting. Die aand by die supermark? Dit was asof die noodlot ingetree het... Ek het 'n dag voor die tyd 'n boodskap vir Stefan Swart gelos. Ek het net genoem dat ek inligting het oor sy maatskappy se Ebola-verslae. Hy was aan die bestuur van die navorsingsdepartement. Ek wou sonder om my identiteit te verraai, die verslae met my bevindings oorhandig. My hoop was dat as die navorsingsmaatskappy self hul foutiewe bevindings bekend maak, Charles Barlow uiteindelik sou terugkruip in sy donker gat in. Met hom ingedagte het ek besluit om die ontmoeting met Stefan Swart eerder naby die huis te hou en die supermark was die perfekte plek... Maar toe daag jý onverwags daar op!! Charles Barlow wat jou op daardie staduim orals agtervolg het moes besef het jy was oppad supermark toe, want hy het 'n paar minute voor jou self sy verskyning gemaak. Ek het gesien hoe die gemors by die winkel instap en tussen die rakke gaan wegkruip, selfoon in die hand, gereed om fotos te neem. Maar toe gewaar hy vir Stefan Swart. Ek het die verslae in 'n rugsak gesit en op 'n winkelrak versteek. Charles Barlow het die sak by Stefan Swart probeer afvat en toe... Toe skiet *iemand anders* vir Stefan Swart!? Ek weet nou nog nie of die koeël eintlik vir Charles Barlow bedoel was nie, maar hoe dit ook al sy... Nog 'n ander vryskut agent het uitgevind van die verslae en was bereid om daarvoor te moor! Charles Barlow het soos 'n banggat laat spaander, jý het by die winkel ingestap gekom en ek het 'n geleentheid gesien om my uiteindelik op daardie vuilgoed te wreek..."

Ek frons.

"Wreek? Wat bedoel jy?"

"Die moordenaar, die nuwe vryskut-agent, het om een of ander rede die wapen waarmee Stefan Swart geskiet was net daar gelos...? Die rugsak met die verslae daarin het met die trefslag uit Stefan se hande gespat en onder een van die ander winkelrakke beland. Die moordenaar het dit gesien nie. Ek vermoed hy het gedink Charles Barlow het daarmee weggekom. Toe ek die rugsak gaan optel, sien ek die bloedsproei op my tekkies raak. Dit was van Stefan Swart se bloed. Ek het die wapen ook gaan optel en my kans afgewag. Die aand by die begraafplaas het ek dít en die bebloede tekkies in Charles Barlow se motor geplant..."

Ek snak na my asem.

"So jý was die vreemdeling met die rugsak wat ek by die ingang van supermark onderstebo geloop het?"

Ludwig knik.

"Blote toeval! Maar jy het geen idee hoe angswekkend dit vir my was nie. Aan die eenkant wou ek hê jy moes opkyk en sien dit was ek Suza, maar aan die anderkant het ek geweet die nagmerrie was nog lank nie verby nie... veral met die wete dat daar nou nóg 'n tweede vryskut agent betrokke was..."

"Dit verduidelik uiteindelik hoe die buskruit daardie aand aan my hande gekom het." fluister ek meer vir myself.

Hy beduie weer na buite.

"Stefan Swart en Jeff Morgan se moordenaar loop nog daarbuite rond. En daardie persoon gaan nie ophou voor hul die verslae gekry het nie. Of die entstof werk, is nie ter sprake nie. Geen verslae nie. Geen betaling nie. Ek het besef ek moes jou op 'n manier probeer waarsku..."

"Die nota onder my kussing?"

"Ja en die rugsak... Ek het gehoop jy herken dit Suza... Dat jy 'n konneksie sou maak."

"Ek het dit herken Ludwig, maar ek het gedag dit was Charles Barlow... Tóe vertel Zac my van jou en die verslae... en... Ek... ek het verkeerde afleidings gemaak. Maar dit kon nie verkeerd gewees het nie... Tasha het die oorbel in sy hemp se sak gekry? En Cronje is al hoe lank op Zac se spoor?"

Hy probeer iets oor die rugsak sê maar ek hoor hom nie. Ek is te verward, niks maak sin nie?

Terwyl hy my by die gebou uit help lig ek hom in oor wat Tasha my van Ludwig vertel het.

"Wat as hy haar geskiet het?" vra ek bang en begin kliphard na haar roep.

Ludwig sit 'n hand oor my mond.

"Sjuut!"

Ons begin in stilte die hele opstal deursoek, maar vind niemand nie.

"Ek verstaan nie. Waar is almal, wat is hier aan die gang?"

Ludwig kom staan langs my. Antwoord in 'n fluisterstem.

"Dit is die vryskut agent."

Ons besluit om volgende by die kelder te gaan soek.

Vir 'n ruk lank loop ons in stilte met die grondpad langs. Die kelder lê voor ons, die maanskyn ons lig. Ons albei is besig met ons eie gedagtes, nietemin is daar 'n senuweeagtigheid aan Ludwig, sy blik bly dwaal, net soos vroeër in die waterkamer. Dit ontstel my.

Die Ludwig wat ek geken het was nooit só nie. Die agterdog kleef nou aan hom. Hy was voorheen 'n vrede liewende mens, altyd gelukkig en dikwels verstrooid. Ek staar na die hardheid aan sy gesig, die littekens van verandering.

Die Ebola verslae het ons albei verander.

Meteens trek hy my in die ruigtes van die struike langs die grondpad in.

"Saggies! Dié kant toe Suzaan."

Onder sy hande voel ek sy lyf bewe. Dis adrenalien wat reeds ingeskop het.

"Wat? Wat is dit?" fluister ek saggies en kyk rond.

Hy wys verder met die grondpad af. Net buitekant die kelder.

Ek herken dadelik die groot liggaamsbou van die skadu figuur. Cronje.

"Wat op aarde maak hy?" vra ek verward.

Ludwig swets. "Net soos ek verwag het! BLY NET HIER!" beveel Ludwig saggies.

"Nee, wag! Wat is aan die gang? Wie sleep hy daar in die kelder in?"

Die vrees en verwarring in my stem breek deur die naglig.

Ludwig probeer my stilmaak. Die hand wat hy instinktief oor my mond sit ruik na sy eie vrees en sweet.

"SSSSjjjjuttt! Luister mooi na my Suza... Ek weet dat as dit nie vir hóm was nie, jy nie vanaand hier sou gesit het nie... So, ek het begrip vir jou lojaliteit teenoor hom. En ek het gesien hoe hy na jou kyk... Julle na mekaar kyk."

"Ek het gedink jy was dood Ludwig, hoe..."

"Wag. Luister. Hier was vanaand net ses mense op hierdie plaas, is ek reg?"

Ek knik.

"Vandat Cronje hier aangekom het, hou ek hom dop Suzaan. Daar is iets aan hom, die manier hoe hy homself dra... Hy..."

"Nee! Jy is verkeerd! Hy is nie die ander vryskut agent nie. Nee!"

"So ses mense alleen op 'n plaas waar daar reeds 'n moord gepleeg is... Daar was skote afgevuur... Hoekom soek hy nie na jou nie Suzaan, of na Tasha, Zac en daardie ontvangsdame nie? Hoekom is hy nie op sy selfoon besig om die polisie in te roep vir hulp nie?"

Ek hou Cronje dop terwyl hy met 'n liggaam by die kelder in verdwyn.

"Hy is besig om sy spore toe te vee Suzaan."

Die trane stroom nou oor my wange. Die waarheid sny dieper as wat ek ooit sou kon raai.

"Maar hý was byna elke dag langs my hospitaalbed Ludwig. Elke dag! Hy was daar vir my... vir die kinders. Ons..."

My bedoeling is nie om Ludwig met hierdie stelling seer te maak nie, maar ek doen. Ek hoor die woede in sy stem toe hy bo-oor my praat.

"Jou gevoelens vir hom het jou blind gemaak vir die waarheid!"

Ek staar verslae. Onthou Tasha se herhaaldelike waarskuwings oor en teen hom.

"Jammer Suza..." sug Ludwig. "Maar daar was deurentyd twee dinge wat my bly pla het... Ek kon in al hierdie tyd nie uitvind wie die vryskut agent was wat Stefan Swart daardie in die supermark geskiet het nie. En buiten Barlow was daar niemand anders wat jou agtervolg nie. Maar nogtans besit hierdie persoon vooraf kennis. Hy het geweet van die wynproe geleentheid, dat jy hierheen kom... Hoé? En hier was *niemand anders* behalwe ons hier vanaand nie, dit kan ek jou belowe..."

Hy lig my ken sodat ek hom in die oë kan kyk.

"Ek het destyds 'n afskrif van die Charles Barlow dossier in die hande gekry. En daar is dinge wat nie sin maak nie."

"Soos wat nogal?"

"Vingerafdrukke wat nooit geneem is nie, die moordtoneel by die supermark wat opsetlik gekontamineer was en en en..."

Ludwig staan orent. Daar is meteens 'n byna maniese doelgerigtheid aan hom.

"DIT IS HY. HY IS DIE VRYSKUT AGENT EN DIT IS TYD DAT KONSTANTYN CRONJE BETAAL VIR ALLES WAT EK DIE AFGELOPE 9 MAANDE VERLOOR HET!!"

Hy storm in die grondpad op en agter Cronje in die kelder in.

Ek spring op probeer hom keer, maar my been laat my nie toe.

'n Skoot klap vanuit die kelder, ek sien hoe Ludwig terug steier en net buitekant die kelder se ingang inmekaar sak.

Ek sukkel-val-struikel, mors kosbare tyd maar kom uiteindelik by hom uit.

"LUDWIG!"

Hy lê doodstil in 'n poel van sy eie bloed.

"NEE! ASSEBLIEF NIE! BYT NET VAS! EK... EK SAL HULP KRY!"

Ek pluk my selfoon uit my sak. Sleutel die noodnommer in. Van waar ek nou langs Ludwig kniel het ek 'n uitsig in die kelder in, 'n staanlamp brand eenkant. Alles lyk so stil en rustig. Maar dis 'n illusie, elders in die kelder is 'n moordenaar besig...

"Medic-assist, how can I help you?"

Die bloed glinster nat in die maanlig. Die wond gapend en groot.

"MY NAAM IS SUZAAN LOUW. MY MAN! MY MAN IS GESKIET. JULLE MOET KOM, ASSEBLIEF MAAK GOU!"

Ek soek tussendeur na sy polsslag, kry dit skaars.

"KOMAAN LUDWIG, BYT VAS! ASSEBLIEF, HOU NET UIT!"

'n Vlugtige beweging dieper in die kelder vang my oog.

Cronje!

Ek kyk na Ludwig. Hy sukkel om asem te haal. Ek besef dat ek hom sal moet skuif, as Cronje uitkom en my hier kry.

In die agtergrond, op my selfoon.

"Mam can I have your location please?"

"ONS IS OP ZAC BOSCH WYNLANDGOED NET DUSKANT STELLENBOSCH UIT OP DIE R44..."

"Mam, sorry you are breaking up. Can you please repeat that..."

Die staanlamp verraai Cronje se posissie. Ek sien sy skaduwee teen die muur langs nader kom.

Ek het nie baie tyd nie.

Ek druk my selfoon tussen my skouer en oor vas. Vou my arms om Ludwig se se bo-lyf. Probeer hom versigtig oplig en saam met my agteruit trek. My been wil nie saamwerk nie. Ek val. Ludwig kreun van die pyn.

"Mam... your location please."

Ek swets. Probeer beter vastrap-plek kry, lig sy bebloede bo-lyf, probeer weer. Dié slag maak ek verder vordering voor ek weer struikel. My gestremdheid kom Ludwig duur te staan. Telke maal as ek neerslaan is dit hý wat seerkry.

"Mam, I am currently trying to pin-point your location via our tower triangulation system. Are you in any danger?"

Ek lê Ludwig versigtig langs my agter 'n struik neer. Kry my selfoon terug in my hand. Hyg na my asem terwyl ek praat.

"SPEURDER KONSTANTYN CRONJE VAN DIE SOMERSET WES SPEURAFDELING IS HIER EN HY IS DIE EEN WAT MY MAN GESKIET HET. HY IS NOG STEEDS

GEWAPEN. STUUR ASSEBLIEF IEMAND, MY MAN... MY MAN HET AL REEDS BAIE BLOED VERLOOR..."

"Ok, we will dispatch an ambulance immidiatly and I will contact the police. Our system shows your current location just outside Stellenbocsh on ZAC BOSCH WINE ESTATE. Is that correct?"

Ludwig gee 'n sagte roggel-hoes, probeer iets sê. Ek maak hom saggies stil.

"SUZAAN!?"

Ek bevestig nooit die adres met die noodoperateur nie maar kyk verskrik eerder op na die persoon wat nou my naam sê. Dit is Tasha. Sy staar af na waar ek wegkruip. Haar gesig 'n donker skadu.

"Mam? Can you confirm that this is the correct location?"

In een onverwagse beweging gryp Tasha die selfoon by my en slinger dit in die donkerte in.

"WAT DE HEL DOEN JY TASHA!? CRONJE HET VIR LUDWIG GESKIET, EK PROBEER IEMAND KRY OM TE KOM HELP!"

Dit asof sy aanvanklik nie registreer wat ek sê nie. Haar asemhaling jaag, haar optrede soos een wat aan erge skok ly. Sy kyk verwilderd rond. Meteens is dit asof my woorde tot haar deurdring.

"Ludwig?"

Ek knik. Vanaf haar staande posisie het sy hom nie agter die struik sien lê nie. Ek beweeg uit die pad sodat sy kan sien. Voel terselfdertyd weer na 'n polsslag, terwyl Ludwig nou sy hand om myne krul.

Tasha beweeg nie, maar selfs hier in die flou maanlig sien ek hoe sy verbleek.

"Maar...??"

Ek los haar in die oomblik en konsentreer eerder op Ludwig se vlak asemhaling. Ek weet waardeur sy nou gaan, haar gedagtes, die skok, die ongeloof, elke emosie.

Sy prewel iets. Ek hou my hand na haar toe uit.

"WAAR IS JOU SELFOON TASHA, ONS MOET WEER BEL! HY... HY KAN NIE VEEL LANGER UITHOU NIE!"

Ek kyk terug na waar sy nog net so versteen staan en na Ludwig staar.

"TASHA! FOKUS! EK HET JOU HULP NODIG! JOU SELFOON... GEE MY JOU SELFOON!"

Sy haal uiteindelik oor tot aksie.

"HAAL AF JOU SERP. ONS MOET DIE BLOEDING PROBEER KEER."

"Hier..."

Sy gee haar serp aan.

Ek is net op die punt om dit in 'n bondel te frommel toe ek haar stewige greep aan my arm voel.

"LOS! EN GEE JOU SELFOON TASHA!"

Maar sy hou my steeds vas.

21

Na Stefan Swart se dood het ek menigmale gewonder wat 'n mens tot moord dryf? Hoe jý as die moordenaar, jou daad kan regverdig? Is daar ooit 'n geldige rede? Hang dit in 'n meer of mindere mate af van waar jy jouself in daardie gegewe oomblik bevind? Was jy miskien waansinnig van woede, heeltemal buite jouself? Was dit 'n kwessie van oorlewing? Moes jy kies om ter wille van jouself die lewe van 'n andere te neem? Of is daar iets in ons almal se psige wat smag na die uiterste van uiterstes. Die mag oor lewe en dood?

Waar ek nou sit, weet ek al die bogenoemde in hierdié oomblik waar is vir my...

Cronje kom nou uit die kelder gestap. 'n Vuurwapen wat glinster in sy hand. Hy kyk rond, loop tot by die bloedkol waar Ludwig met die skietslag geval het. Hy buk af, kyk daarna, staan weer op, bespied die area.

Ek wil hom dood hê.

Ek weet dit met 'n sekerheid wat my bang maak vir myself.

Tasha laat los haar greep op my, fluister nou meer nugter in my oor.

"Wag hier by Ludwig. Ek sal gaan bel waar hy my nie kan hoor nie."

Sy aarsel 'n oomblik, fokus eers weer haar aandag op Ludwig. Hy lê doodstil.

"Ek... ek..."

Ek sien hoe sy haar oë toeknyp en 'n traan vinnig wegvee.

"Hou hom lewendig..." sê sy en verdwyn saggies in die donkerte agter my.

22

"SU... ZAA... N!?"

Cronje se stem bulder deur die naglig.

"SUZAAN?! WAAR IS JY?!"

Langs my lig Ludwig nou sy hand. Die beweging vat inspanning. Hy probeer iets sê.

Ek neem sy hand in myne. Leun vooroor, bring my mond tot by sy oor.

"Sjjjuuttt... skat."

Hy prewel iets onverstaanbaar.

"Jy gaan okay wees my man... Die ambulans is oppad."

"Lui... s... t... er..." Skaars hoorbaar.

"Slll... eu... tl..." hy praat met inspanning, sleep sy tong soveel so dat ek sukkel om die klanke te verstaan.

"Sleutel?"

Hy knik, knyp sy oë toe teen die pyn.

"Ve... sl... ae... Pos..."

"SUZAAAAAAAN! AS JY MY KAN HOOR, ANTWOORD MY!!"

Cronje skree dit terwyl hy soekend om die kelder en nou my die grondpad op gestap kom."

"...ie h..."

Cronje se bulderende stem oordonner Ludwig se woorde, ek sukkel om te hoor.

"SUZAAN! EK WEET WIE HET VIR JEFF MORGAN VERMOOR... EN EK WEET WAT DIE METAALSKYFIE IN DIE RUGSAK VOOR IS... KAN JY MY HOOR?!"

Dan sagter. "Deksels vroumens... waar is jy?"

Langsaam word Ludwig se greep al swakker. Hy probeer weer met 'n dringendheid iets uiter maar dié poging spoel net oor in pynvolle roggel geluid.

Duskant my in die grondpad steek Cronje nou vas.

Hy neem 'n tree of twee in ons rigting, gaan staan weer stil. Rig die wapen onbewustelik sekuur op my hart. Hy moes iets gehoor het.

Ek klou verbete aan Ludwig se hand vas, maar dit glip stadig uit myne, en dan netso is hy weg.

"SUZAAN. LUDWIG LEWE!"

Dis dié woorde wat my opruk. Wat my laat smag na die mag, daardie uiterste van uiterstes...

"NEE CRONJE!! EK HET HOM SOPAS VIR DIE TWEEDE KEER VERLOOR!!"

23

Ek storm soos 'n mank waansinnige op hom af.

"JY HET VIR LUDWIG GESKIET! HOE KON JY!? EK HET JOU NOG DIE HEELTYD VERTROU CRONJE!! JY HET STEFAN SWART SE LEWE EN JEFF MORGAN SE LEWENS GENEEM WANT JÝ IS DIE MOORDENAAR. JÝ IS DIE VRYSKUT AGENT, DIE EEN WAT AGTER DIE EBOLA-VERSLAE AAN IS!! JY HET MY... MISBRUIK! JY HET MY LAAT DINK JY GEE OM... DAT ONS..." my hart is aan flared. "HOE KAN JY SO GEWETENLOOS WEES?"

Cronje bly staan. Laat sak sy wapen stadig.

"JÝ HET JOU SIEL VERKOOP VIR NIKS CRONJE, DIE entstof IS FOUTIEF!! AL HIERDIE BLOED WAT JY VERGIET HET, AL HIERDIE HARTSEER WAT JY VEROORSAAK HET IS OP DIE OU EINDE VERNIET!!"

Ek wil nog vloek en skel maar ek kom nie verder as dit nie. Ek is meteens net bloot leeg getap, verpletter deur die goed en sleg waarin mense in staat is. Aan die eenkant Ludwig wat só onbaatsigtig opgetree het, aan die anderkant Cronje.

Ek bal my vuiste teen die trane wat nou loop. My verlies is twee dubbeld. Dit is nie net die dood van Ludwig nie, maar ook die verraad van hierdie man waarvoor ek iets begin voel het.

"Dit was nie ek nie Suzaan!"

"HOU JOU MOND CRONJE!"

Dié bevel kom van Tasha af. Sy het intussen agter my in die grondpad kom staan. Soos een, rig hul beide gelyktydig wapens op mekaar, ek bly hulpeloos in die middel staan.

"Tasha?" vra ek toe ek die wapen in haar hand gewaar.

Sonder om haar fokus te verskuif, praat sy nou met my.

"Die polisie is oppad, die ambulans ook, waar is Ludwig?"

Cronje gee 'n hoonlag.

"NOU LIEG JY MOS MEVROU BRUWER... NIEMAND IS OPPAD NIE. WAT HET GEBEUR? WOU DAAI WINDGAT-MOTORTJIE VAN JOU NIE AANSKAKEL NIE?"

"JY KAN DOEN EN Sê WAT JY WIL CRONJE. SUZAAN WEET DAT JÝ VIR LUDWIG GESKIET HET!"

Hy skud sy kop.

"DIT WAS JY!"

"SUZAAN HET JOU DIT SIEN DOEN CRONJE!!"

"BOG. SY HET MISKIEN GESIEN HOE LUDWIG VAL, MAAR SY HET NIE GESIEN WIE BINNEKANT GESTAAN EN DIE SNELLER GETREK HET NIE..."

Hy kyk onderlangs na my.

"Is ek reg Suzaan?"

Ek antwoord nie.

"SO DIT IS MY WOORD TEEN JOU WOORD MEVROU BRUWER."

"DIT WAS JY CRONJE! Ek en Ludwig het beide gesien hoe jy net oomblikke voor dit iemand se liggaam by die kelder in gesleep het... Wie was dit? Arme Lydia, of Zac?"

Sy blik beweeg vinnig vanaf my na Tasha en dan weer terug. Sy wapen nog steeds slaggereed gerig.

"Dit was Lydia. Ek het haar bewusteloos gekry. Ek vermoed sy het flou geval nadat jou vriendinnetjie hier op my losgebrand het..."

Daar is 'n mate van bewondering in sy stemtoon toe hy Tasha weer aanspreek.

"Ek moet sê mevrou Bruwer... Ek glo nie ek sal ooit weer jou gelyke kry nie. Ek het in al my jare as speurder nog nooit met só 'n slinkse persoon te doen gehad nie... Jy het hierdie ding haarfyn beplan. Weliswaar was Ludwig seker die doring in jou vlees, maar jy het jou wragtig nie van stryk laat bring nie. Jy is soos 'n kat wat elke keer weer op haar pote land..."

Vir nie die eerste keer nie, voel ek soos 'n buitestaander tussen dié twee.

"Hoekom sou sy jou wil skiet Cronje?"

"Gaan jy haar vertel mevrou Bruwer of moet ek?"

Tasha antwoord nie, sy knip net die veiligheidspen aan haar vuurwapen los en korrel na hom.

Cronje grynslag, doen dieselfde met sy eie wapen.

"Sy moes van my ontslae raak Suzaan, want ek het dinge bymekaar begin sit. Jy sien, mevrou Tasha Bruwer is eintlik 'n vryskut agent en ons moordenaar."

"AG DIT IS BELAGLIK CRONJE!" skel ek.

"Is dit...? Kom ons kyk na die feite Suzaan.

Onthou jy die dag in my kantoor toe ek gemerk het haar tekkie se veter was los? Dit het my aan die dink gekry. Ek het besluit om mevrou Bruwer se gewoontes bietjie te ondersoek. Soos jy seker weet behoort sy aan 'n gym en hierdie spesifieke klub werk op 'n inklok-stelsel. Beide die aand van Stefan Swart se moord, en die oggend toe *iemand* in jou huis kom rondsnuffel het, was mevrou Bruwer nie by die gym nie. Wat nogal vreemd is want volgens die geskiendenis op haar inklok-stelsel mis sy andersins omtrent nooit haar oggend en aandklasse nie. Jy sien die dag met die inbraak het sy nie geweet jy was tuis nie. Sy het gehoop om die Ebola verslae êrens in die huis te kry... Maar toe verras jy haar én Charles Barlow daag ook toevallig by jou deur op."

Ek kyk na Tasha maar sy knip nie 'n oog nie.

"Dan is daar die aand by die begraafplaas... Toe sy so onverwags opgedaag het. Sy was nie daar omdat Charles Barlow volgens haar die reëlings verander het nie. Dit was alles 'n skyn oproep wat sy vooraf beplan het. Sy het daar opgedaag omdat jy gesê het, jy gaan vir Charles Barlow gee waarna hy opsoek was."

"Maar..."

"Ja Suzaan, ons het na die tyd besef dit was woordspeling, maar die belangrike ding is, dat mevrou Bruwer nie dit op daardie stadium geweet het nie. Sy het gedag jy het werklik geweet wat Barlow gesoek het. Onthou niemand van ons het geweet hy was agter die Ebola verslae aan nie, net sy. Daarvandaan haar hewige reaksie oor die speelkaart in die houtboksie destyds. Sy het die storie oor die ontvoering opgemaak om jou te kry om die verslae te oorhandig. Ek vermoed toe jy net 'n houtboksie oorhandig, moes sy gedink het daar is 'n sleutel daarin, dat sy net die stoorplek moes opspoor. Maar nog voor sy kon uitvind waar, het my *surveillance* span haar opgetel en teruggebring na die begraafplaas toe. Is ek reg mevrou Bruwer?"

Sy sê nie 'n woord nie.

"Mevrou Bruwer se grootste probleem was om uit te vind of jý wel iets van die Ebola verslae geweet het. Dit was seker nogal 'n dilemma né mevrou Bruwer? Sy kon jou nie direk daaroor vra nie, want dit was veronderstel om hierdie groot geheim te wees, en wat as jy agterdogtig begin raak? Maar sy het haar kanse goed benut. Toe Charles Barlow op die toneel verskyn, het sy teruggesit en gewag dat hy, wat ook 'n vryskut agent was, al die vuilwerk doen. Al wat sy gedoen het was om Stefan Swart en Charles Barlow se name met opset te laat val en kyk wat jou reaksie was. Sou jy van hulle weet, sou dit beteken jy weet ook van die Ebola-verslae..."

Tasha loop nou tot by my. Wapen steeds gerig op Cronje.

"Kyk my in die oë Suzaan... Ek het *nie* van die Ebola verslae geweet *nie*. Ek het *nie* in jou huis ingebreek *nie*. Ek het *nie* vir Stefan Swart vermoor *nie* en nog minder vir Jeff Morgan. PUNT! Wat ek wél gedoen het was om jou meer as een maal te waarsku teen dié man. Hy wou naby aan Zac kom en hy het met jou hulp, daarin geslaag. Hý HET LUDWIG GESKIET. Jý het dit self gesê! En alles waarvan hy my sopas beskuldig het, kan ek ook om sy nek hang..."

Cronje neem tussendeur haar pratery 'n paar tree nader. Die skiet- afstand tussen hulle nou korter en meer akkuraatheid, selfs in die naglig.

"Bly stil! Altwee van julle!" roep ek verward uit. "Wat van Zac? Waar pas hy in alles? Tasha wat van die oorbel en wat jy my vertel het? En waar kry jy die wapen?"

"Dit was alles waar Suzaan! Elke woord! En ek was op die punt om die oorbel vir Cronje te gee. Maar toe ek by Zac se kantoor kom hoor ek hoe Cronje hom afpers. Solank Zac met hom wat Cronje is, die wins van die verkoopte verslae sou deel, sou hy stilbly oor Jeff Morgan se moord en nie die skuld voor Zac se deur kom lê nie! Ongelukkig vir my, het Cronje my raakgesien... Ek het probeer wegkom, maar toe skiet hý op mý Suzaan!! Zac het hom probeer keer, hy het sy eie wapen uit sy lessenaarlaai gekry, maar daar was 'n struweling. Zac se wapen het op die vloer geval en ek het dit opgetel. Hierdie is Zac se vuurwapen."

"Waar is Zac, is hy...?"

Cronje ignoreer my vraag. Gee 'n hoonlag.

"O, so jy was nie van plan om *my* te skiet en dan die oorbel op Zac plant sodat hy die blaam vir my en Jeff Morgan se dood kry terwyl jy wegkom met die verslae nie?"

"WAAR IS ZAC NOU!?" skree ek weer.

"Hy... ek... Suzaan uhmm..." stamel Cronje. Iets wat ek hom nog nooit hoor doen het nie.

"... Die ding is... Ek weet ek het jou laat dink ek gaan Zac arresteer, maar die waarheid is... ek wou eintlik net die metaalskyfie wat in die rugsak was, vir hom wys. Zac het dadelik geweet wat die metaalskyfie was. Hy het gemeen dit sou net 'n paar oproepe van sy kant af neem voor ons presies sou weet waar die Ebola verslae is. Ek het besluit om intussen bietjie aan mevrou Bruwer se motor te karring. Net om te verseker dat sy nie intussen die pad vat nie. Sy was vroeër so gretig om hier weg te kom, onthou? Maar toe brand sy op my los en sy lieg. Daar was geen struweling in Zac se kantoor nie. Die wapen is haar eie."

"So hy is ongedeerd?"

Nie een van die twee antwoord my nie want meteens verander die naglig om ons 'n skakering van rooi en blou. Die polisiewa en ambulans kom met die grondpad opgery. Toe die hoofligte van die polisiewa verklap wat op hul wag, loei die sirene waarskuwend en twee gewapende konstabels spring terselfdertyd uit.

"DROP YOUR WEAPONS!"

Tasha gehoorsaam sonder om te skroom, maar Cronje bly net so staan.

"KONSTABELS! EK IS SPEURDER CR..." begin hy, maar een van die jong polisiemanne onderbreek hom.

"WE DO NOT CARE WHO YOU ARE SIR!! YOU WERE ASKED TO DROP YOUR WEAPON. PLEASE OBEY THE ORDER..."

Agter die konstabels kom twee van die paramedici nou haastig nader gedraf. Groot noodhulpsakke hang swaar van hul skouers af. Hul kyk aandagtig rond.

"Waar is die pasiënt?" vra een.

Dieselfde konstabel wat Cronje beveel het om sy vuurwapen te laat sak, kyk vraend in my rigting.

"Are you the lady who made the call?"

Ek knik net.

"Hy... hy lê daar. Maak gou asseblief!" antwoord Tasha en sy draf vooruit terwyl die medikusse haastig agter haar aandraf.

"Dit help nie." probeer ek nog verduidelik maar die nuus val op dowe ore.

Intussen het Cronje steeds nie 'n voet versit of sy wapen laat sak nie.

"STOP HAAR! SY IS DIE HOOFVERDAGTE IN 'n MOORDONDERSOEK!" bulder hy.

Hy maak 'n poging om haar agterna te sit. Albei konstabels waarsku hom om te stil te staan, maar hy ignoreer hul bevele.

Hul is op hom soos blits.

In een baie goeie vooraf geoefende spanpoging, skop die een konstabel Cronje se voete onder hom uit terwyl die ander sy wapen by hom afvat.

Cronje sloeg neer.

"WAT DE DOND...?!"

"SIR YOU WERE WARNED SEVERAL TIMES TO ADHERE TO OUR COMMANDS BUT YOU REFUSED TO CO-OPERATE. YOU ARE NOW UNDER ARREST FOR IGNORING..." die res van die konstabel se woorde raak weg onder die geskop en gebulder van een brullend en briesende Cronje.

"LOS MY UIT! KLIM VAN MY AF!! WIE DE HEL DINK JULLE IS JULLE!? DAARDIE VROU..."

Albei konstabels ignoreer met kalmte en in beheer sy verdere geskel. Die een wat reeds wonderbaarlik daarin kon slaag om die massiewe hande van Cronje agter sy eie rug bymekaar te maak, boei hom terwyl die ander konstabel nou na my bokant Cronje se geswet roep.

"IS THIS THE MAN? THE ONE WHO YOU SAID SHOT YOUR HUSBAND?"

Ek kyk na Cronje waar hy nou in die grondpad gesig in die stof lê. Agter my skyn die hoofligte van die polisiewa nog helder. Die stofwolk wat hy om homself opgestop het, sak sigbaar om hom neer.

"Dit is ja, maar ek..."

Die konstabel luister nie verder nie. Hy beduie aan die ander een wat Cronje aan die boeie ophelp om hom in die polisiewa te laai.

"Sê IETS SUZAAN! VERDOMP! TASHA GAAN MET MOORD WEGKOM! KOMAAN JY KEN MY. DIT WAT TUSSEN ONS IS..."

Met weerstand en 'n gevloek en geskel sleep hulle Konstantyn Cronje by my verby.

Ek kyk hoe hulle hom agterin die polisiewa inlaai. Ek maak

geen poging om hulle te keer nie.

"Mam. I need to ask you a few questions before we book him. Do you want to wait to hear from the paramedics regarding your husband first or can I go ahead?"

Ek kyk in die rigting van die struike, sien die skaduwees van die paramedici oor Ludwig se liggaam buk.

My hart krimp inmekaar. Ek weet Ludwig is dood. Ek wil huil, maar die trane kom nie. Vanuit die vangwa is dit ook nou skielik stil.

"Nee, dit is reg konstabel. Ek sal eers jou vrae beantwoord..." prewel ek.

Die konstabel haal 'n klein sakboekie uit sy hemp se bo-sak.

"Okay then. Let's start. According to your emergency call ..."

Hy hou op met praat toe ons albei die voeteval in die grondpad hoor aankom.

Dit is Zac.

"SUZAAN!" roep hy toe hy my raaksien. Hy hou aan met hardloop tot by ons.

"And you are?" vra die konstabel met 'n frons op sy gesig.

Zac ignoreer hom eers. Hy probeer sy asem terugkry, buk vooroor, kom weer regop.

"Wat is hier aan die gang Suzaan?"

Die konstabel maak sy keel skoon.

"Excuse me. Sir...?"

Asof iemand 'n skakelaar aangesit het, skakel Zac eensklaps oor na sy besigheids-persona. Hy steek 'n hand na die konstabel toe uit, vra terselfdertyd met onderlangse agterdog. "Vir wat het jy die polisie gebel Suzaan?" en forseer dan 'n glimlag op sy gesig voor hy aan die konstabel sê, "Good evening constable. I am Zac Bosch. Owner of the farm."

Die konstabel skud sy hand.

"Good evening mister Bosch, there has been a shooting..."

"Ek weet. Ek het die skote gehoor. Ek het sopas die hele

opstal deursoek maar daar is niemand nie, Suzaan? Wat het gebeur?"

"This lady's husband was shot! Paramedics are curr..."

Zac luister nie verder na wat die konstabel te sê het nie.

"Wat bedoel hy met jou man? Suzaan! Antwoord my, waar is Cronje en Tasha?"

Cronje moes Zac se stem gehoor het want nog voor ek enige iets kan begin hy kliphard vanuit die agterkant van die vangwa skel. Maar dit is verniet. Die konstabel agter die stuurwiel het reeds die motorenjin aangeskakel en oomblikke later ry hy met Cronje agterin die vangwa weg.

"Now if we can please get back to what happened here tonight..." beveel die konstabel en slaan sy sak-boekie weer oop.

24

Langs my staan Zac nou gespanne en stil.

Ek het my weergawe van die skieterye kort gehou. Niks genoem van Jeff Morgan wat minder as 24 uur gelede hier op die plaas vermoor is nie. Niks van die Ebola verslae nie.

"Ek het net die skoot hoor klap en toe sien ek my man val. Speurder Cronje het 'n paar oomblikke later by die kelder uitgestap gekom met die vuurwapen in sy hand... Tasha, ekskuus, mevrou Bruwer het die wapen in sy hand gesien en haar eie wapen op hom gerig om my te beskerm..."

"Did you know miss Bruwer carried a gun?" het die konstabel my gevra.

"Nee."

"Do you know what detective Cronje was doing inside the cellar?"

"Nee."

"Do you know why detective Cronje would have wanted to shoot your husband and do you know where Miss Bruwer was at the exact time of the shooting?"

"Nee en nee."

"And your lady friend can collaborate all this?"

"Ja."

Vir eers tevrede met die inligting slaan die konstabel sy sakboekie toe.

"Maybe you would like to be with your husband now?" vra hy 'n tweede keer. Maar ek skud my kop. Die konstabel kyk my vreemd aan, skud sy kop en stap dan weg om Tasha se verklaring volgende te neem. Oor die afstand is hulle almal net donker

buitelyne wat rondbeweeg.

"Ek skuld jou 'n verskoning Zac. Ek het jou verkeerdelik beskuldig van baie dinge..." sê ek sonder om na hom te kyk. "Maar ek wil ook hê jy moet weet Tasha het my die waarheid oor jou vertel."

Uit die hoek van my oog sien ek hoe hy frons.

"LUDWIG? REGTIG?" antwoord hy in reaksie.

Ek knik, gewaar arme Lydia wat by die kelder uitgestrompel kom. Iemand haas hul na haar en nie te lank daarna nie, raak ek bewus van iemand wat deur die ruigtes verby my en Zac na die ambulans beweeg. Ek voel die trane in my opstoot toe die ambulans kort daarna stadig wegry. In die plek daarvan sou die lykswa seker binnekort opdaag.

"Ludwig het gesê dat hy geen ander keuse gehad nie Zac. Selfs nadat hy vir Charles Barlow vertel het van die foutiewe berekening en dat die entstof nooit sou werk nie. Hy het sy eie kamstige dood versin om my en die kinders en selfs vir jóu te beskerm... Alles verniet!! Nou is hy dood, *regtig* dood, die vryskut moordenaar is toe eintlik Cronje... En na al hierdie gemors sal ons in elk geval nooit weet wat van die verslae geword het nie."

Ek begin onbeheers huil.

"Bel die mediese navorsingsmaatskappy *asseblief!* Bel hulle nóu dat hierdie ding vanaand nog kan stop."

Zac lyk verslae. "Foutiewe berekening... Met ander woorde die entstof sou nooit die lig gesien het nie?"

"Presies!"

Dit neem hom 'n tydjie om die nuus te verwerk. Hy knik verslae. "Ek het uitgevind waar Ludwig die verslae gestoor het. Ons kan dit gaan haal en 'n einde hieraan bring. Kan ek net eers..." hy beduie na waar die donkerbuitelyne van mense om Ludwig staan.

Ek knik, maar met dit kom die konstabel haastig nader gestap. Bekommernis op sy gesig.

"Have any of you seen Miss Bruwer? She isn't with the paramedic's anymore. She said she would fetch something they needed from the ambulance but she hasn't returned."

Hy kyk verby ons, frons.

"Where did the ambulance go?"

Dit tref my soos 'n slag.

Die figuur en die ambulans wat weggery het. Dit was Tasha!

'n Verlammende vrees oorval my. Dit is asof my onderbewuste deur die afgelope gebeurtenisse op die plaas flits en alles meteens in plek val.

"EK MOET BY DIE HUIS KOM. SY IS OPPAD DAARHEEN!"

Beide Zac en die konstabel kyk my verward aan.

Ek kry Zac aan die arm beet, trek hom in die opstal se rigting.

"KOM! Ek sal oppad verduidelik!! Maak gou Zac!!"

"EXCUSE ME! WHERE DO YOU THINK YOU ARE GOING?"

"Ek was verkeerd oor speurder Cronje, konstabel. Asseblief julle moet hom vrylaat. Ek ... ek het sy hulp nodig!" roep ek terug oor my skouer terwyl ek en Zac ons na sy motor haas.

25

"VERDEKSELS! Daar was net 3 mense wat van die sleuteltjie by my huis geweet het. Ek, Jeff Morgan en Tasha!!"

"Ek verstaan nie Suzaan?"

"Vroeër vanaand het Ludwig genoem hoe hy na die geskietery in die supermark nooit kon uitvind wié die tweede vryskut agent was nie. Die een wat Stefan Swart geskiet het. Volgens hom het niemand ons ooit agtervolg nie. Maar tog het dit gelyk of hierdie persoon altyd kennis gehad het van gebeure, plekke, soos die feit dat ek hier op die wynplaas sou wees. Omdat Tasha deel was van ons vriendekring het hy haàr nooit verdink nie... Die aand toe ek 'n koffer bo uit my kas haal om klere te pak vir ons kuier hier by jou, het ek toevallig 'n sleuteltjie ontdek. Omdat ek nie geweet het waarvoor dit was nie, het ek dit op die bedkassie in my kamer gelos. Gisteraand het ek hierdie sleuteltjie in my gesprek met Jeff Morgan genoem. Ek het gesê dat ek geen idee het hoe dit bo in die kas beland het of waarvoor dit was nie. Maar hý het geweet... Onbewus daarvan dat Jeff Morgan en Tasha mekaar ken, het ek later aan haar dieselfde ding genoem... En nou dat ek terugdink, die manier hoe sy die metaalskyfie se nommer oor en oor herhaal het. 245, 245... Dit moes iets vir haar beteken het."

"Dit is die nommer van die privaat posbus waar Ludwig die verslae gehou het,." begin Zac verduidelik. "Toe Cronje my die metaalskyfie wys het ek dadelik geweet wat dit is. Die POSTNET in Somerset Wes het oor die 400 eenhede. Nommers 200 tot 400 word ten duurste uitverhuur. Dit het 'n enkel-sleutel om die privaatheid van die inhoud te verseker. Die posmeester het nie toegang tot die eenhede nie. Net die eienaar. Ek weet, want ek het al self belangrike dokumente wat ek nie op die plaas wou hou nie, daar gaan stoor."

"Ludwig moes die sleuteltjie bo in die kas weggesteek het."

"Genade Suz! En nou weet Tasha waar die sleutel is en in watter posbus om te soek... Maar dink jy regtig Tasha is 'n vryskut agent?"

"Dit is die enigste verduideliking vir haar optredes Zac..."

Zac draai van die grondpad af regs in die rigting van die R44.

Die teerpad lê oop voor ons. Zac sit voet in die hoek. Ons ry ver bo die spoedgrens. Vir my voel dit nog steeds te stadig.

Ek noem hoe ek die spanning tussen Jeff Morgan en Tasha se aanvanklike ontmoeting verkeerdelik interpreteer het. "Ek het gedag dat hý dalk die persoon was waarvan sy my eenkeer vertel het, die liefde van haar lewe wat sy verloor het. Maar intussen was dit omdat hulle mekaar herken het."

Ek sien die manier hoe Zac hieroor frons. Dit lyk asof hy iets wil sê, maar ek val hom in die rede.

"Leen my jou selfoon. Ek moet my ma bel. Haar waarsku."

Ek probeer eerste haar nuwe selfoon nommer. Niks. Net soos voorheen.

Volgende skakel ek die huisnommer. Daar is nie antwoord nie.

Zac sien die bekommernis op my gesig. Die vrees wat dreig om my te oorval.

Ek tik Zelia se nommer volgende in. Sy antwoord na die derde lui.

"Hallo?"

"Zelia, dit is mamma. Ek bel van oom Zac se foon af. Waar is julle, is almal veilig?"

"Hoekom, wat is fout ma?" vra sy effe agterdogtig.

"Dit is niks om jou oor te bekommer nie skat, maar ek *moet dringend* met ouma May praat."

In reaksie gee sy my 'n *wel-dan-traak-dit-my-in-elk-geval*

-nie-agtige-sug. Ek hoor hoe sy in die gang af loop, iets mompel voor my ma se stem in die agtergrond opklink.

"Skoert! Ek kyk my sepie..."

"... maar ma sê dit is dringend ouma..."

Ek hoor hoe die televisie se volume in die agtergrond harder gestel word.

"...Sê vir haar ek wil nie nou met haar praat nie. Alles gaan nog hunky-dory hier. Sy moet haarself geniet."

Die tv se volume gaan nog 'n stelling hoër. Zelia is terug op die lyn.

"Sy... sy kan nie nou met ma praat nie... Moet ek vir haar iets sê?"

Ek swets onderlangs.

"Zelia. Ek weet wat ek nou gaan vra klink na 'n vreemde versoek... maar as Tasha daar by die huis opdaag, moenie vir haar die deur oopmaak nie... Dit maak nie saak wat sy sê nie. Jy hou daardie deur gesluit. Verstaan jy my? En ek wil hê jy moet die sleuteltjie wat klein Benna amper ingesluk het vir ouma May gaan gee. Sê vir haar sy moet dit aan haar hou... Moenie dat..."

Ek hoor die skielike harde geklop aan die deur in die agtergrond.

"ZELIA!! OUMA MAY!! MAAK OOP!"

Dít is Tasha se stem.

Ek snak na my asem.

"ZELIA JY MAAK NIE DAARDIE DEUR OOP NIE!"

Daar is 'n steurnis op die lyn, asof Zelia haar selfoon van haar oor af wegvat, nietemin hoor ek nog steeds haar opmerking.

"O FLIPPIT! WAT SOEK 'n AMBULANS VOOR ONS HUIS!"

Weer die gehamer teen die deur.

"ZELIA? OUMA MAY!!? MAAK OOP!" ek hoor die kamstige benoudheid in die manier hoe Tasha roep en ek voel hoe my bloed kook.

"ZELIA! LUISTER NA MY! GAAN KRY DIE SLEUTEL.

MOENIE DAT TASHA..."

Die slag wat deur die selfoon klink is so hard dat ek die selfoon van my oor wegruk.

Langs my rek Zac se oë yslik groot. "Wat was dit?!"

"SY PROBEER BY DIE DEUR INBREEK! RY ZAC RY!!"

Ek druk die selfoon weer teen my oor.

"ZELIA!? ZELIA IS JY DAAR? WAT IS BESIG OM TE GEBEUR?!"

Op die hoek by die Lord Charles Hotel, draai Zac so vinnig van die R44 af dat hy amper die motor omgooi.

Op die agtergrond hoor ek hoe Zelia benoud gil. Êrens dieper in die huis hoor ek my ma swets, klein Benjamin wat ook aan die huil gaan.

"AS JY EEN HAAR OP EEN VAN HULLE SE KOPPE RAAK, MOOR EK JOU MET MY KAAL HANDE!" Skree ek in die gehoorbuis in asof Tasha my kan hoor.

"Wat dink jy doen jy Tasha?!" hoor ek my ma skree.

"GEE PAD VOOR MY OU VROU! ZELIA WAAR IS DIE SLEUTEL, DIE EEN WAT JOU MA BO IN DIE KAS GEKRY HET?"

Ek kan Zelia se angsbevange snikke duidelik hoor. Benjamin wat nog harder huil.

"ANTWOORD MY! WAAR IS DIE FLIPPEN SLEUTEL-TJIE?"

Ons is nou halfpad teen die bult op, nog net voor by die stopstraat regs draai, dan weer die eerste straat links... Amper daar!

"EK VRA NIE WEER NIE!!"

Tasha se stem wat nou soos die van 'n waansinnige deur die gehoorstuk kom.

Daar is 'n slag. My ma wat "VOETSEK!" skree. Zelia wat onophoudelik gil.

"Mevrou Bruwer, wat is aan die gang?"

Dit is 'n vreemde mansstem wat die vraag vra.

"NEE!" hoor ek my ma benoud roep.

Daar is klanke soos die van 'n struweling. Glas wat breek, iets hards wat die vloer tref.

"PASOP..." My ma se stem.

Die skoot breek deur die stilte in die straat. Voor my kom ons huis uiteindelik in sig. Die voordeur staan wawyd oop. Die ambulans waarin Tasha hierheen gery het, staan voor in die straat, die ligte wat rooi aan en af flits.

Ek is by die motor uit nog voor Zac behoorlik kan stop.

"ZELIA?! MA?!"

Die laaste paar tree by die oprit op voel soos die langste tyd in my lewe. Ek sukkel mank, onbeholpe, stadig. Zac storm by my verby. Hy steek skielik vas in die voordeur. Bly net daar staan.

Ek roep desperaat agterna.

"ZAC...WIE, WAT? ZAC??"

Hy antwoord nie. Hy kyk nie eers in my rigting nie. Hy sak net daar op die plek stadig af met die deur teen sy rug en wag...

26

Dit was toe een van die manne wat Cronje aangestel het om die huis te patroleer wat vir Tasha plat getrek het. Hy het die ambulans by ons straat sien opry. Toe hy die vrou agter die stuurwiel sien uitklim en soos 'n waansinnige aan die voordeur hamer het hy geweet daar is fout. Hy het vir Cronje op sy selfoon probeer skakel maar die jong konstabel wat geantwoord het, het gesê Cronje word tans op aanklag van 'n moord ondervra.

Hy het gesien hoe die vrou toe die venster langs die voordeur stukkend breek en daardeur klim. Eers toe hy self in die huis was, het hy haar erken as my vriendin, Tasha Bruwer.

Intussen het Tasha besef dat haar kanse om met moord en die Ebola verslae weg te kom op 'n einde was. Daar was dié keer geen verduideliking wat sy kon gee wat haar optrede sou regverdig nie. Sy het in 'n laaste desperate poging om haarself te red na die man se pistool gegryp en 'n skoot afgevuur. Sy het gehoop dit sou haar genoeg kans gee om te vlug, maar dit het nie. En gelukkig was niemand in voorval raak geskiet of ernstig beseer nie.

**

Twee ure later

Ek sit aan die anderkant van die eenrigting glas terwyl Cronje vir Tasha ondervra.

Nadat Zac persoonlik met die bevelvoerder van die Stellenbosch polisiestasie gepraat en die hele situasie verduidelik het, het hulle Cronje laat gaan. Van daar is Tasha na die Somerset Wes polisiestasie gebring. Ek, Zac en Cronje het in Zac se motor gevolg.

Die ondervragingskamer waarin Cronje en Tasha nou sit is dieselfde vertrek waarin Cronje my destyds van Stefan Swart se moord beskuldig het. Ironies genoeg is ek selfs hiér op die einde nog steeds die een wat buitekant staan en inkyk. Ek besef nou dit was van die begin af 'n skaakspel tussen hom en haar. Ek was maar net die pion wat hulle, volgens hul kat en muis speletjie rond gemanupileer het.

Tasha lyk sleg. Dit is asof ek na 'n wild vreemde mens staar. Die masker van bedrieglikheid wat sy so goed gedra het, het uiteindelik afgeval. In die plek daarvan wys die ware kleure van die psigopaat.

"Julle almal het dit verkeerd! Ek kan nie 'n hel omgee oor die geld, of die verslae nie, en ek was nooit die een of ander vryskut agent nie!! Ek wou net wraak neem. Ek wou Zac duur laat betaal vir wat hy aan my gedoen het..."

Sy gluur in die eenrigting glas in, aan haar kant, 'n spieël in. Langs my sien ek hoe Zac verstyf. Dit is asof haar blik hom bereik. Asof sy hom regtig voor haar kan sien.

"Nadat jy daardie aand ingetree het om my en my ma teen my pa te beskerm het ek alles vir jou gedoen! Dit was ek en jy teen die wêreld Zac... Kon jy dan nie sien hoe lief ek vir jou was nie!? Jy was my held. Na jou pa homself dood gesuip het en jou ma elke tweede maand met 'n ander man in 'n verhouding was, was dit ék wat daar was vir jou, nie iemand anders nie, ék!! Ek het oor die jare gesien watse slegte invloed jou ma op jou was. Sy het jou nie genoeg aandag gegee nie. Sy het jou nie soos ek waardeer en gekoester nie. Sy was nooit daar vir jou gewees nie..."

"SY WAS DAAR VIR MY. SY WAS NET BESIG OM TE WERK, KOP BO WATER TE HOU..." sis Zac asof sy hom kan hoor.

"Ek het haar een aand ingewag..."

Zac snak na sy asem.

"Ek het haar mooi laat verstaan dat sy jou nie verdien het

nie, dat ek in die toekoms na jou sou omsien... En toe het ek haar laat *verdwyn*... vir jou Zac..."

Daar is 'n sieklike trots in die manier hoe sy nou na al die jare, die moord op Zac se ma vir haarself toe-eien. Sy glimlag ingenome met haarself.

Zac vou nou bo-oor, 'n droë naar geluid wat uit sy keel kom.

Ek steek 'n troosende hand na hom toe uit, maar ek is self oorbluf. Die ommeswaai in haar optrede grens amper aan bisaar.

Tasha verskuif haar blik terug na Cronje wat oorkant haar sit.

"Ek het deur my ou vennote en kontakte gehoor dat daar sprake was van een of ander geheime ondersoekspan. Dat jý simpel genoeg was om die stories oor Zac en die wapensmokkelary en spioenasie te glo... Ek het van die Ebola verslae geweet. Die dag toe Zac dit met Ludwig bespreek het was ek toevallig ook op die plaas. Ek wou by Zac kom inloer. Ek het buitekant sy kantoordeur gestaan en alles van daardie telefoongesprek gehoor. Ek het agterna oor industriële spioenasie en die mediese navorsing van die Ebola virus gaan oplees, en so het die plan in my kop begin posvat..."

Langs my sê Zac nou sag.

"Sy het deur die jare haarself aan my opgedring. Ek het oor en oor laat verstaan dat ek nie dieselfde oor haar gevoel het nie. Ek het haar hart gebreek Suzaan. Ek moes... ek moes..." hy skud sy kop in ongeloof.

Tasha se stem kom gevoelloos, amper half blikkerig deur die inluister-boks teen die muur.

"Toe Charles Barlow opdaag, het ek hom laat begaan en my kans net afgewag. Stefan Swart se dood? Dit was ék! Ek het daardie aand 'n knal demper gebruik en hom geskiet. Die spesiale lading wat die forensiese span gevind het was bedoel om jou belaglike vermoedens oor hom verder aan te wakker, en dit het Cronje! Ek het die wapen ook vir jou daar gelos, maar ek... ek het nie geweet dat Ludwig nog gelewe het óf dat hy ook daardie aand by die supermark was nie..."

Sy kyk weer op in die spieël in, dié keer na my. Ek voel die rilling wat deur my lyf gaan.

"Ek... ek het nie geweet van Ludwig nie Suzaan. Dít moet jy glo. Toe hy vanaand by die kelder ingestorm het... Ek... het so groot geskrik, ek... ek het net geskiet..." Trane stroom vir 'n wyle oor haar gesig.

Ek verwonder my aan haar skielike kamstige skuldgevoelens.

Dit is seker maar die psige van 'n versteurde mens. Of speel sy vir empatie?

Sy kyk af na haar hande.

"Jeff Morgan was ook 'n... fout. 'n Ongeluk. As die simpel man net na my geluister het, maar nee... Toe moet hy my mos staan en dreig..."

Sy skud haar kop, gooi 'n sliert van haar deurmekaar hare oor haar skouers, lig haar ken. "...En niemand dreig vir Tasha Bruwer nie."

Sy verwag reaksie uit Cronje, maar daar is niks. Hy wag geduldig tot sy voort gaan.

"Jeff Morgan het my die aand van die wynproe erken. Ek het eendag by die mediese navorsingsmaatskappy gaan rondsnuffel, ek wou so veel as moontlik uitvind oor die Ebola navorsing. Hy was daar. Ek het gemaak asof ek 'n verslaggewer was, maar hy was van die begin af agterdogtig oor my. Hy het bly vrae vra. Dinge soos waar ek my inligting oor die navorsing gekry het. Maar in elk geval... Dié aand by die wynproe het die swaap gesê dat ek hom by die fermentasie kelder moet ontmoet. *"Ek weet nie met watse scheme jy besig is nie mevrou, maar ek gaan vir Zac Bosch van jou vertel."*

Tasha maak 'n hoon geluid. "Ga! Verbeel jou!... Ek het om uit die ding probeer praat, gelieg en gesê ek was net destyds by die maatskappy om seker te maak niemand doen Zac in nie. Ek het hom gewaarsku om stil te bly... Maar hy wou nie. Hy het by my probeer verby kom, gedreig om Zac net daar en dan te gaan sê... Soos jy self weet is die loopplanke wat oor die kuipe lê nie baie breed nie. Ek het hom net probeer keer, dis al... Maar... Ons... daar was 'n gestamp en gestoot en toe val hy *ploemps per ongeluk in die kuip in."* sy sê die laaste deel met 'n effense krul om haar mondhoeke. Asof sy eintlik tog geniet het om hom te sien inval.

"...Ek het agterna iets tussen my rok en vel voel krap, dit was Jeff se oorbel wat in die gestoeiery tussen ons uitgeval het. Toe Suzaan daarop aandring dat Zac sy hemp vir my leen, het ek die oorbel in sy bo-sak gegooi. Ongelukkig het jý hom nie deursoek nie. Toe moes ek maar 'n ander plan daarmee maak... Jy moes Suzaan se gesig gesien het toe ek dit vir haar wys. Sy was maar nog altyd naief."

Sy vertel dit alles met 'n koue presiesheid.

Toe sy klaar is en Cronje nie reageer nie, staan sy op, trek haar klere reg en skiet hom 'n ysige blik.

"Die ding is... jý het niks op my nie Cronje. Ek het sopas alles erken. Maar te danke aan Ludwig wat die wapen en skoene daardie aand in die motor geplant het, is Charles Barlow reeds skuldig bevind vir Stefan Swart se moord. En jý weet hoe werk ons landswette. Jy kan nie nóu terugdraai en sê jy het 'n fout gemaak nie. Nié net is jou reputasie dan vir ewig daarmee heen nie... O, nee... Dink net watse swak refleksie dit gaan wees op die polisiediens, die forensiese deskundiges, ons regstels... Die media sal 'n *royal time* hê met die hele ding... Dieselfde geld vir Zac se ma se dood. Dit is meer as 27 jaar terug, ek twyfel of daar nog 'n dossier is. Onthou as 'n oud-prokureur weet ek hoe dokumente net om een of ander rede *spoorloos kan verdwyn...* Oor die geskietery op die plaas hoef ek ook nie te bekommer nie. Zac sal niks sê nie. Hy kan nie die media sensasie bekostig nie, en die feit dat ek vir Ludwig geskiet het..."

Sy staan 'n oomblik met haar hand op die deur se handvatsel. Grinnik.

"'n Mens kan nie 'n dooie mens weer dood maak nie, kan

jy…?"

Sy maak die deur oop. 'n Selfvoldane glimlag op haar gesig.

"Jy het ook niks op my ten opsigte van Jeff Morgan nie… Dit was 'n ongeluk, ek het dit sopas erken. Hoé gaan jy die teendeel bewys? My planne om Zac te ruineer het nie gewerk nie, *so what? No harm no foul.* Dus, as daar niks anders is nie?"

Sy draai haar kop na die eenrigting spieël, knip-oog vir ons, gooi haar kop agteroor en loop uit.

Cronje keer haar voor in die gang.

Ek en Zac wat soos blits by die afluister-kamer uit is, is agter hulle aan.

"CRONJE! WAT DE DUIWEL!!?" roep Zac geskok. Maar Cronje maak hom stil.

"MEVROU BRUWER!" roep hy kliphard. 'n Hele aantal polisielede en van die publiek se oë is nou op ons.

Tasha gaan staan stil, draai om.

"Wat Cronje?"

"Jy is reg… oor alles. Ek het geen konkrete bewyse nie. Die regstelsel faal my en meneer Bosch en selfs vir Suzaan. Jy was slim… Die ding is net…"

Hy neem 'n paar tree nader aan haar.

"Ék was daar in die kelder. Ék het gesien hoe jy vir Ludwig skiet. En al mag jy reg wees oor die wetgewing, het ek wél dit…"

Hy druk sy hand in sy sak, haal 'n deurskynende plastieksak met 'n selfoon daarin uit en swaai dit onder haar neus rond.

"Dit is joune…"

"Ek kan dít sien. Wat daarvan? Ek het dit inhanding toe julle my vanaand in hegtenis geneem het…" Sy hou haar hand uit en wag dat Cronje dit oorhandig.

Hy doen nie.

"Ek het jou selfoon laat plot mevrou Bruwer. Weet jy wat dit beteken?"

Vir 'n breukdeel van 'n sekonde sien ek die skrik op haar gesig. Maar dan is dit weer weg. Sy bly staan, sê niks verder nie.

"Dit beteken ek kan sien na *wie* en *wanneer* jy oproepe gemaak het. Elke liewe nommer, die tydsduur van elke oproep, ja selfs *al* die oproepe wat jy na die tyd van jou uitgaande oproeplys uitgevee het... Ek het dit laat doen nadat ons die metaalskyfie in die rugsak ontdek het... En raai wat?"

Cronje gee 'n triomfantelike grinnik.

"Jý het navrae geskakel om al die eienaars van omliggende Postnet besighede se privaat selfoon-nommers in die hande te kry. Jy moes uitvind watter Postnet 'n hoë getal privaat posbusse aanhou. Jou laaste oproep was na die bestuurder van Postnet Somerset Wes. Hy het bevestig dat jy hom geskakel het. En dat hy genoem het hy het 400 eenhede op sy perseel. Jy was blykbaar baie bly oor die nuus. Jou verskoning was dat privaat posbus 245 aan jou behoort het maar dat jy as gevolg van 'n onlangse motorongeluk aan geheueverlies gely het. Jy kon dus nie onthou by watter perseel jou eenheid was nie, maar dat jy nou uiteindelik die inhoud van die posbus nog vanaand sou optel."

"So, wat daarvan Cronje?"

"Die eienaar het ook genoem hoe hy weet die eienaar van privaat posbus 245 nie aan 'n vrou behoort het nie, maar wel aan meneer Louw, Ludwig Louw. Blykbaar het hulle elke maal as Ludwig die verslae gaan stoor het 'n geselsie aangeknoop."

Tasha word wasbleek in haar gesig.

"Jy is vas mevrou Bruwer. Ek het jou!"

Meteens lui Zac se selfoon. Hy antwoord nie dadelik nie. Daar is 'n finaliteit in die manier hoe hy haar eers aangluur voor hy uiteindelik omdraai en wegstap om die oproep te neem.

Ek bly versteen staan terwyl sy soos 'n angsbevange kind agter hom aanroep.

"ZAC! NEE! ASSEBLIEF MOENIE MY LOS NIE!"

Cronje beduie vir die naaste konstabel om haar te boei en weg te neem. Daarna fokus hy op my.

"Is jy okay?"

Ek weet nie wat om te antwoord nie.

Aan die eenkant is ek bly dat hierdie nagmerrie uiteindelik verby is.

"Nie een van ons lewens sal ooit weer dieselfde wees nie Cronje..."

Hy knik, staar my aandagtig aan. Gly een van sy reuse hande oor my arm. Neem my hand in syne.

Hy lig my ken versigtig.

"Suzaan ek weet hierdie is dalk nie die regte tyd nie maar ek..."

Zac onderbreek hom. Hy storm op ons af, gryp my aan die arm, mik met gretigheid na die uitgang.

"Dit was die hospitaal wat gebel het. Dit is Ludwig. Hy lewe nog Suzaan! Die paramedici wat by die plaas opgedaag het, het vinnig genoeg opgetree. Toe hulle agterkom Tasha is weg met die ambulans het hul hom *ge-airvac* Vergelegen toe. Hy is baie swak en die dokters is besig om op hom te opereer. Maar dit lyk positief. Kom! Ons moet by die hospitaal uitkom!!"

Terwyl ons by die deur uitstorm voel ek hoe Cronje se oë my bly volg. Ek kyk terug oor my skouer. Daar is 'n hartseerheid oor sy gesig geëts, asof hy op die punt staan om iets kosbaar te verloor.

"Dankie Konstantyn..." prewel ek oor die afstand tussen ons. Hy knik, trek sy hand deur sy deurmekaar bos krulhare en draai weg. Ek loer vir oulaas af na die onpaar verskillende kleure sokkies wat hy aan het. Dan haas ek my na die hospitaal waar Ludwig en my toekoms wag.

EPILOOG

’n Maand nadat Ludwig uit die hospitaal ontslaan is, het ons as gesin, by Zac op sy wynlandgoed gaan kuier. Ludwig het volkome herstel en dit lyk asof my angsaanvalle vir eers iets van die verlede was. Zac het op die einde met die mediese navorsingsmaatskappy in verbinding getree en hul die slegte nuus meegedeel. Die Ebola entstof sou as gevolg van die fout in die formule vir eers nie die lig sien nie. Gelukkig was hy nog steeds bereid om ’n groot bedrag vir die nuwe navorsing te skenk. Verder as dit wou hy nie weer betrokke raak nie.

Tydens een van ons menige luilekker geselsies het my ma ondiplomaties en sonder skaamte vir Zac direk oor sy rykdom uitgevra.

Hy het verduidelik dat hy na sy eie ma se dood sy skool loopbaan klaar gemaak het en daarna hul huisie verkoop het. Hy het die geld gaan belê.

“Ten spyte van my pa se destydse gedrinkery het die wynmaak-bedryf my nog altyd fassineer. Wynmaak is ’n kreatiewe skeppende werk. Daar is *geen* tegnologie betrokke nie. Dit neem tyd en geduld. *There are no shortcuts.* Mense mag dalk *drones* vlieg en planne maak om op Mars te gaan bly, maar ongeag al hierdie tegnologiese vooruitgang, bly die wynmaak proses deur al die eeue nog altyd dieselfde. Op die einde bepaal die natuur die pas en die eindproduk. Ek het tussendeur my studies sonder vergoeding op wynplase gaan werk. Kennis opgedoen, geheime geleer. Onsaglik hard gewerk. Die laaste plaas waarop ek gewerk het, het aan die Walser-familie behoort. Die boer het my passie vir die bedryf raak gesien. My toegelaat om van sy druiwe te gebruik en so onder sy wakenende oog en leiding het ek my eerste oes gebottel. Die boer het dit onder sy eie naam *Walser-wyne* bemark en my ’n klein fooitjie van die totale verkope gegee. Ek sou eers later na sy dood uitvind dat hy die al daarop volgende wins van die wyne wat ek gemaak en wat hy gebottel en verkoop het vir my in 'n bankrekening belê het. Hy het self drie dogters gehad, maar nie een van hulle het belangestel in die boerdery nie. Ek het die plaas teen 'n belaglike prys by hulle oorgekoop en só het Zac Bosch wynlandgoed begin."

Later daardie aand terwyl ek en Ludwig buitekant op die stoep sit, dink ek weer oor alles wat met ons gebeur het.

Die lewe is maar bietjie soos 'n wynmaak proses. Ons word beïnvloed deur waar ons geplant is, deur die lewens-winde wat deur ons wingerde kom waai. Dié storms wat ons trotseer, die koue, die droogtes. Dit pars ons. Ons kom almal anderkant uit as verskillende versnitte wyn... En díe mens wat ons elkeen bedoel is om te word kan nie aangejaag word nie, want wanneer ons inmeng met die proses verander ons aan ons eie eindproduk, nes Tasha het.

Langs my trek Ludwig die kurk uit 'n bottel wyn. Dit is een van Zac se nuwe versnitte. 'n Merlot.

"'n Glasie wyn vir jou Suza?" bied hy aan.

Ek knik. Lig my glas nadat hy geskink het en staar na die donkerrooi gloed van die wyn.

"Op die lewe, die toekoms en alles daarin..."

DIE EINDE

BEDANKINGS

Dankie aan al my vriende en familie wat my tydens die skryf van hierdie boek bygestaan en ondersteun het.

Alhoewel die storie fiktief is, het ek waar moontlik so na aan die feite rondom wetlike, mediese en ballistiese terme en prosedures probeer bly. Aan die uiters geduldige deskundige en kenners wat my vrae gedurig moes beantwoord: ek is julle oneindig dankbaar.

Dankie ook aan Pieter Walser van BLANKbottle Wines vir die tyd wat jy afgestaan het om die wynmaak-proses aan my te verduidelik. Ek kyk nadese met nuwe respek na die bedryf en alles wat in die maak van 'n bottle wyn ingaan. Die lekker ding van skryf is die vryheid om so af en toe die verbeelding te rek en strek tot daar waar die lyne tussen feite en fiksie effens begin vervaag. Dit was dan ook die geval met die karakters en gebeure in hierdie storie. Die leser moet hulle nie te ernstig opneem nie.

www.ingramcontent.com/pod-product-compliance
Lightning Source LLC
LaVergne TN
LVHW010610100826
845148LV00014B/2907

* 9 7 8 0 6 2 0 9 6 0 7 3 1 *